rororo

Christiane Franke wurde an der Nordseeküste geboren und lebt immer noch gerne dort. Neben ihren gemeinsamen Projekten mit Cornelia Kuhnert schreibt sie eine weitere Krimiserie um die Wilhelmshavener Kommissarinnen Oda Wagner und Christine Cordes, die im Emons Verlag erscheint.

Cornelia Kuhnert lebt in Hannover und hat dort als Lehrerin gearbeitet. Sie hat bereits zahlreiche Kriminalromane veröffentlicht und Anthologien herausgegeben.

«Zum Brüllen komisch, echter ostfriesischer Humor (nicht zu verwechseln mit platten Ostfriesenwitzen). Situationskomik aus dem prallen Leben!» *Klaus-Peter Wolf*

«Diejenigen, die Ostfriesland lieben, werden von diesem Trio so begeistert sein wie ich!» *Gisa Pauly*

«Wer geglaubt hat, dass er Ostfriesland kennt, der wird hier eines Besseren belehrt – und das mit einer saftigen Portion Spannung und vor allem Humor, den manch einer den knorrigen Charakteren am Nordseestrand nicht zutraut, was aber einmal mehr beweist: Friesland singt nicht nur, es lacht auch!» *Margarete von Schwarzkopf*

«Morden im Norden: spannend und witzig und vor allem mit viel Herz erzählt.» *WDR 5*

SAMSTAG

Der Mensch ist ein Gewohnheitstier. Und Henner Steffens sowieso. Auch wenn er sich heute wegen der Seebestattung seines alten Grundschullehrers frei genommen hat, stellt sich seine innere Uhr nicht einfach auf Urlaubsmodus um. Wie stets ist er mit den Hühnern aufgewacht, den Hahn seines besten Kumpels Rudi hat er eben schon krähen gehört. Ist schließlich ruhig hier in Neuharlingersiel, trotz Hochsaison. Und Rudi wohnt ja um die Ecke.

Nach der ersten Tasse Tee, die er zum Wachwerden braucht, schlüpft Henner in seine ausgebeulte Jogginghose. Normalerweise reicht ihm das tägliche Fahrradfahren beim Postaustragen, aber heute ist ein guter Tag, um mit dem Joggen anzufangen. Schließlich muss man körperlich fit bleiben, damit man nicht so endet wie sein alter Lehrer, der kurz nach der Pensionierung von jetzt auf gleich den Löffel abgegeben hat. Nee, Henner will lange was von seinem Rentnerleben haben. Auch wenn er bis dahin noch knapp zwanzig Jahre arbeiten muss.

Er streift sich das Frotteestirnband über, steckt den Wohnungsschlüssel ein und los geht's. Anfangs sieht das noch nicht wirklich nach einem federnden Laufschritt aus, wie sein Spiegelbild in der Schaufensterscheibe zeigt, er muss eben erst mal wieder in die Gänge kommen.

Henner läuft um den idyllischen Kutterhafen herum, an den Seehundfiguren vorbei und über den großen Parkplatz, auf dem um diese Uhrzeit nur wenige Autos stehen. Vor dem Deich hält er an und verschnauft am Fuß der Treppe. Er ist wirklich ganz schön aus der Übung. Langsam geht er die Stufen hinauf. Auf der Deichkrone lässt er den Blick schweifen. Golden glänzt der Sandstrand im Licht der aufgehenden Sonne. Die Flut ist auf dem Höhepunkt, und die Wellen schlagen gemächlich gegen die Uferbefestigung. Wie ruhig und friedlich es noch ist. Nur die Möwen ziehen kreischend ihre Runden. Aber in spätestens zwei Stunden wimmelt es hier von sonnenhungrigen Familien, die die Strandkörbe bevölkern, Ball spielen und im Wasser toben. Werden ja dreißig Grad, hat der Wetterheini im Fernsehen gesagt.

Henner dreht um und geht die Stufen wieder hinunter. Als er weiterläuft, hat er das Gefühl, dass er nicht mehr so eingerostet ist. Doch auf Höhe des Campingplatzes, der geschützt hinter dem Deich liegt, bekommt er Seitenstiche und hält keuchend an. Besser nicht übertreiben, denkt er sich und macht kehrt. Gemächlich schreitet er zurück und lässt die Arme kreisen. Soll ja gut für die Schulter sein. Neben dem Bistro der Surf- und Kiteschule Windloop stoppt er. Auf der mit einer Kordel abgegrenzten Holzterrasse steht die neue Touristenattraktion von Neuharlingersiel, übermorgen geht sie offiziell in Betrieb: der Übernachtungsstrandkorb! Dafür wird jede Menge Werbung gemacht. Eine Nacht unterm glitzernden Sternenhimmel mit Wellenrauschen, lautet der Slogan. Vom Grundsatz her natürlich gut. Aber was, wenn das Wetter nicht mitspielt? Ist ja meist eher windig hier. Und Nieselregen ist auch nicht wirklich angenehm. Egal, jeder soll nach seiner Fasson selig werden, sagt er immer, auch wenn er von diesem neumodischen Kram nichts hält. Henner guckt sich um. Niemand zu sehen. Das ist *die* Gelegenheit! Zielstrebig steuert er den überdimensionalen Strandkorb an und linst durch das Bullauge hinein.

Sofort zuckt er zurück. Schiete, das Ding ist gar nicht leer. Drinnen liegt jemand unter einer weißen Bettdecke. Vorsichtig guckt Henner noch einmal. Moment, den kennt er doch. Das ist kein Tourist, das ist Ulfert Johannsen. Der Tourismus-Manager. Henner grinst. Dann will er dem doch mal zeigen, wie das ist, von fremden Menschen am frühen Morgen geweckt zu werden. «Moin!», ruft er fröhlich. «Na, wie war die Nacht am Strand?»

Johannsen rührt sich nicht. Komisch. Henner geht um den Strandkorb herum und blickt durch das Bullauge auf der gegenüberliegenden Seite. Ach herrje! Was ist das denn? Der Tourismus-Manager schläft nicht, sondern starrt ins Leere. Das ist kein gutes Zeichen. Der blinzelt nicht mal.

«Moin», ruft Henner noch einmal, jetzt weniger fröhlich. Aber Johannsen reagiert nicht. Verdammi noch mal! Ohne lange nachzudenken, schiebt er das Kunststoffverdeck zurück. Johannsen rührt sich immer noch nicht. Henner legt ihm zögerlich die Hand auf die Stirn. Kalt. Ach du Scheibenkleister. Der scheint mausetot zu sein. Was soll er jetzt bloß machen? Zu dumm, dass sein Handy zu Hause in der Küche liegt. Er hat ja nicht damit gerechnet, dass er beim Joggen telefonieren muss. Er überlegt. Kann er den Toten alleine lassen und Hilfe holen oder muss er hier warten?

Grüne Smoothies sind Rosa Molls neue Leidenschaft. Heute gibt es bei ihr «Sonne im Glas». Ein Römersalatherz, zwei geschälte Orangen, eine Scheibe frische Ananas, ein bisschen Wasser dazu und ab in den Mixer. Wie köstlich das schmeckt! Wenn sie morgens diesen kleinen Muntermacher getrunken hat, fühlt sie sich wie neugeboren. Voller Energie. Und da die Temperaturen schon jetzt an der Fünfundzwanzig-Grad-Marke kratzen, könnte sie schwimmen gehen. Sie guckt zum Tidekalender, der am Küchenschrank klebt. Das passiert ihr nicht noch einmal, dass sie bei Ebbe im Badeanzug am Strand steht. Fix sucht sie die Reihe mit dem heutigen Datum. 21. August. In einer Stunde ist Flut. Bei dem Datum stutzt Rosa allerdings. Wenn heute der 21. ist, dann ist ihre Regel schon zehn Tage überfällig. Die kommt eigentlich verlässlich wie ein Uhrwerk. So ein Mist, dass ihr das nicht eher aufgefallen ist. Aber es war einfach so viel los in letzter Zeit. Ihr Herz klopft schneller. Sie ist doch nicht etwa schwanger? Nein, das kann nicht sein. Oder etwa doch? Bitte nicht. Eine Schwangerschaft ist das Letzte, was sie jetzt gebrauchen kann. Und so lange kennt sie Holger auch noch gar nicht. Ach was, wird schon nichts sein. Schließlich nimmt sie die Pille.

Zuversichtlich zieht sie sich Badeanzug und Bademantel an. Auf in den Kampf mit den Wellen! An der Wohnungstür zögert sie jedoch. Im Bademantel zum Strand zu radeln, ist vielleicht nicht so angebracht. Sie streift sich stattdessen ihr leichtes Sommerkleid über und nimmt ein Handtuch mit. Im Erdgeschoss wirft sie einen kurzen Blick auf die Wohnungstür ihres Kumpels Henner. Der hat sich ja wegen der Beerdigung heute freigenommen. Ob er auch Lust auf Schwimmen hat? Sicher nicht. Der ist eher ein Bewegungsmuffel. Außer beim Boßeln.

Als Rosa beim BadeWerk das Rad den abschüssigen Weg zum Strand hinunterrollen lässt, sieht sie am Windloop jemanden wie wild winken. Direkt neben dem neuen Übernachtungsstrandkorb. Was der wohl will? Sie tritt in die Pedale und schaltet in einen höheren Gang. Als sie näher kommt, erkennt sie Henner. In matschfarbener Jogginghose! Er zeigt auf den Riesenstrandkorb. Ob er darin übernachtet hat? Das hätte sie ihm gar nicht zugetraut! Ach nee, geht ja gar nicht. Sie hat schließlich heute Morgen im Bett die Videos von Ulfert Johannsen gesehen. War total witzig, wie er sich selbst in dem Strandkorb gefilmt hat. Er hat seinen Facebook-Freunden sogar mit einem Glas Rotwein zugeprostet. Man konnte tatsächlich das Meeresrauschen im Hintergrund hören. Sah richtig romantisch aus. Vielleicht sollte sie Holger zu solch einer Übernachtung einladen, schließlich sind sie nächste Woche schon drei Monate zusammen.

«Rosa», ruft Henner und sie meint, Erleichterung in seiner Stimme zu hören. «Hast du dein Telefon dabei? Schnell, ruf Rudi an! Wir brauchen Hilfe!»

Rudolf Hieronymus Bakker, von allen nur Rudi genannt, braust in seiner Polizeiuniform auf der alten DKW seines achtzehnjährigen Sohnes Sven zum Strand. Nach Rosas Anruf hat er schleunigst den Notarzt verständigt, das ist Pflicht. Auch wenn davon auszugehen ist, dass sie es mit einem Toten zu tun haben. Aber ob jemand wirklich tot ist, kann eben nur ein Arzt feststellen. Keine Lehrerin wie Rosa, kein Postbote wie Henner und selbst kein Polizist wie er.

«Da bist du ja endlich!» Rosa rennt ihm entgegen, als er beim Windloop von seinem Moped steigt. «Wo bleibt der Notarzt?»

«Immer mit der Ruhe. Der kommt schon gleich. Ich verschaff mir jetzt erst mal einen Eindruck.» Rudi tritt auf die kleine Holzterrasse und beugt sich über den Rand des langgezogenen Strandkorbs. Tatsächlich. Da liegt Ulfert Johannsen. Der ist hin. So viel steht fest. Ob der einen Herzinfarkt hatte? Er war ja unglaublich engagiert und stand immer unter Strom. Nee, nee, man sollte alles lieber gemächlich angehen. Sieht man ja, wohin der übertriebene Einsatz im Job führt. Oder liegt es an der Hitze? Rudi hat den Eindruck, als ob die Leute im Moment wie die Fliegen sterben. Nachher muss er ja auch noch zur Seebestattung.

Eine halbe Stunde später ist alles amtlich. Der Notarzt ist zwar nur Orthopäde, aber er stellt den Tod von Ulfert Johannsen fest. Allerdings weigert er sich, auf dem Totenschein das Kreuzchen bei «natürliche Todesursache» zu machen. Kann man verstehen. Wann sieht ein Orthopäde im beruflichen Alltag schon Leichen? Jedenfalls muss die Kripo aus Wittmund nun anrücken. Auch das ist in einem solchen Fall Pflicht.

Es dauert nicht lange, da trifft das Team aus Wittmund ein. Rund um den Windloop wächst der Fuhrpark und das Blaulicht flackert fortwährend.

Im wehenden Sommermantel steuert Hauptkommissar Siegfried Haueisen den Strandkorb an, vor dem Rudi, Rosa, Henner sowie der Notarzt und sein Rettungsassistent mit ihren Köfferchen stehen. Ein paar Schritte hinter Haueisen humpelt Oberkommissar Helmut Schnepel, er hat beim Laufen durch den Sand einen Schuh verloren, den er nun in der Hand hält.

Als Haueisen Rosa sieht, bleibt er abrupt stehen. «Sie?! Was machen Sie denn hier? Haben Sie etwa schon wieder die Leiche gefunden?»

«Nein, Sie können sich beruhigen. Dieses Mal war es Henner.»

«Und diese Biene, die ich meine, nennt sich Maaaja!» Hoyko Manninga singt lauthals und tritt in die Pedale. Hoyko ist Rudis lang verschollen geglaubter Vater, der aber vor dreiundvierzig Jahren gar nicht mit dem Frachter untergegangen ist, sondern in Kanada abmusterte und sich dort in eine junge Frau verliebte, mit der er nicht nur eine Familie, sondern auch ein Hotel gründete.

Das gab vielleicht ein Hallo und Achso, als er vor einigen Monaten mit seinen beiden Töchtern in Neuharlingersiel auftauchte. Die Töchter sind inzwischen wieder in Kanada, doch Hoyko ist geblieben. Seine Frau ist schon längere Zeit tot, und Hoyko hat ganz tief in sich den Wunsch gespürt, in seiner angestammten Heimat ein zweites Zuhause zu haben. Er möchte vor allem eine Beziehung zu seinem Sohn aufbauen, von dem er bis vor ein paar Monaten nicht einmal gewusst hat, dass es ihn überhaupt gibt. Zugegeben, die Freundschaft mit Rudis Mutter Helga ist damals nicht rein platonisch gewesen, aber dass Helga schwanger gewesen ist, hat er nicht gewusst. Und Rudi hat ihn mit Sven sogar schon zum Großvater gemacht! Nach der ersten Überraschung hat er sich riesig über den unverhofften Familienzuwachs gefreut. Und gemerkt, dass auch die alte Heimat ihn sofort wieder in ihren Bann zieht. Hier spürt er seine Wurzeln. Hier hat er in Gerda und Heinrich Steffens alte Freunde. Gemeinsame Erinnerungen an seine Kindheit. Seine Jugend. Seine erste Liebe. Deshalb hat er sich ein Haus in Neuharlingersiel gekauft. Gleich in der Nachbarschaft von Rudi und Sven. Eigene Scholle ist schließlich Gold wert.

Und als naturverbundener Wahlkanadier möchte er hier ebenfalls einen Beitrag dazu leisten, dass die Artenvielfalt erhalten bleibt. Deshalb hat er sich zu einem Hobby-Imker-Kurs an der Volkshochschule angemeldet. Die Theorie hat er bereits hinter sich gebracht, heute geht es endlich an die praktische Arbeit. Denn er will die Bienen vor dem Aussterben retten. Und damit die Welt. Eigentlich ist die Sache ganz einfach. Man muss nur den großen Zusammenhang sehen – und das ist etwas, was Hoyko kann. Sonst hätte er es in der Fremde nie so weit gebracht. Darauf ist er sehr stolz. Genau wie auf seine beiden Töchter, die das Hotel jetzt ohne ihn leiten.

Hoyko radelt vorfreudig vor sich hin, mit seinem E-Bike fliegt die Strecke nur so dahin. Tolle Erfindung. Da kann er sportlich sein, ohne sich bei dem ständigen Gegenwind hier an der Küste völlig verausgaben zu müssen. Er ist schließlich nicht mehr der Jüngste.

Nachdem sich der Chef und Schnepel den Leichnam angeschaut haben und Ulfert Johannsen vom Bestatter abgeholt worden ist, entspannt sich Rudi. Die Obduktion wird reine

Routine sein. Passiert ja schon mal, dass jemand nach einem stressigen Tag einen Herzinfarkt kriegt. Davon liest man alle nasenlang in der Zeitung. Vielleicht hätte Johannsen gerettet werden können, wenn jemand bei ihm gewesen wäre. Ist eben Schicksal. Niemand weiß, wann sein Lebensweg zu Ende ist, denkt Rudi und packt alles, was im Strandkorb liegt, ein: Johannsens Handy, eine leere Weinflasche und ein Weinglas.

Henner ist bereits wieder nach Hause gefahren, aber Rosa steht noch am Dienstfahrzeug des Chefs. Als der Leichenwagen langsam davongerollt ist, kommt sie näher.

«Übrigens, Johannsen hat gestern einige Videos bei Facebook hochgeladen», sagt sie. «Die hat er hier gemacht, im Strandkorb.» Sie tippt auf ihrem Handy herum und startet ein Video. Johannsen sitzt im Strandkorb, grinst in die Kamera, die er dann dreht, um eine 180-Grad-Aufnahme vom Strand zu machen. «Herrlich ruhig hier», hört man ihn sagen. «Eine ganz besondere, eine ganz neue Erfahrung, den Strand so zu erleben. Hört ihr das Meer rauschen?» Dann ist er wieder selbst zu sehen. «Ich werde später weiter berichten. Und euch teilhaben lassen an dem Zauber, der einer Übernachtung in diesem besonderen Ambiente innewohnt.» Nun hebt er sein Glas Rotwein. «Auf euch!»

«Ach nee», ruft Schnepel überrascht, Haueisen zieht lediglich die Stirn in Falten.

Rosa lässt die anderen kurzen Videoclips laufen. Auf jedem ist Ulfert Johannsen allein zu sehen, und tatsächlich vermitteln die Bilder des einsamen Strandes und des rosigen Sonnenuntergangs eine wunderbare Stimmung.

«Ha! Das nenn ich mal eine Chronik des Todes!» Schnepel klingt begeistert. «Gerade noch voller Saft und Kraft und schon hat's ihn dahingerafft. So ein Pech aber auch!»

«Darüber macht man keine Witze», rügt Haueisen ihn, aber Schnepel grinst weiter.

«Ach was, Chef. So ist das Leben. Andererseits ...» Nun kneift Schnepel die Augen zusammen und beugt sich noch einmal über Rosas Handy. «Wer weiß, wer diese Videos gesehen hat. Vielleicht ist jemand hergekommen und hat ihn zu Tode erschreckt. Ein hinterhältiger Totschlag sozusagen.» Er richtet sich auf, nimmt die Sonnenbrille aus der Manteltasche und setzt sie auf. «Ich schlage vor, dass wir den Inhalt der Müllkörbe der unmittelbaren Umgebung mitnehmen. Vorsicht ist die Mutter der Porzellankiste, sage ich immer. Und vielleicht handelt es sich doch um einen Tatort, und wir müssen später jedes Sandkorn umdrehen.»

Rudi tippt sich an die Stirn. «So ein Unsinn! Es deutet doch alles darauf hin, dass er an einem Herzinfarkt gestorben ist. Und was willste im Müll auch finden?»

«Abwarten und Tee trinken, mein Freund.» Schnepel drückt Rudi einen Plastiksack in die Hand. «Fang mal an mit dem Einsammeln.»

«Schaden kann es jedenfalls nicht», pflichtet Rosa ihm bei. «Aber auf mich müsst ihr jetzt verzichten, ich hab in zehn Minuten einen Termin. Tschühüs!»

Waltraud Kämpfer wohnt auf einem alten Resthof. Ein mit Wildblumen gesäumter Weg führt zum Haus. Hier wird vorbildlich für die Bienen gesorgt, bemerkt Hoyko. Nichts anderes hätte er von Waltraud erwartet. Schließlich hat er in ihrem Kurs gelernt, dass Artenvielfalt und nektarreiche

Blüten wichtig für den Fortbestand der Bienen sind. Gelb blühende Forsythien sollte man gleich abholzen, sie sind nur Schein, kein Sein. Im Unterschied zu Lupinen, Ginster und unaufgeräumten Gärten. Die bieten den Bienen Lebensraum. Das Unkrautzupfen kann auch gleich wegfallen. Eigentlich praktisch. Sieht nur nicht so gepflegt aus.

Auf dem großzügigen Platz vor dem «Bienen-Hof» wartet Waltraud auf ihre Kursteilnehmer. Nicht alle, die den Theoriekurs belegt haben, interessieren sich auch für die Praxis. Das kann Hoyko gar nicht verstehen. Er lächelt, als er Waltraud sieht, die nicht nur Imkerin, sondern sogar die Honigobfrau des örtlichen Bienenzüchtervereins ist. Neben ihr steht Reinhard Schmidt, ein bärtiger Landschaftsgärtner um die vierzig. Irgendetwas an ihm gefällt Hoyko nicht, aber er könnte nicht sagen, was es ist. Maya hingegen mag er. Sie ist eine Bekannte seines Sohnes und obendrein noch Yogalehrerin. Er hat tatsächlich ein paar Mal an ihrem Unterricht teilgenommen. Aber nur, weil sein alter Kumpel Heinrich Steffens und sein Sohn das auch machen. So wirklich kann Hoyko sich mit diesen Verrenkungen nicht anfreunden. Da sind ihm die Bienen lieber.

Nachdem als Letzte nun auch Monika und Olaf, ein Pärchen aus Altfunnixsiel, da sind, begrüßt Waltraud die kleine Truppe: «Ich freue mich sehr, dass ihr da seid! Nur durch engagierte Bürger wie euch haben wir eine Chance, die Bienen zu retten. Denn wir müssen uns immer in Erinnerung rufen: Ohne Bienen geht unsere Welt unter. Ohne Bienen verlieren auch die Menschen ihren Lebensraum. Also, lasst uns loslegen. Folgt mir.»

Überall in dem weitläufigen Garten summt und brummt es. Hoyko entdeckt schon auf den ersten Blick drei verschiedene Schmetterlinge. Unter alten Apfelbäumen stapeln sich grüne Kisten. Waltraud zeigt auf eine Öffnung im obersten Kasten. «Hier ist das Eingangsloch, durch das die Bienen ein und aus fliegen. Schaut her.»

«Stechen die nicht, wenn man da so dicht rantritt?», fragt Monika. Der Respekt vor dem Bienenvolk ist ihr anzusehen.

«Nein, Bienen sind friedliche Tiere. Sie mögen es nur nicht, wenn jemand stark parfümiert ist oder in ihrer Nähe eine Banane isst. Dieser Geruch ähnelt dem des sogenannten Alarmpheromons, das freigesetzt wird, wenn eine Honigbiene sticht. Das warnt die anderen Bienen sofort und lässt sie ebenfalls aggressiv werden. Alle schalten dann blitzschnell auf Beschützermodus um und stechen schon mal zur Verteidigung – selbst wenn sie direkt danach sterben. Das hält sie nicht davon ab. Übrigens, vielleicht fragt ihr euch, warum Imker weiße Schutzkleidung tragen?» Sie zeigt auf Hoyko, der sich bereits umgezogen hat. Nun trägt er seine weiße Imkerjacke mit Hut und abnehmbarem Schleier, die Sven ihm zum Geburtstag geschenkt hat.

«Sie verwechseln Menschen in dunkler Kleidung mit Bären», antwortet Hoyko grinsend. «Und vor denen haben sie Angst. Man muss ja nur mal an Balu, den Bären aus dem Dschungelbuch, denken, wie der den Honig schleckt.»

«Gut aufgepasst in meinem Unterricht», lobt Waltraud ihn und Hoyko wirft dem Landschaftsgärtner Reinhard einen stolzen Seitenblick zu. Nur weil er schon etwas älter ist, soll Reinhard bloß nicht glauben, er hätte keine Chancen mehr bei den Frauen.

Die Glöckchen über der Tür vom Frisörsalon Anita bimmeln, als Rosa den Laden betritt. Sofort flitzt der Mischlingsrüde von Henners Schwester Gudrun auf sie zu und springt kläffend an ihren Beinen hoch.

«Aus, Schecki! Sitz!» Gudrun pfeift den Hund zurück, der zu Rosas Überraschung prompt reagiert. Anscheinend hat der Lehrgang in der Hundeschule etwas gebracht.

«Moin!» Rosa begrüßt Gudrun mit einem Wangenkuss. Sigrid und Tante Hildegard winkt sie nur zu, die eine sitzt unter der Trockenhaube, der anderen werden gerade Lockenwickler eingedreht.

«Tut mir leid, dass ich zu spät bin. Aber ich kam nicht vom Strand weg. Obwohl ich nicht einmal zum Baden gekommen bin.» Rosa macht eine dramatische Pause und setzt sich auf den Frisörstuhl. «Ich musste der Polizei unter die Arme greifen.»

Sofort drehen sich alle Köpfe in ihre Richtung.

«Polizei?», kommt es wie aus einem Mund von Tante Hildegard und Sigrid. Beide gucken sie alarmiert an. Vielleicht weil sie vor kurzem ebenfalls ins Visier der Beamten aus Wittmund geraten sind. Aber das war ja zum Glück nur ein Sturm im Wasserglas.

«Habt ihr das gar nicht mitbekommen?» Rosa stellt ihre Füße auf der Edelstahl-Fußstütze an der Wand ab.

«Ach, du meinst den Krankenwagen?» Sigrid schiebt ihren Kopf unter der Trockenhaube vor. «Hab ich vom Fenster aus gesehen. Erst den Krankenwagen, dann die Polizei und schließlich den Leichenwagen. Das kennt man ja schon während der Saison.»

«Stimmt.» Tante Hildegard nickt und verzieht dabei das Gesicht. Die Wickler in ihren Haaren ziepen wohl wegen ihrer hektischen Bewegung. «Die Touristen glauben, sie seien die Herren über Ebbe und Flut und brauchen die Gezeiten nicht zu respektieren – bis ihnen das Wasser buchstäblich bis zum Hals steht.»

«Das war aber kein Tourist. Das war Ulfert Johannsen. Der lag heute früh tot im neuen Übernachtungsstrandkorb.»

«Der Chef vom Tourismusbüro?» Gudrun pikst die Kunststoffnadel für den Lockenwickler vor Schreck so tief in die Haare, dass Tante Hildegard aufjault.

Danach ist es ganz still im Laden. Alle Blicke richten sich gespannt auf Rosa.

«Ja. Stellt euch vor! Gestern hat er noch jede Menge Filme von sich im Strandkorb gepostet. Und heute Morgen ist er tot. Henner hat ihn gefunden. Vermutlich ein Herzinfarkt.»

Betretenes Gemurmel erfüllt den Raum. Sigrid fängt sich als Erste. «Noch einer, den der Herr zu sich holt. Dieses heiße Wetter hat es in sich. Damit ist nicht zu spaßen. Ich muss Ludwig unbedingt warnen, dass der das Haus gar nicht erst verlässt. Sonst ist er der Dritte, der umkippt. Ihr wisst ja, wie empfindlich der ist.»

«Ludwig ist aber nicht mehr in dem gefährlichen Alter zwischen vierzig und fünfzig», entgegnet Tante Hildegard.

«War Ewald Wulff auch nicht. Und den geben wir nachher dennoch in die Hände des Herrn.» Sigrid rutscht wieder unter die Trockenhaube.

«Eher in die Wellen des Herrn», entgegnet Tante Hildegard trocken. Sie hält Gudrun ihr Sektglas hin. «Kannst du uns noch mal nachschenken, bitte? Das haben wir heute nötig. Ein Toter und eine Beerdigung an einem Tag. Das muss man erst mal verkraften.»

Gudrun geht mit der Sektflasche rum, gießt nach und hält auch Rosa ein Glas hin. Die schüttelt den Kopf.

«Was ist denn los?» Gudrun sieht sie alarmiert an. «Du trinkst doch sonst immer ein Gläschen mit.»

Rosa seufzt. Ihre Lippen zucken. «Ich würd ja gern. Aber ... Kannst du ein Geheimnis für dich behalten?», flüstert sie Gudrun ins Ohr.

Die nickt ihr verschwörerisch zu.

«Könnte sein, dass ich schwanger bin.»

Gudrun schaut sie überrascht an. «Schwanger? Von Holger?»

«Wer ist schwanger?» Tante Hildegard hat Ohren wie ein Luchs.

Im nächsten Moment bebt der Laden. Gudrun nimmt Rosa in den Arm, Sigrid folgt. Seit Rosa im Häkelbüdel-Club aufgenommen ist, gehört sie zum inneren Kreis der Neuharlingersieler Frauen. Aber seitdem muss sie auch damit leben, dass es keine Geheimnisse gibt. Alle reden durcheinander und geben gute Ratschläge.

«Wie weit bist du denn?», fragt Gudrun.

«Keine Ahnung. Noch ziemlich am Anfang.» Ein mulmiges Gefühl beschleicht Rosa. Sie sollte unbedingt einen Test machen, um sicherzugehen. Aber woher soll sie den jetzt auf die Schnelle bekommen? In Neuharlingersiel gibt es keine Apotheke. Und nachher muss sie zur Beerdigung. Außerdem hat sie Montagmorgen sowieso einen Termin bei der Frauenärztin. Und bis dahin muss sie es Holger ja noch gar nicht sagen und kann sich selbst erst einmal mit dem Gedanken vertraut machen.

«Du solltest das Kind auf jeden Fall schon in der Krippe anmelden. Meine Tochter hatte solche Schwierigkeiten, einen Platz zu bekommen, weil sie das erst nach der Geburt gemacht hat», sagt Gudrun und trinkt einen Schluck Sekt. «‹Die kleinen Wattwürmer› sind die beliebteste Kindergruppe weit und breit. Du kannst dich da schon jetzt online anmelden.»

Die Überbringung der Todesnachricht hat der Chef Rudi aufgedrückt. Er weiß nicht nur, wo Johannsen wohnt, sondern auch, dass der mit seiner Freundin zusammenlebt. Bis die bei ihm eingezogen ist, hatte Johannsen einen ganz schönen Verschleiß an Frauen. Zugegeben, er sah auch ziemlich gut aus. Durchtrainierter Körper, groß, beginnendes Grau im Haar, obwohl er erst Anfang vierzig war. Das soll ja angeblich sexy auf Frauen wirken. Lag vielleicht auch an seinem Job. Als Marketingchef der Werbegemeinschaft für Touristik hat er jede Menge interessanter Menschen kennengelernt. Krimi-Autoren und Musiker, sogar Matthias Reim und Ella Endlich sind schon in Neuharlingersiel aufgetreten. Auf der Festbühne beim Hafenfest. Klar, dass die Frauen hofften, sich im Dunstkreis der Stars aufhalten zu können, wenn sie mit Ulfert zusammen waren. Aber der ist nie lange bei einer geblieben. Nur die Neue, die zu ihm gezogen ist, mit der ist er seit über einem halben Jahr zusammen gewesen.

Rudi seufzt. Im Überbringen schlechter Nachrichten ist er nicht besonders gut. Er ist schließlich kein Psychologe. Aber jammern nützt nix. Er setzt den Helm auf, schnappt sich die DKW und fährt langsam los. Inzwischen tummeln sich eine Menge Touristen am Strand. Gott sei Dank ist die Leiche schon abtransportiert worden, bevor der Trubel hier richtig losgegangen ist.

Als er auf der Straße ist, gibt er Gas, nur um wenige hundert Meter weiter scharf abzubremsen und in Johannsens Straße einzubiegen. Das Nurdachhaus hat früher dem Geschäftsführer der Krabbenpulfabrik gehört. Der ist aber auch tot. Seltsam. Ob ein Fluch auf dem Haus liegt?

Vor der Garage steht Johannsens schwarzer SUV. Rudi parkt dahinter, hängt den Helm an den Lenker, nimmt die Dienstmütze vom Gepäckträger und atmet tief durch. Los geht's, macht er sich Mut. Er setzt die Mütze auf und klingelt. Und wartet. Es tut sich aber nichts. Er will erneut klingeln, da fällt sein Blick auf das Türschild. Dort haben mal zwei Namen gestanden. Nun ist einer durchgestrichen. Nur Johannsen steht noch da. Eigenartig. Rudi kratzt sich an der Nase und überlegt. Dann dreht er sich um und blickt auf das gegenüberliegende Haus. Dort wohnen Gisela und Erwin Frerichs. Gisela ist eine Freundin der Familie Steffens. Und überaus neugierig. Um nicht zu sagen die größte Tratschtante Neuharlingersiels.

Die Küchengardine bewegt sich. Rudi schmunzelt. Gemächlich schlendert er über die Straße und klingelt. Gleich darauf wird die Tür geöffnet.

«Rudi!?» Gisela klingt überrascht und kriegt rote Flecken im Gesicht. Sie trägt eine schwarze Hose und eine rot-grün karierte Bluse, die geschickt die Rundungen um ihre Leibesmitte kaschiert.

«Moin, Gisela.» Rudi nimmt die Mütze vom Kopf. «Ich wollte drüben zu der Freundin von Ulfert Johannsen. Aber die macht nicht auf und es steht auch nur noch sein Name am Klingelschild. Wohnt die da nicht mehr?»

«Ach, die arme Deern.» Gisela tritt einen Schritt zurück. «Komm man erst mal rein. Muss ja nicht jeder sehen, dass du in Uniform bei uns vor der Tür stehst. Magst 'nen Tee?» Sie geht in die Küche vor, in der Erwin am Tisch sitzt und Kreuzworträtsel löst.

«Moin», grüßt Rudi. Erwin grüßt zurück, ohne den Kopf zu heben.

«Wie ist das nun mit Tee?» Gisela hält die Kanne hoch.

Rudi lehnt dankend ab. «Wieso sagtest du gerade: ‹die arme Deern›?»

«Na, der Johannsen hat doch mit ihr Schluss gemacht und sie vor die Tür gesetzt. Erst letzte Woche. Du kannst dir gar nicht vorstellen, wie die sich auf der Straße angebrüllt haben. Das war mir direkt peinlich, obwohl ich ja gar nichts damit zu tun hatte.»

«Weißt du, wo sie jetzt wohnt?»

«Nein», sagt Gisela ein wenig pikiert, «von mir hat sie sich nicht einmal verabschiedet.»

«Aber den Namen weißt du? Und wo sie arbeitet?»

«Na klar. Was denkst du denn? Man muss sich doch für seine direkten Nachbarn interessieren. Das gehört zum guten Ton. Sie heißt Amelie Nansen und arbeitet als Altenpflegerin im Seniorenstift.»

«Hat Johannsen Verwandte im Ort?» Irgendjemanden muss Rudi schließlich benachrichtigen.

«Nee, hier nicht. Aber er hat noch eine Schwester. Die wohnt in Wilhelmshaven. Hat drei kleine Kinder. Ganz goldig. Wie die Orgelpfeifen sind die. Die Älteste ist im letzten Jahr in die Schule gekommen. Ab und zu besuchen sie Herrn Johannsen hier mal.»

«Weißt du, wie die heißt?»

«Na klar. Herr Johannsen hat mir ihren Namen und ihre Telefonnummer gegeben. Für den Fall, dass was sein sollte, wenn er im Urlaub ist. Einbruch oder Wasserschaden oder so.»

«Kannst du mir beides bitte aufschreiben?»

«Sicher. Was ist denn nun mit dem Johannsen?» Gespannt schaut Gisela Rudi an.

«Sei nicht so neugierig», mahnt ihr Mann Erwin vom Küchentisch aus.

«Er ist gestorben.»

«Um Himmels willen», ruft Gisela entsetzt und reißt die Hände hoch. «Der arme Mann. Der war doch noch so jung! Und hatte nicht mal eine eigene Familie. Ach, wie schade!» Sie kräuselt nachdenklich die Lippen. «Wie ist er denn gestorben? Ein Autounfall kann's nicht gewesen sein, sein Wagen steht ja noch drüben.»

«War wohl ein Herzinfarkt.»

«Ojemine, ojemine.» Gisela guckt betroffen drein.

«Gibst du mir nun die Kontaktdaten der Schwester?», drängt Rudi. Schließlich beginnt die Seebestattung von seinem alten Grundschullehrer in einer Stunde. Und die möchte er nicht verpassen. Schon aus Erinnerung an die Schulzeit. Außerdem gibt's nach dem Zuwasserlassen der Urne immer so leckeren Butterkuchen auf dem Schiff.

Beschwingt radelt Hoyko zurück nach Hause. Er hat vorhin unter Waltrauds Anweisungen ein Rähmchen aus dem Bienenstock gezogen und von ganz nah angesehen. Die sechseckigen Waben sind derart exakt ausgebildet, dass Hoyko es kaum glauben kann. Waltraud hat erzählt, dass die Wände frisch gebauter Zellen perfekt glatt und überall gleich dick sind – und das Tollste: Die Winkel, mit denen sie zusammenstoßen, betragen immer genau 120 Grad. Wie die kleinen Tiere das bloß hinkriegen, das grenzt Hoykos Meinung nach an ein Wunder.

Als er beim Steffens-Hof abbremst, sitzen Gerda und Heinrich im Schatten unter dem Apfelbaum. Auf dem Gartentisch stehen zwei Teetassen und eine abgedeckte Schale mit Apfelmus.

«Na, ihr zwei, ihr habt's euch ja nett gemütlich gemacht. Darf ich mich zu euch gesellen?»

«Na klar. Trinkst 'ne Tasse mit?» Gerda steht schon auf.

«Sehr gerne.» Hoyko lässt sich auf einen Stuhl plumpsen. «Mann, das war vielleicht ein Vormittag! Mir brummt der Schädel von all dem, was ich gerade erlebt habe.»

«Das musst du unbedingt gleich ausführlicher erzählen», sagt Gerda. «Ich hätte auch so gern ein Bienenvolk, aber Heinrich will nichts davon wissen. Vielleicht kannst du ihn ja überzeugen. Ich hole dir jetzt erst mal eine Tasse und Sprudelwasser für uns alle.»

«Bin nicht zu überzeugen», brummt Heinrich und greift zu seiner Teetasse. «Wir haben genug Viehzeug. Wird mir fast schon zu viel.»

«Jeder so, wie er mag.» Hoyko grinst. Er ahnt jetzt schon, dass Gerda sich durchsetzen wird. Wenn sie sich was vorgenommen hat, dann kriegt sie es in den allermeisten Fällen auch hin. Aber besser, er wechselt erst mal das Thema. «Keins von den Kindern da?»

Hofhund Butscher hebt träge den Kopf, um sich bemerkbar zu machen, und Heinrich streicht ihm sanft über den Kopf. «Die müssen gleich alle zur Beerdigung.»

Er verscheucht eine Biene, die sich gerade auf das Apfelmus in seinem Glasschälchen setzen will.

«Nicht mit der Hand wedeln, das erschreckt die Bienen und dann stechen sie!», ruft Hoyko und ist dann gar nicht mehr zu bremsen. Gerda, die gerade mit dem beladenen Tablett zurückkehrt, kriegt große Augen, als er von den Bienenvölkern erzählt. Und von der gefährlichen Milbe, die den Bienen den Tod bringt.

«Gerade Wildbienen brauchen unseren besonderen Schutz», erzählt er weiter. «Sie entfernen sich nur wenige Meter von ihrer Behausung und suchen in der Nähe nach Nektar. Ich werde nachher gleich mit dem Bau eines Insektenhotels für sie anfangen. Das solltest du auch machen, Heinrich.»

Der lässt die Hosenträger an seiner ausgebeulten Cordhose schnappen und guckt Hoyko für einen Moment schweigend an, bevor er fragt: «Haben sie dir Sabbelwasser gegeben bei deinem Kurs?»

«Nee, Heinrich. Ich meine das wirklich ernst. Wir müssen den Wildbienen wieder Lebensraum geben.»

Heinrich deutet mit dem Finger auf die Ecke hinter dem Schuppen, zum Stapel mit dem Totholz.

«Bei uns haben sie genug Lebensraum. Guck selbst. Und im Gebälk vom Haus sind auch jede Menge Schlupflöcher für die Viecher. Insektenhotels sind was für Städter.»

«Waltraud sagt, dass wir eine Verantwortung haben. Die Bestäubung durch die Bienen sichert Ernten. Waltraud sagt ...»

«Sach mal, du schwärmst ja von der wie in jungen Jahren

für Helga – hast du was mit dieser Waltraud?» Heinrich lässt erneut die Hosenträger schnappen.

Rosa überlegt schon eine Weile, was sie zur Trauerfeier anziehen soll. Bei den hochsommerlichen Temperaturen heizt sich schwarze Kleidung zwar richtig auf, aber es nützt ja nichts. Sie schlüpft in einen schwarzen Rock, der knapp über den Knien endet. Nicht schlecht. Dazu das gleichfarbige Top mit dem Paillettenherz. Den hüftlangen Blazer kann sie an Bord ausziehen und erst wieder überstreifen, wenn die Urne zu Wasser gelassen wird. Auf Perlonstrümpfe verzichtet sie, an Pumps führt aber kein Weg vorbei.

Sie mustert sich im Spiegel. Ja, so passt das. Statt des pinkfarbenen Lippenstifts wählt sie heute den in Altrosé. Das ist dezenter. Während sie ihre Lippen anmalt, kommt ihr Gudruns Rat in den Sinn. Ob sie das Ungeborene wirklich schon in der Kinderkrippe anmelden sollte? Ach was. Oder lieber doch? Sie wirft einen Blick auf die Uhr. Ein paar Minuten hat sie noch. Also klappt sie ihren Laptop auf, geht auf die Seite «Kleine Wattwürmer Neuharlingersiel» und meldet das Baby dort an. Es ist ein eigenartiges Gefühl, die Mail abzuschicken. Ist das ein Hauch von Glück, den sie da verspürt, oder eher Ängstlichkeit vor all den Ungewissheiten, die da auf sie zukommen? Sie schüttelt sich, schließt den Laptop, schnappt sich ihre Handtasche und verlässt die Wohnung.

Als sie die Treppe hinunterläuft, tritt Henner gerade aus seiner Wohnung. Im schwarzen Anzug hat sie ihn lange nicht gesehen. Ein bisschen fremd sieht er darin aus, aber gut.

«Brauchst gar nicht so gucken. Ich weiß, was sich gehört. Und einen schwarzen Anzug hätte Herr Wulff von mir erwartet.»

«Stimmt», sagt Rosa. Sie selbst hat Ewald Wulff noch kennengelernt, als sie an der Schule in Esens angefangen hat. «Als Rektor war der ganz schön pingelig. Ein richtiger Korinthenkacker. Ich war eigentlich ganz froh, als er in Pension gegangen ist. Sein Nachfolger sieht alles viel lockerer.» Sie hakt sich bei Henner ein, damit er nicht so schnell geht. In den hochhackigen Schuhen ist sie immer ein bisschen langsamer.

«Über Tote soll man nicht schlecht reden.»

Rosa wirft Henner einen empörten Blick zu. «Du hättest vorhin beim Frisör mal hören sollen, was die Damen vom Häkelbüdel-Club über den gesagt haben.»

«Musst nicht alles glauben, was die erzählen. Die machen doch den ganzen Tag nichts anderes als tratschen.»

Rosa zieht eine Schnute. Tratschen hört sich aus Henners Mund abwertend an. Dabei ist es doch eher so, dass man auf dem Laufenden sein möchte. Sie leben ja nun hier nicht so anonym wie in der Großstadt, man will doch wissen, was um einen herum los ist.

Die MS *Meeresleuchten* liegt heute in Höhe des Fähranlegers. Das Schiff ist auf Halbmast geflaggt. Die ersten Trauergäste sind schon an Bord. Rosa gibt sich alle Mühe, mit ihren Pumps nicht auf der Stelling auszurutschen. Zum Glück gibt es alle dreißig Zentimeter eine Querschiene, da finden ihre Füße Halt. An Bord begrüßt der Kapitän sie mit Handschlag.

Etliche von Rosas Kollegen stehen an Deck und reden leise miteinander, Rosa erkennt den Bäcker und einige Krabbenfischer, denen sie zunickt. Jede Menge Leute sind hier. Kein Wunder, viele zählten sicher zu den Schülern des Verstorbenen. Oder sind Eltern von Schülern. So alt war Ewald Wulff ja nun auch noch nicht.

Die Gruppe der Hornbläser steht an Deck, alle in grüner Jagdmontur und mit passenden Hüten. Ganz rechts am Rand entdeckt Rosa Holger, das Horn lässig in der Hand. Erst vor ein paar Tagen hat er ihr alle fünf Töne des Jagdhorns vorgeblasen. Da hat sie laut lachen müssen. Aber er hat das mit Humor genommen, wie er überhaupt alles mit Humor nimmt. «Alleine zu blasen ist immer schwieriger als in der Gruppe», hat er gesagt und ihr einen Kuss gegeben.

Rosa winkt ihm zu, aber Holger bemerkt sie nicht, er ist ins Gespräch vertieft. Macht nichts, sie sehen sich ja noch, auf dem Schiff kann keiner weglaufen.

Rosa gesellt sich zu Henner und seinen acht Schwestern, die wie ein Haufen Hühner durcheinanderschnattern. Heute nur etwas gedämpfter als sonst. Rosa begrüßt jede mit einem Wangenkuss. Gerade als der Kapitän die Stelling einholen will, kommt Rudi angerannt.

«Grad noch geschafft», stößt er atemlos aus und schüttelt dem Kapitän die Hand, der direkt danach im Führerhaus verschwindet.

Die MS *Meeresleuchten* nimmt Kurs auf die Insel Spiekeroog.

«Wo wird die Urne denn ins Wasser gelassen?», will Rosa wissen.

«Zwischen Spiekeroog und Wangerooge gibt es ein speziell für Seebestattungen ausgewiesenes Gebiet», erklärt

Gudrun. «Der Kapitän muss das genau auf der Karte dokumentieren.»

«Ach», wundert sich Rosa. «Das ist festgelegt?»

«Jo.» Henner beugt sich über die Reling und schaut ins aufspritzende Fahrwasser. «Is nichts mit von wegen: rausfahren und die Urne irgendwo ins Wasser werfen.»

«Nee, das geht gar nicht», ergänzt Rudi. «Ist wie bei den Bestattungen in einem Friedwald. Da kann man auch nicht einfach so die Urne einbuddeln.»

Bei ruhigem Seegang und herrlichstem Sonnenschein halten sich beinahe alle Trauergäste oben an Deck auf. Auch Ewald Wulffs Frau, die gerührt ist von den vielen Anekdoten über ihren Mann, die die Gäste aus ihrer Schulzeit erzählen.

«Als Junglehrer hat er einen Schüler im Museum in Emden vergessen. Danach hat er seine Pappenheimer immer dreimal durchgezählt, damit ihm das nicht noch einmal passiert», erinnert sich Adelheid, Henners älteste Schwester, schmunzelnd.

Einer der Jagdbläser erzählt von einer Treibjagd bei Schloss Lütetsburg, bei der sich Ewald Wulff einen Mann aus Nordrhein-Westfalen zur Brust genommen hat, der trotz der Absperrung den Wald betreten hat.

Rosa hat keine Ohren für das Jägerlatein, das sich anschließt, sondern nur Augen für Holger, der sich immer noch rege unterhält. Endlich dreht er sich zu ihr um, lächelt und winkt ihr zu. «Ich komme gleich», meint sie von seinen Lippen ablesen zu können.

Rudi stupst sie an. «Ich denke, dein Freund ist Sondelgänger und sucht mit diesem komischen Gerät im Sand nach Münzen und Schmuck. Was macht der denn bei der Jägertruppe?»

«Er ist eben vielseitig. Jäger und Sammler, wie schon unsere Urahnen», erwidert Rosa keck. In diesem Moment drosselt das Schiff seine Fahrt. Rosa schluckt. Nun wird es ernst. Alle Trauergäste stehen auf und nähern sich der Seeurne, die auf dem Achterdeck auf einem Tisch steht, eingefasst von einem Kranz aus gelben Rosen.

Der Kapitän tritt neben die Urne. Nimmt die Mütze ab. Alles ist ganz still, nur ein paar Möwen fliegen kreischend um das Schiff.

«Liebe Familie, liebe Freunde von Ewald Wulff», beginnt er. «Wir sind heute hier, um Ihrem Mann, Vater, Opa und Freund das letzte Geleit zu geben.» Er macht eine Pause. «Wie hat er immer gesagt? ‹Alles Leben kommt aus dem Meer.› Und heute schließt sich der Lebenskreis von Ewald Wulff. Er kehrt ins Meer zurück.» Behutsam nimmt der Kapitän den Blumenkranz mit der Urne, tritt an die Reling, lässt sie an einem schmalen Schiffstau zu Wasser und schlägt acht Mal die Schiffsglocke.

Rosa bekommt eine Gänsehaut, als die Jagdbläser nun das Halali anstimmen, das Ewald Wulff so geliebt hat. Alle Gäste stehen an der Reling und schauen aufs Meer zu dem Rosenkranz, der sich auf dem Wasser still und friedlich wiegt, während die Urne schon hinab auf den Meeresboden sinkt. Wie die anderen wirft Rosa eine langstielige gelbe Rose als letzten Gruß hinterher. Ein Schluchzen steigt in ihrer Kehle auf. Auf Beerdigungen muss sie immer weinen.

Inzwischen ist der Kapitän ins Führerhaus zurückgekehrt, der Motor springt an und die MS *Meeresleuchten* setzt sich in Bewegung. Langsam umrundet das Schiff den Rosenkranz, bevor es sich auf den Rückweg macht.

Während das Schiff wieder Fahrt aufnimmt, werden im

Salon unter Deck Butterkuchen und belegte Brötchen angeboten, dazu gibt es Kaffee, Tee und geistige Getränke.

Holger setzt sich neben Rosa und legt den Arm um sie.

«Ist das der Vater von deinem Kind?», fragt Tante Hildegard laut von der anderen Seite des Tisches. Rosa erstarrt und würde am liebsten vor Scham im Boden versinken.

Holger nimmt die Hand von ihrer Schulter und sieht sie prüfend an. «Hab ich da irgendwas nicht mitgekriegt?»

Rosa läuft rot an. Verdammt, hätte sie bloß heute Morgen den Mund gehalten. Sie wollte doch erst abwarten, was die Frauenärztin sagt, bevor sie mit Holger spricht.

«Lass uns nach oben gehen», bittet Rosa leise. Ihr ist ganz flau im Magen.

«Ich weiß gar nicht, wie ich anfangen soll», sagt sie, als sie endlich allein an Deck stehen. Ein kleines Motorboot fährt mit spritzender Gischt vorbei, ein junges Mädchen winkt ihnen lachend zu. «Aber es könnte tatsächlich sein, dass ich schwanger bin.»

Endlich ist es raus.

«Ich denke, du nimmst die Pille.» Besonders glücklich sieht Holger nicht aus.

«Die nehm ich ja auch. Aber meine Regel ist überfällig. Zehn Tage schon.» Tränen steigen ihr in die Augen.

Holger bleibt ernst. «Wann weißt du denn mit Sicherheit, ob du schwanger bist oder nicht?»

«Am Montag.»

«Tja, dann warten wir mal ab. Und wenn es tatsächlich so sein sollte, dann ...» Er stoppt. Und überlegt lange. Rosa fühlt sich ganz unbehaglich. Endlich lächelt Holger schräg. «Dann ist es wohl vom Schicksal so gewollt. Mein alter Herr liegt mir ohnehin schon in den Ohren, dass ich eine Familie gründen soll, damit die Firma nach meinem Tod auf meine Kinder übergehen kann.»

Richtig echt wirkt sein Lächeln bei seinen Worten allerdings nicht.

«Was du aber auch immer gleich denkst.» Hoyko wirkt ein bisschen verlegen. «Waltraud hat mich nur mit ihrer Begeisterung für Bienen angesteckt. Mehr nicht.»

Gerda schenkt jedem Sprudelwasser ein. «Bei der Hitze muss man ordentlich trinken. Gerade in unserem Alter.» Sie schiebt ein Glas vor Hoyko. «Ich war vorhin einen Moment in Gedanken und hab nicht zugehört. Meint ihr die Waltraud vom Bienen-Paradies?»

«Nein, die Waltraud vom Bienen-*Hof*», verbessert Heinrich seine Frau.

«Die mein ich doch. So viele Waltrauds mit Bienen gibt es hier in der Gegend nu auch wieder nicht.» Gerda trinkt einen Schluck. «Waltraud lebt ja quasi für die Bienen. Bei den Landfrauen hat sie schon mehrere Vorträge darüber gehalten, wie wichtig es ist, die Viecher zu schützen.»

«Viecher. Also bitte, Gerda! Nicht du auch noch, wo Heinrich schon so verächtlich über die Bienen redet.» Hoyko wirft ihr einen empörten Blick zu.

«Schon gut. Ich mein das doch nicht so. Weißt du doch.»

«Na gut. Ich will dir mal nicht böse sein. Und Waltraud ... ich glaube, niemand kennt sich auf dem Gebiet besser aus als sie. Sie ist überhaupt so sensibel und tierlieb. Sie ...» Hoyko gerät schon wieder ins Schwärmen. Das wundert Gerda. Waltraud wirkt immer ein bisschen verhuscht. Findet Gerda zumindest. Was war die als junges Mädchen schüchtern! Aber vielleicht blüht sie jetzt im Alter auf. So was soll's geben, wenn der Ehemann gestorben ist. Hört man immer wieder. Und man muss auch sagen: Leicht hat sie es mit ihrem Mann nicht gehabt. Vor allem, als der so krank geworden ist. Da hat Gerda mehr Glück. Heinrich ist kernig und gesund. Auch wenn er öfter heimlich schmökt. Aber dieses kleine Laster gönnt sie ihm. Sie wirft ihrem Mann einen liebevollen Blick zu.

«Is was?», fragt Heinrich prompt.

Gerda schüttelt den Kopf. «Ich hab grad nur gedacht, dass die Waltraud mich früher oft an Rudis Mutter erinnert hat. Beide sind immer ein bisschen schüchtern gewesen. Und eher unscheinbar.»

«Helga? Schüchtern und unscheinbar?» Hoyko sieht Gerda erstaunt an. «Dann meinst du eine andere Helga als die, die ich in Erinnerung habe. Wäre sie so schüchtern gewesen, gäbe es Rudi heute nicht.»

«Dazu gehören ja wohl immer zwei Menschen», entgegnet Gerda empört.

Anscheinend hat sie ins Schwarze getroffen, denn Hoyko wird tatsächlich ein bisschen rot.

Erst nach dem dritten Stück Butterkuchen hat Henner den Schock halbwegs überwunden. Rosa ist schwanger. Von diesem Jagdhorn blasenden Sondelgänger. Er hat genau gehört, was Tante Hildegard gesagt hat und wie die beiden sich danach aufs Oberdeck verpieselt haben.

«Was guckst du so grummelig?» Rudi setzt sich neben ihn und nimmt sich ein Stück Kuchen.

«Tante Hildegard muss mir wohl demnächst einen neuen Obermieter suchen.»

«Wieso das denn?»

«Rosa kriegt ein Kind. Von diesem Sondel-Heini. Hab ich vorhin mit eigenen Ohren gehört.»

«Nee!» Entsetzt lässt Rudi den Kuchen auf seinen Teller fallen.

«Doch.»

«Rosa ist schwanger?»

«Sieht so aus.»

Einen Moment schweigen beide, dann sagt Rudi: «Hat man ja mit rechnen müssen, dass sie eine Familie gründen will. Aber dass das nun so schnell geht.»

«Jo. Das geht gar nicht.»

«Ach, hör auf, Henner. Freu dich lieber mit ihr. Ich war damals irre glücklich, als ich erfahren habe, dass ich Vater werde.»

«Aber du warst da garantiert nicht auf einer Bestattung. Das ist pietätlos!»

«Mensch, Henner. Leben kommt, Leben geht.» Rudi beißt herzhaft vom Kuchen ab, da ertönt die Fanfare seines Handys. «Wer um Himmels willen ruft jetzt an?»

Henner zuckt mit den Schultern. Sind schließlich bis auf Ludwig fast alle Leute da, die sie kennen. Dass ausgerechnet der nun nicht gekommen ist, wundert Henner schon. Der umtriebige Internet-Reporter lässt doch sonst keine Gelegenheit aus, sich für lau durchzufuttern.

«Was gibt's, Chef?», fragt Rudi mit vollem Mund.

«Oh, nee», murmelt Rudi nach einer Weile. «Geht aber nicht so schnell. Bin auf einer Seebestattung.»

Als Rudi das Handy wieder in die Hosentasche steckt, sieht Henner ihn neugierig an. Genau wie die Mädels vom Häkelbüdel-Club am Nachbartisch.

«Das war mein Chef.»

«Hab ich mir schon gedacht. Was Schlimmes?», fragt Henner.

«Ulfert Johannsen wurde ermordet. Vergiftet.»

«Ach nee. Das ist ja ein Ding.»

«Ich soll gleich nach Wittmund kommen, wenn wir angelegt haben.» Rudi schenkt sich noch eine Tasse Kaffee ein.

Seit Stunden feilt Ludwig Twenge nun schon am Nachruf für Ulfert Johannsen herum. So eine postume Würdigung ist immer eine heikle Sache. Schließlich ist der Tote eine Person des öffentlichen Lebens gewesen. Mindestens so wichtig wie ein Bürgermeister oder Landrat.

«Plötzlich und unerwartet ist der umtriebige Chef der Krummhörn Touristik von uns gegangen. Praktisch mitten in der Arbeit, wollte er doch als Erster den Übernachtungsstrandkorb testen. Ulfert Johannsen hat sich mit Herz und Seele eingesetzt. Für Neuharlingersiel. Für die Krummhörn. Für unsere Gäste.» Das klingt doch schon mal gut. Den Vergleich, dass sein Leben an eine Kerze erinnert, die von zwei Seiten brennt, lässt er lieber weg. Obwohl das schon passt. «Er schien nie zur Ruhe zu kommen, hetzte von einer Idee zur anderen. Das ging so weit, dass sich mittlerweile etliche Einheimische über die Massen an Touristen beschweren, die

Johannsen ins bislang so ruhige Ostfriesland gelockt hat.» Diesen Satz streicht er besser wieder. Schließlich finden alle, die mit dem wachsenden Tourismus Geld verdienen, Johannsens Ideenreichtum gut. Der Campingplatz wächst und wächst. Die Hotelauslastung ist bestens. Pensionen und Privatzimmervermietungen sind zufrieden. Der Eisverkäufer freut sich, genau wie die Besitzer der Fischbrötchenbuden.

«Die ganze Krummhörn verneigt sich vor dem Mann, dem die ostfriesische Halbinsel so viel zu verdanken hat.» Genau. Das hat was. Er will gerade weitertippen, als sein Telefon klingelt. Ungehalten wirft er einen Blick auf das Display.

Nanu. Das ist Sigrid! Sie ist doch auf der Seebestattung. Ob was passiert ist?

«Sigrid, was gibt's? Seid ihr in Seenot?»

«Quatsch. Alles gut. Aber Ludwig, du glaubst nicht, was ich eben gehört habe! Johannsen wurde ermordet. Vergiftet.»

«Nee!» Schon sieht Ludwig vor seinem inneren Auge die neue Schlagzeile. *Tourismus-Manager getötet. Treibt ein Killer in Ostfriesland sein Unwesen?* Er reißt sich zusammen und versucht, sich die Begeisterung über diese unerwartete Wendung nicht anmerken zu lassen.

«Woher weißt du das?» Er wundert sich, dass seine Frau eher an Informationen gekommen ist als er. Dabei hat er doch die Kontakte und auf Facebook über hundertfünfzig Freunde.

«Rudi hat einen Anruf aus Wittmund bekommen. Ich saß am Nebentisch und hab das Gespräch mitbekommen. Hast du seinen Nachruf schon online gestellt?»

«Nee. Ich arbeite noch dran. Du weißt ja, wie penibel ich darauf achte, nichts als die reine Wahrheit zu schreiben.» Na ja, zumindest bemüht er sich. Alles, was seine Informanten und User auf Facebook ihm als Wahrheit servieren, kann er natürlich nicht überprüfen. Schließlich übt er sein Amt als Online-Reporter ehrenamtlich aus. Wenn ihm da mal ein kleiner Fauxpas unterlaufen sollte, kann ihm keiner an den Karren pinkeln. Aber zum Glück ist ihm noch nie ein ernsthafter Fehler passiert. Jedenfalls fast nie. «Womit ist Johannsen denn vergiftet worden?»

«Das hab ich nicht aufschnappen können. Ich wollte nur, dass du gleich Bescheid weißt.»

«Das hast du genau richtig gemacht. Dafür lad ich dich auf einen dicken Eisbecher ein! Und: Halt weiter die Ohren auf, hörst du?»

Zufrieden beendet Ludwig das Telefonat. Ja, man muss netzwerken, überall seine Informanten haben. Die journalistische Arbeit, die er nach seiner unfreiwilligen Frühpensionierung als Fernsehtechniker in Esens eher hobbymäßig begonnen hat, ist längst zu einem Fulltime-Job geworden. Zwar unbezahlt, dafür umso investigativer. Er muss schließlich keine Rücksicht auf Werbekunden nehmen.

Ulfert Johannsen wurde also ermordet. Am besten, er schaut sich dessen Facebook-Videos aus dem Übernachtungsstrandkorb noch einmal an. Vielleicht entdeckt er da etwas. Und gab es nicht vor ein paar Tagen ein paar hässliche Kommentare im Netz über den touristischen Ausverkauf der Region? Ludwig meint, sich an einen Beitrag erinnern zu können. So von wegen «Ostfriesland gehört den Ostfriesen. Nicht den Binnenländern, die glauben, sich hier billig einkaufen zu können.» Ja, da brodelten die Meinungen wie in einem Siedetopf. Da guckt er doch gleich noch mal genauer nach. Er nimmt die Computermaus in die Hand. Zwei Klicks später ist Ludwig auf der Facebook-Seite der Krummhörn Touristik.

Hauptkommissar Haueisen ist mies drauf. Und er sieht überhaupt nicht ein, daraus einen Hehl zu machen. Schließlich hat ihm Emterbäumler durch seinen Anruf endgültig den Tag verdorben. Gerade heute haben er und seine Frau Marianne ordentlich was vor: Sie feiern am Abend ihre Silberhochzeit als Grillparty. Mit dreißig Gästen! Schon gestern Abend haben sie alles weitgehend vorbereitet, heute Morgen sollten nur noch die frischen Lebensmittel eingekauft werden. Genau dabei erreichte ihn Rudi Bakkers Anruf. Direkt an der Theke beim Schlachter, wo er die vorbestellten 50 Nackensteaks und 70 Bratwürste abholte. Die Meldung über den toten Tourismus-Manager hat ihm zwar nicht in den Kram gepasst, aber richtig schlimm war es auch nicht, schließlich war er nach einer guten Stunde Arbeit am Strand wieder zu Hause und dachte, der Fall sei erledigt.

Gut gelaunt hat er das Bier in den Kühlschrank gestellt und den Grill vorbereitet. Er saß gerade mit einem eiskalten Jever auf der Terrasse, als Marianne mit seinem Handy ankam und es ihm mit vorwurfsvollem Blick reichte. Und dann hat Emterbäumler mit den Worten «Ulfert Johannsen wurde vergiftet» seine gesamte Abendplanung versaut. Verflixt noch eins. Der hat doch sonst immer so viel zu tun. Hätte der den Johannsen nicht bis morgen liegen lassen können?

Statt in seinem Garten sitzt er nun seit einer halben Stunde in seinem Büro im Polizeikommissariat Wittmund, liest den Obduktionsbericht zum zweiten Mal und überlegt, was zu tun ist.

«Moin!» Oberkommissar Schnepel rauscht voller Tatendrang, ohne zu klopfen, ins Zimmer.

«Setzen Sie sich!» Mit wenigen Worten bringt Haueisen ihn auf den aktuellen Stand.

«Vergiftet, soso. Ich hab ja geahnt, dass an der Sache was faul ist! Wie gut, dass ich den Inhalt der Mülleimer habe sicherstellen lassen.» Schnepel guckt selbstgefällig. «Da soll sich die KTU gleich mal dranmachen. Die Weinflasche und das Glas haben die schon untersucht, oder? Kollege Bakker hat doch alles eingesammelt und bei den Kollegen abgegeben.»

Was hat Schnepel gesagt? Beim letzten Satz hat er wohl nicht richtig hingehört. Ertappt blickt Haueisen Schnepel an. «Ja, ja.» Er muss sich konzentrieren. In Gedanken war er bei der Feier und hat überlegt, wie er es doch noch hinkriegt, rechtzeitig zum Empfang der Gäste zu Hause zu sein. Plötzlich kommt ihm eine Idee. Klar! In diesem Moment klopft es an der Bürotür, und Rudi Bakker tritt ein. Im schwarzen Anzug.

«Moin, Chef. Ging nicht eher. Hab mich beeilt – aber die Geschwindigkeitsbegrenzungen. Sie wissen ja.»

«Schon gut.» Mit einer Geste wischt Haueisen die Erklärung beiseite. «Nehmen Sie Platz. Ich werde Sie kurz von der Sachlage in Kenntnis setzen, wir besprechen, was Sie beide heute ermittlungstechnisch noch unternehmen, und dann bin ich weg.» Delegieren heißt das Zauberwort.

Erstaunt blicken Bakker und Schnepel ihn an.

«Wie? Dann sind Sie weg?», wagt es Schnepel zu fragen.

«Genau. Ich habe einen wichtigen Termin und meine Zeit

nicht gestohlen. Also machen wir zügig weiter: Bei der Obduktion hat Emterbäumler herausgefunden, dass Johannsen innerlich verblutet ist. Auslöser war Gift. Vermutlich im Rotwein. Johannsen muss zunächst bewusstlos geworden sein, sonst hätte er über sein Handy ja noch Hilfe rufen können.»

«Is nicht wahr!», ruft Schnepel. «Ich ...»

Haueisen wirft ihm einen strengen Blick zu. Schnepel verstummt sofort. «Die Kollegen der Kriminaltechnik nehmen sich gerade das Glas und die Flasche aus dem Strandkorb vor. Die Ergebnisse müssten innerhalb der nächsten Stunde vorliegen. Bis dahin gucken Sie sich die Videos an, die Johannsen auf Facebook hochgeladen hat. Gibt es dort irgendeinen Hinweis darauf, dass er noch jemanden erwartete? Könnte etwas, das er gepostet hat, jemand dazu verleitet haben, an den Strand zu fahren und ihn zu vergiften?»

«Es war garantiert eine Frau.» Schnepel grinst süffisant. «Giftmorde sind eindeutig weiblich. Gift ist hinterhältig und lautlos.»

«Ach Helmut, ich kenne kaum eine Frau, die lautlos ist», erwidert Rudi. «Und hinterhältig auch nicht.»

«Pfff.» Schnepel schnaubt gelangweilt. «Das liegt nur daran, dass dir der Blick fürs große Ganze fehlt. Du hast es in deiner Polizeistation in Esens ja höchstens mit einem Handtaschenraub oder einem geklauten Fahrrad zu tun. Dir fehlt die Erfahrung, über den Tellerrand zu gucken.»

«Nun mäßigen Sie sich mal, Schnepel.» Haueisen wirft einen Blick auf seine Armbanduhr. Es wird Zeit, er muss auch die zweite Kiste Bier noch in den Kühlschrank stellen. Das hat er vorhin vergessen. Nichts ist unangenehmer, als den Gästen lauwarmes Bier anzubieten. «Aber in einem haben Sie recht: Wir müssen anfangen, nach Motiven zu suchen und mögliche

Verdächtige herauszufiltern, um sie nach ihren Alibis zu fragen. Bakker, Sie sagten vorhin am Telefon, die Freundin des Toten lebt nicht mehr in der gemeinsamen Wohnung?»

«Stimmt. Es hat wohl ziemlich heftigen Streit gegeben.»

«Ha!», unterbricht Schnepel seinen Kollegen. «Ich sag's doch: Wir haben es hier mit einem klassischen Beziehungsdrama zu tun!»

Haueisen verliert langsam die Geduld, denn die Minuten verrinnen unaufhaltsam. «Nun lassen Sie Bakker doch mal ausreden!», schnauzt er Schnepel an, und Rudi Bakker fährt fort: «Amelie Nansen ist vor ein paar Tagen ausgezogen. Sie hat sich noch nicht umgemeldet, aber ich weiß, wo sie arbeitet. Da können wir ansetzen.»

«Jo. So machen wir das.» Das Telefon klingelt. Mit einem Stöhnen nimmt Haueisen das Gespräch an.

«Kröver hier», meldet sich der Chef der Kriminaltechnischen Abteilung. «Volltreffer. Sowohl in den Resttropfen in der Flasche als auch am Glas konnten wir Spuren von Gift nachweisen. Ist übrigens ein Rattengift. Hochkonzentriert. Ziemlich hässlich, wenn man das als Mensch nimmt.»

«Als Tier sicher auch», rutscht es Haueisen heraus, er schiebt jedoch gleich ein «Danke, Kollege» hinterher. «Was ist mit Fingerabdrücken?»

«Nur die von Johannsen.»

«Mist. Aber gut, wir werden trotzdem herausfinden, wie das Gift in die Flasche kam. Vor allem, von wem.»

«Das ‹wie› kann ich dir schon sagen: Mit Hilfe einer ganz feinen Nadel ist es durch den Korken in die Flasche injiziert worden.»

«Aha. Danke nochmals. Schönes Wochenende.» Haueisen legt auf.

«Also, nun ist es amtlich, Johannsen hat das Gift mit dem Rotwein zu sich genommen.»

«War ja klar», sagt Schnepel überheblich.

«Nee», widerspricht Rudi Bakker, «war gar nicht klar. Derjenige muss doch gewusst haben, dass wir so nachweisen können, dass es Mord war.»

Schnepel zuckt mit den Schultern. «Vielleicht ist der Mörder einfach nicht der Hellste.»

«Oder es war Absicht», sagt Haueisen, nun doch für einen Moment voll auf die Ermittlungen konzentriert. «Fragt sich nur: Wenn ja, warum? Falls jemand den Verdacht auf eine weitere Person lenken wollte, müsste es noch andere Fingerabdrücke geben. Oder eine andere Spur.» Ein bisschen konfus erscheint ihm diese Erklärung selbst. Aber am Anfang einer Ermittlung muss man in alle Richtungen denken. Nachdenkliches Schweigen legt sich über den Raum, bis Haueisen eine Entscheidung trifft. «Egal, wir werden schon dahinterkommen. Sie beide wissen nun erst einmal, was Sie zu tun haben. Und am Montag werden wir uns im beruflichen Umfeld Johannsens umsehen. Auf jeden Fall ist bis dahin höchste Geheimhaltungsstufe geboten! Wir wollen doch alle ein entspanntes Wochenende haben und nicht Gefahr laufen, dass der Täter …», Schnepel wirft ihm einen vorwurfsvollen Blick zu, «… oder die Täterin sich aus dem Staub macht, wenn wir jetzt schon herausposaunen, dass es ein Giftmord war. Sind wir uns da einig?»

Schnepel und Bakker nicken zwar, aber irgendwie hat Haueisen den Eindruck, als ob dieses Nicken bei Bakker ein wenig unglücklich rüberkommt.

Zum dritten Mal sehen sich Rudi und Schnepel inzwischen Johannsens Facebook-Videos an. Immer wieder Möwenkreischen und Wellenrauschen. Und ein gut gelaunter Tourismus-Manager mit einem Rotweinglas in der Hand, das mal mehr, mal weniger gefüllt ist. Rudi kann schon fast mitsprechen.

«Da ist nichts, was uns weiterbringt», sagt er enttäuscht. «Nur Johannsen, Sand und Wellen.» Jetzt kommt gleich der Moment, in dem Johannsen die Kamera wieder auf sich dreht. Langweilig. Rudi unterdrückt ein Gähnen.

«Stopp!», ruft Schnepel plötzlich und sofort klickt Rudi auf das Pause-Symbol.

«Da war was. Ein Schatten! Ich hab's genau gesehen!» Schnepel klingt begeistert. «Ich sag doch: Man muss sich vollkommen auf die Beobachtungen konzentrieren. Eins sein mit der Situation, die zum Verbrechen führt. In die Rolle der Opfer oder Täter schlüpfen.» Selbstbewusst guckt er Rudi an. «Spul ein paar Sekunden zurück.»

Nicht gerade begeistert folgt Rudi Schnepels Wunsch.

«Und jetzt: Lass laufen.»

Rudi drückt auf Play.

«Ha! Da isses wieder!» Schnepel reibt sich die Hände.

«Wo?» Rudi hat nichts bemerkt.

«Na da, du Blindfisch! Spul noch mal zurück.»

Gesagt, getan. Jetzt erkennt Rudi, was Schnepel meint. «Mensch, das ist der Schatten einer Möwe! Das sieht man doch!» Er schüttelt verständnislos den Kopf. Schnepel nun wieder.

«Unsinn! Du erkennst einen Mörder nicht mal, wenn er vor dir steht.»

Rudi verdreht die Augen. Als ob Schnepel je den richtigen Täter gefasst hätte. Zugegeben, ein paar gute Ansätze hat er in den letzten Fällen beigesteuert, aber generell ist das eher nix, was er bringt. Wenn Haueisen nicht wäre, und vor allem Rosa, die sich auf die ihr eigene unorthodoxe Art immer wieder in die Ermittlungen einmischt, würde die Bilanz der aufgeklärten Verbrechen in der Region längst nicht so gut aussehen.

«Helmut. Das ist der Schatten einer Möwe. Kein Mensch könnte so einen Schatten werfen.» Rudi ignoriert Schnepels bitterbösen Blick. «Aber um des lieben Friedens willen können wir die Mitarbeiter der Neuharlingersieler Touristik bitten, uns die Aufnahmen der Live-Cam von Freitagabend zur Verfügung zu stellen. Die werden ja 72 Stunden aufbewahrt, bevor sie überspielt werden.» Rudi meldet sich mit einem Klick von Facebook ab. Hat ihm sowieso nicht gefallen, dass Schnepel kurz Rudis Profil sehen konnte, ist schließlich *seine* Privatsache. Und dass Susanne, Schnepels Noch-Ehefrau, Rudis letzten Beitrag mit einem Herzchen kommentiert hat, hat Schnepel hoffentlich nicht gesehen. Rudi schiebt seinen Stuhl zurück.

«Lass uns zum Seniorenheim fahren und Amelie Nansen befragen.» Ohne Schnepels Antwort abzuwarten, steht er auf.

Nachdem das Schiff wieder im Hafen angelegt hat, sind Holger und Rosa zum Strand gegangen. Rosa hat sich die Pumps ausgezogen und ist mit Holger Hand in Hand am Flutsaum spazieren gegangen. Das erste Mal am Strand ohne Metallsonde. Ist eigentlich auch ganz schön, nicht immer auf dieses Piepen zu achten und dauernd Kronkorken oder Metalllaschen von Dosen auszubuddeln, findet Rosa. Mit den Füßen im Wasser zu laufen und sich einfach nur zu unterhalten, hat auch etwas. Vor allem weil ja nun viele Fragen im Raum stehen. Wie schnell sich das Leben von jetzt auf gleich ändern kann …

Nun sind sie auf dem Rückweg und haben es nur noch wenige Meter bis zu ihrer Wohnung. Die Sonne flirrt über dem Asphalt, es sieht aus, als wäre eine Pfütze auf der Straße. Alles ist etwas träge an diesem Samstag, nur am Strand spielen und hüpfen Kinder, denen die Hitze nichts ausmacht. Die Erwachsenen hingegen haben es sich in den Strandkörben oder unter Sonnenschirmen gemütlich gemacht.

«Wenn es ein Junge wird, nennen wir ihn Paul. Was meinst du?» Rosa wirft Holger einen spitzbübischen Blick zu.

«Ich weiß nicht. Ist ein friesischer Name nicht schöner? Hinnerk zum Beispiel?»

Das erinnert Rosa nun ein bisschen sehr an Henner. Und genau der kommt ihnen in diesem Moment auf dem Fahrrad entgegen, mittlerweile ohne schwarzen Anzug, dafür in seiner dreiviertellangen Jeans und mit dem Jägermeister-T-Shirt.

«Wo willst du denn hin?», fragt Rosa.

«Muss Muddern im Garten helfen.»

«Ach so. Großes Familientreffen?» An denen nimmt Rosa nämlich auch immer gerne teil. Nicht nur wegen des guten Essens, sondern wegen der heiteren Stimmung und Henners vielen Schwestern. Heute könnte sie Holger mitnehmen und ihn Gerda und Heinrich Steffens vorstellen. Wo ihre eigenen Eltern nicht gerade um die Ecke wohnen.

«Nee, kein Familientreffen. Die ersten Stangenbohnen sind so weit», sagt Henner und radelt weiter.

«Wahrscheinlich soll er seinen Eltern von der Seebestattung erzählen», meint Rosa. «Die waren ja nicht dabei. Dass

Henner am Samstag um diese Uhrzeit noch im Garten helfen muss, glaub ich den ganzen Tag nicht.»

«Warum nicht? Bei uns war auch immer samstags Gartenarbeit angesagt. Dann hatte mein Vater Zeit, der war die Woche über ja immer bis spät im Betrieb. Ich muss übrigens gleich los. Ich hab meinem alten Herrn versprochen, ihm beim Bau des neuen Hochsitzes an der Jagdhütte zu helfen.»

«Heute?» Rosa sieht ihn entgeistert an.

«Ja.» Holger wirft einen Blick auf seine Uhr. «Genau genommen sollte ich schon da sein.»

«Aber ... ich dachte, wir machen es uns heute richtig kuschelig bei mir. Es ist doch ein ganz besonderer Tag.»

«Ich hab es meinem Vater nun mal versprochen. Schon vor drei Wochen. Alleine ist das zu schwer für ihn.» Er nimmt Rosa in den Arm und drückt ihr einen Kuss auf den Mund. «Ich muss jetzt los. Wir sehen uns morgen. Ich hole dich um 12 Uhr ab.»

«Wohin fahren wir denn?»

«Überraschung!»

«Na gut.» Sie unterdrückt ihre Enttäuschung. «Dann zisch mal los, du Fleißiger. Ich freu mich auf morgen.»

«Ich mich auch.»

Rosa sieht ihm sehnsüchtig hinterher und legt die Hände auf ihren Bauch.

Überraschung hört sich gut an. Sie liebt Überraschungen. Trotzdem hat sie sich den Ausklang des Tages anders vorgestellt. Romantischer. Und Hinnerk gefällt ihr schon mal gar nicht als Vorname. Eher Rasmus. Oder Jendrik.

Im Seniorenheim ist Grillen angesagt. Die Bewohner stehen am Grillstand Schlange, manche auf ihre Rollatoren gestützt, andere sitzen im Rollstuhl. Es gibt Würstchen, Brot, Nudel- und Kartoffelsalat.

Rudi ist verwundert. «Was geht hier denn ab?», fragt er Amelie Nansen, die sie im weitläufigen Garten der Anlage getroffen haben.

«Das Leben», antwortet Amelie lachend.

«Aber das ist ein Altenheim», sagt Schnepel spitz.

«Eine Seniorenresidenz», korrigiert Amelie. «Unsere Bewohner sind ja keine entmündigten, bettlägerigen Patienten. Viele haben sehr viel Spaß am Leben und den wollen wir ihnen lassen. Und Raum dafür geben. Deswegen grillen wir gemeinsam, bieten im Herbst eine Weinprobe an, fahren mit denen, die es wollen, ins Theater. Wenn Sie geglaubt haben, hier ist Endstation, dann haben Sie sich getäuscht. Hier wird gelebt und Spaß gehabt. Natürlich gilt das nicht für alle Bewohner, aber für sehr viele. Deshalb sind sie hier so zufrieden. Wir wollen ihnen ein fröhliches, bequemes neues Zuhause bieten, auch wenn wir wissen, dass wir die eigenen vier Wände nicht ersetzen können. Entschuldigen Sie mich kurz.» Amelie geht auf eine Dame mit Rollator zu. «Fräulein Klostermann, warten Sie. Ich helfe Ihnen beim Tragen.» Schon nimmt sie den Teller und das Glas mit Orangensprudel und begleitet die alte Dame zu einem Tisch, wo sie beides abstellt. «Guten Appetit!»

Rudi erkennt seine ehemalige Grundschullehrerin. Er hat damals in Heimatkunde an ihren Lippen gehangen, so lebendig hat sie erzählt. Der Geruch von Bratwürstchen steigt Rudi in die Nase, und sogleich überfällt ihn Heißhunger. Ob er wohl eine Wurst kriegen kann, wenn sie das Gespräch mit Amelie Nansen beendet haben?

Als die zurückkehrt, sagt Schnepel: «Da haben Sie uns gerade das richtige Stichwort gegeben. Die eigenen vier Wände.» Er grinst sie schräg an. «Wo sind denn Ihre augenblicklich? Bei Ulfert Johannsen sind Sie ja ausgezogen, beziehungsweise ausgezogen worden, um das mal höflich zu formulieren.»

Amelie kneift die Augen zusammen. «Das stimmt überhaupt nicht. Wer hat Ihnen das denn erzählt?»

Schnepel zieht die Augenbrauen hoch. «Wollen Sie behaupten, es gab keinen Streit zwischen Ihnen? Die Nachbarn haben uns da etwas anderes erzählt.»

«Ach, die lieben Nachbarn. Besonders die Tratschtante von gegenüber, die hängt den ganzen Tag hinter der Gardine.» Amelie Nansen lacht trocken. «Natürlich will ich nicht abstreiten, dass Uli und ich uns manchmal in der Wolle hatten. Wir sind eben sehr leidenschaftliche Menschen. Warum fragen Sie das überhaupt?»

«Sie *waren* leidenschaftliche Menschen», verbessert Schnepel die junge Frau. «Zumindest bei Ulfert Johannsen müssen wir in der Vergangenheit sprechen. Er ist tot.»

Amelie Nansen blickt Schnepel ungläubig an, und tatsächlich sackt ihre Kinnlade runter. Das hat Rudi in dieser Form noch nie so gesehen. Amelie schluckt. Sie räuspert sich. «Er ist … tot?»

Rudi nickt und spricht weiter, bevor Schnepel noch mehr unsensibles Zeug von sich geben kann. «Ja, es tut uns leid, Ihnen das mitteilen zu müssen. Er wurde heute Morgen im Übernachtungsstrandkorb beim Windloop gefunden.»

Ohne Rücksicht auf die Gefühle von Amelie Nansen poltert Schnepel los: «Er wurde vergiftet. Also: Wo waren Sie gestern Abend? Haben Sie Ihren Ex-Freund am Strand aufgesucht und ihm vergifteten Wein untergejubelt, nachdem Sie ihn bei Facebook gesehen haben?»

Einen Moment lang ist Amelie baff. Ihre Gedanken rattern, das sieht Rudi regelrecht. Ob das so schlau von Schnepel war, Täterwissen herauszuposaunen? Dann aber stemmt sie empört die Hände in die Hüften. «Was bilden Sie sich eigentlich ein! Warum sollte ich meinen Freund vergiften?»

«Ex-Freund», widerspricht Schnepel genüsslich.

«So ein Quatsch! Zugegeben, wir hatten Streit, und ja, ich habe mir eine Tasche geschnappt und bin weg. Aber ich bin momentan auch in einer außergewöhnlichen Situation. Ich bin nämlich schwanger. Und bevor Sie fragen: Uli ist der Vater. Er hat sich genauso darauf gefreut wie ich.»

«Warum steht dann Ihr Name nicht mehr auf dem Klingelschild?», fragt Rudi sachlich.

Amelie Nansens Augen schießen Blitze auf ihn. Sie zögert einen Augenblick. «Ich sagte doch schon: Wir sind beide sehr temperamentvolle Menschen. Wahrscheinlich hat Uli es vor lauter Wut einfach abgerissen.»

«Worüber war er denn so wütend?», fragt Schnepel.

«Ach, irgendeine Lappalie. Ich weiß es gar nicht mehr.»

Das glaubt Rudi allerdings kaum. Deshalb legt auch er jetzt einen Gang zu. «Und wo waren Sie nun gestern Abend?»

«Bei einer Freundin.»

«Können wir die sprechen?»

«Das ist schlecht. Sie ist heute Morgen schon früh nach Hannover gefahren», erwidert Amelie schnippisch. «War's das jetzt?»

Siegfried Haueisen ist gut drauf. Das hat er ausgezeichnet gedeichselt. Einfach die Aufgaben delegiert. Wozu ist er schließlich der Chef? Er war rechtzeitig zu Hause, um die letzten Vorbereitungen zu treffen. Auf dem Rückweg vom Kommissariat hat er an der Tankstelle mehrere Beutel mit Eiswürfeln geholt, die nun – in quietschgrünen Plastikeimern – Wein, Cola und Wasser kühlen.

Als die Gäste kommen, ist er frisch frisiert und der Scheitel gerade gezogen. Er knöpft sich noch das karierte Kurzarmhemd zu, das Marianne letzte Woche extra für heute gekauft, gewaschen und gebügelt hat, da klingelt der erste Gast. Und dann geht es Schlag auf Schlag.

Eine halbe Stunde später sind die meisten Gäste da, die Grillkohle kokelt vor sich hin, gleich wird er eine Begrüßungsansprache halten. Das hat Marianne sich von ihm gewünscht. Sie möchte nur neben ihm stehen, bescheiden, wie sie ist. So oft hat sie in den letzten Jahren zurückstecken müssen. Immer stand sein Job an erster Stelle. Seine Tochter hat er kaum heranwachsen sehen. Inzwischen ist sie längst aus dem Haus und lebt zurzeit in Singapur. Ihr Mann arbeitet da beim Auswärtigen Amt.

Er greift zu einer Flasche Jever und hebelt den Kronkorken runter, als sein Kumpel Peter neben ihn tritt und ihn in die Seite pufft.

«Na, du hast ja echt die Ruhe weg. Hut ab. Ich weiß nicht, ob ich das könnte. Da wird in Neuharlingersiel der Tourismus-Manager vergiftet, und du grillst hier fröhlich vor dich hin. Tja, Beamter müsste man sein. Ist das Bier für mich?»

Wie elektrisiert überlässt Haueisen Peter die Flasche. «Woher weißt du das?»

«Aus der Mitmachzeitung. Ludwig Twenge hat heute

Nachmittag einen Nachruf dort eingestellt.» Peter grinst. «Na ja, wie Twenges Nachrufe eben sind. Der könnte glatt bei der BILD-Zeitung anfangen.»

Haueisen schluckt. «Was hat er denn geschrieben?»

Peter zieht sein Handy aus der Gesäßtasche. «Warte. Hier.» Schon hat er die Seite der Online-Zeitung geöffnet. Vollkommen perplex liest Haueisen die Überschrift und den Artikel. Dann stürmt er wutentbrannt ins Haus. Völlig außer sich greift er zum Handy und wählt die Nummer von Rudi Bakker. Nur der kann der Verräter sein. Schließlich kennt er den Reporter gut.

Das Dattein ist brechend voll. Die Mädels vom Häkelbüdel-Club sitzen vorne rechts am runden Tisch. Rosa winkt dem Damenkränzchen zu, geht zur Schiffsrumpftheke und bestellt sich einen Pfefferminztee. Anschließend quetscht sie sich zu Adelheid aufs Sofa.

«Ihr hättet mir ruhig Bescheid sagen können, dass ihr heute Abend hier seid», beschwert sie sich. Auf der Suche nach Gesellschaft und Ablenkung hat sie in ihrer aller Lieblingskneipe vorbeigeschaut, in der Hoffnung jemanden zu treffen. Dass der Häkelbüdel-Club sich einfach trifft, ohne ihr Bescheid zu sagen, kränkt sie schon.

«Wir wollten das junge Glück nicht stören», sagt Gudrun verschmitzt und prostet ihr mit dem Weinglas zu.

Junges Glück. Da liegt Gudrun ziemlich daneben. Aber das will Rosa hier und jetzt nicht zugeben. Überhaupt sollte sie sich mit dem zurückhalten, was sie erzählt. Hätte sie heute

Morgen beim Frisör den Mund gehalten, hätte sich Tante Hildegard auf dem Schiff nicht verplappert. Und sie hätte abwarten können, was die Untersuchung der Frauenärztin ergibt.

«Holger hat keine Zeit, er hat seinem Vater versprochen bei irgendwas zu helfen. Außerdem müssen wir ja nun nicht ständig zusammen sein, nur weil ich schwanger bin.»

«Oje, bist du etwa gereizt, Rosa?», fragt Gisela. «Das liegt an den Hormonen. Aber es spricht sehr für deinen Holger, dass er eingegangene Versprechen hält.» Gisela erhebt nun ebenfalls ihr Weinglas. «Wenigstens du hast heute für gute Neuigkeiten gesorgt. Ansonsten hatte der Tag es ja in sich.»

«Das kannst du wohl laut sagen», meint Sigrid. «Ludwig hat schon einen Aufruf bei Facebook gepostet. Vielleicht hat jemand am Strand was gesehen und meldet sich bei ihm.»

Rosa lässt den Teebeutel ins heiße Wasser gleiten. «Was soll denn da jemand gesehen haben?»

«Na, den Mörder!» Sigrid stellt ihr Glas wieder ab.

«Mörder?» Rosa lässt den Teebeutel los und strafft den Rücken. «Hab ich was verpasst?»

«Anscheinend. Du warst auf dem Schiff eben zu sehr mit deinem Liebsten beschäftigt.» Sigrid wirft ihr einen amüsierten Blick zu. «Ulfert Johannsen wurde vergiftet. Rudi hat den Anruf von seinem Chef bekommen, als wir unten bei Kaffee und Kuchen zusammensaßen. Hast du wohl nicht mitbekommen.»

Rosa schüttelt den Kopf. Nein, das hat sie tatsächlich nicht mitgekriegt.

«Und deshalb überlegen wir angestrengt, wer dem Johannsen was Böses wollte», sagt Gudrun.

«Der arme Mann. So jung! So erfolgreich. Und so gut aussehend», lamentiert Gisela. «Was für ein Jammer, der ...»

«Du wiederholst dich», unterbricht Adelheid sie. «Das wissen wir langsam, dass der jede haben konnte. Und dass du gesehen hast, wie viele Damen im Laufe der Zeit bei ihm ein und aus gegangen sind, hast du auch schon mindestens dreimal gesagt.»

«Tja. Bei den Damen war Johannsen wohl allseits beliebt, bei anderen dafür umso weniger.» Sigrid beugt sich über den Tisch und senkt die Stimme. «Ludwig hat gesagt, dass der auf Facebook ordentlich angefeindet wurde. Auf seinem eigenen Account und auf dem der Touristikgesellschaft. Weil er alles dafür getan hat, dass immer mehr Touristen hierherkommen. Das hat vielen nicht geschmeckt, sagt Ludwig. Dem sind Dinge zu Ohren gekommen, Dinge ...» Sigrid lässt den Satz im Raum hängen.

«Wegen der Touris bringt einen doch keiner um, das glaubst du doch selbst nicht», entgegnet Gudrun. «Aber was ist eigentlich an den Gerüchten mit seiner Assistentin dran? Zwischen den beiden soll in letzter Zeit ja mächtig dicke Luft geherrscht haben. Angeblich hat die ihn sogar gestalkt.»

«Echt?» Sigrids Augen blitzen aufgeregt.

«Adelheid, nun erzähl schon, du kennst die doch. Ist da was dran, oder sind das nur Gerüchte?» Gudrun schaut ihre älteste Schwester eindringlich an.

«Du hast es auf den Punkt gebracht, Gudrun. Das sind nur Gerüchte. Gegen die sich Tamara gewehrt hat.»

«Erzähl trotzdem», drängelt Rosa, die plötzlich ein seltsames Jucken in der Nase verspürt. Ihr Detektivinnengespür hat wieder angeschlagen.

«Also gut. Tamara hat nie was von dem Johannsen gewollt. Im Gegenteil.»

«Aber die soll ihn doch gestalkt haben», beharrt Gudrun.

«Das hat er erfunden. Weil sie ihn nicht rangelassen hat. Damit konnte der nicht umgehen.» Adelheid redet sich regelrecht in Rage. «Ich kenne Tamara seit bestimmt zehn Jahren von den Treffen der Werbegemeinschaft. Im Laufe der Zeit haben wir uns ein bisschen angefreundet. Und erst letzten Monat hat sie auf der Facebook-Seite für Neuharlingersiel meinen Andenkenladen vorgestellt.»

«Hat Ludwig auch einen schönen Bericht zu geschrieben», wirft Sigrid ein.

«Und vielleicht dreht das Fernsehen bald bei uns im Hafen. Dann kommen die eventuell auch zu mir, hat Tamara gesagt. Die hat nämlich beste Kontakte zu den Leuten vom Fernsehen.»

«Ich hab gehört, das hätte der Johannsen alles eingefädelt. Genau wie das Single-Treffen im Herbst», mischt sich nun Gisela ein. «Hat er mir erst letzte Woche erzählt, als ich den Gehweg gefegt habe.»

«Stimmt aber nicht. Das ist alles auf Tamaras Mist gewachsen. Vor allem die Idee mit den Singles.»

Rosa zuckt bei dem letzten Wort zusammen. Single. Hoffentlich ist sie selbst nicht bald wieder Single. Single mit Kind. Der Gedanke gefällt ihr gar nicht.

SONNTAG

Rudi wacht auf und fühlt sich wie gerädert. Nach dem telefonischen Anschiss von Haueisen hat er kaum geschlafen. Als ob er was dafür kann, dass Ludwig sich im Internet wichtig gemacht hat. Garantiert war es Sigrid, die noch an Bord des Schiffes zum Handy gegriffen und ihren Mann brühwarm informiert hat. Er war's jedenfalls nicht.

Schwerfällig zieht Rudi sich seine Joggingklamotten über, putzt die Zähne und schlurft aus dem Haus. Duschen kann er, wenn er sich seinen Frust abgerannt hat. Er startet langsam, steigert sich jedoch schnell. Für elf Uhr hat der Chef ihn ins Kommissariat bestellt. Jetzt, wo öffentlich bekannt ist, dass Johannsen vergiftet wurde, können sie den Sonntag nicht mehr frei machen. Schiete. Eigentlich wollte er mit Susanne heute eine Radtour machen. Zum Glück hat sie Verständnis gezeigt. Er lächelt bei dem Gedanken an sie. Das entwickelt sich eigentlich ganz gut mit ihnen beiden. Auch wenn sie sich bislang noch nicht mal geküsst haben. Aber man soll nichts überstürzen. Immer schön sinnig, wie Vadder Steffens sagt.

Nach einer Dreiviertelstunde kommt er verschwitzt in den Ort zurück und drosselt sein Tempo. Das hat richtig gutgetan. Noch schnell Brötchen holen, wie jeden Sonntag, und ab nach Hause unter die Dusche. Beim Bäcker hat sich eine längere Schlange gebildet. Kein Wunder, jetzt in der Hochsaison frühstücken eben auch die Gäste gern mit Brötchen.

Er tritt ein paar Mal auf der Stelle und lässt die knirschenden Schulterblätter kreisen, schließlich möchte er nicht kalt werden. Obwohl, richtig auskühlen kann er gar nicht, das Thermometer ist ja schon wieder auf 21 Grad geklettert.

«Moin, Rudi, was hampelst du denn so rum?» Gisela tippt ihm von hinten auf die Schulter.

«Komme gerade vom Joggen», antwortet er und dreht sich um. Das trifft sich ja gut. «Du, Gisela, sag mal, bist du sicher, dass die Freundin von Johannsen richtig ausgezogen ist? Uns hat sie gesagt, es war nur ein Streit unter Liebenden, nix Ernstes.»

Gisela lacht trocken. «Na ja, wenn es heutzutage normal ist, dass die Liebende heulend Koffer und Umzugskisten aus dem Haus schleppt, während der Liebende die Arme vor der Brust verschränkt, dann ist das so. Kann ich mir aber nicht vorstellen. Die kam ja extra mit einer Freundin und in zwei Autos. Damit sie auch alles mitkriegen.» Gisela guckt ihn treuherzig an. «Ich hab gerade zufällig die Fenster geputzt, als die die Kisten rausschleppten.»

«Ja, klar. Ganz zufällig.» Rudi verkneift sich ein Grinsen. Gisela putzt gerne Fenster. Vor allem, wenn in der Nachbarschaft was vor sich geht.

«Übrigens, Johannsens Schwester hat mich vorhin angerufen. Zwei Polizisten waren gestern in Wilhelmshaven bei ihr und haben sie über den Tod ihres Bruders informiert. Sie will im Laufe des Tages herkommen. Braucht ja das Stammbuch, Geburtsurkunde und all so'n Krams, um die Beerdigung ihres Bruders vorzubereiten. Ach, es ist ein Jammer. Nicht nur für die Schwester, sondern auch für die ganze Krummhörn. Johannsen hat eine Menge bewegt. Unser Ostfriesland ist dank Leuten wie ihm ein wahrer Touristenmagnet geworden. Stell dir vor, in dieser Saison haben wir das kleine Gartenhäuschen bei uns auf'm Grundstück durchgängig an Urlauber vermietet. Obwohl wir da nur eine Toilette und ein Waschbecken haben und die Gäste die Außendusche benutzen müssen. Aber das ist denen egal. Und uns freut es.»

Ist das eigentlich erlaubt? Rudi will sich da lieber nicht reinhängen, vor allem, weil er inzwischen an der Reihe ist. «Zwei Normale, zwei Weltmeister und ein Croissant», bestellt er automatisch, korrigiert sich dann aber. Sven ist ja in Holland und Hoyko kommt auch nicht. «Nee, stopp. Nur zwei Weltmeister.» Während die Verkäuferin die Brötchen eintütet, zieht er einen Fünf-Euro-Schein aus seiner Jogginghose. Nachdem er sein Wechselgeld erhalten hat, wendet er sich noch mal an Gisela. «Ruf mich bitte an, wenn Johannsens Schwester angekommen ist. Ich müsste dringend mit ihr sprechen.»

Was war das gestern doch für ein aufregender Tag. Da war von allem was dabei, denkt Rosa, als sie unter der Dusche steht und das heiße Wasser auf sie niederprasselt.

Erst der Schreck, sie könnte schwanger sein, dann die Leiche, anschließend die Seebestattung, auf der Hildegard sich verplappert hat, und schließlich Holgers Reaktion. Dazu am Abend das Treffen mit dem Häkelbüdel-Club, die Nachricht, dass Ulfert Johannsen vergiftet worden ist, und all die Neuigkeiten, die die Mädels über ihn zu berichten wussten.

Das alles hat Rosa zunächst gar nicht zur Ruhe kommen lassen, letztlich aber hat sie doch bis heute Morgen um halb acht geschlafen. Nur die Träume waren ein wenig blöd, der tote Johannsen geisterte immer wieder durch ihren Schlaf.

Sie stellt das Wasser aus und rubbelt sich mit dem weichen Frotteehandtuch ab, da piepst ihr Handy. Sie schaut aufs Display. Eine Nachricht von Holger.

Nicht vergessen: Ich hole dich um 12 Uhr ab.

Okay, freu mich.

Sie schlüpft in weiße Spitzenwäsche und Jogginganzug. Was sie nachher wirklich anzieht, entscheidet sie später. Wer weiß, wohin Holger sie entführt.

Nun sollte sie erst einmal vernünftig frühstücken. Vielleicht muss sie ja jetzt schon für zwei essen. Und deshalb wird sie zum Bäcker laufen und sich Croissants holen. Das Knäckebrot bleibt heute im Schrank.

Im Treppenhaus lauscht sie. In Henners Wohnung ist alles ruhig. Vielleicht ist der bereits unterwegs, die kostenlose Sonntagszeitung steckt jedenfalls nicht mehr in seinem Briefkasten. Also braucht sie ihm auch keine Brötchen mitbringen.

Der Himmel ist wie blank geputzt, als Rosa vor die Tür tritt. Die Temperaturen sind schon wieder hochsommerlich, genau so, wie sie es liebt. Kurz vor dem Sieltor trifft sie Rudi, der augenscheinlich seine Laufrunde bereits hinter sich hat. Er sieht verschwitzt aus und hält eine Brötchentüte in der Hand.

«Moin! Nur der frühe Vogel fängt den Wurm», ruft Rosa ihm gut gelaunt zu.

«Und der schnelle Polizist den Mörder.»

Er nun wieder. «Ich hab gestern Abend gehört, dass Johannsen vergiftet wurde und dass ihr ermittelt», sagt sie provozierend, weil sie sich ein bisschen darüber ärgert, dass

Rudi ihr nichts davon gesagt hat. Hätte sie nicht zufällig die Mädels vom Häkelbüdel-Club getroffen, wäre sie vollkommen ahnungslos.

«Ja, das war echt blöd. Das mit dem Gift sollte eigentlich noch geheim bleiben», sagt Rudi. «Hab deswegen einen mächtigen Anschiss von Haueisen bekommen, obwohl ich überhaupt nichts dafür konnte, dass Ludwig das erfahren hat.» Rudi sieht Rosa mit bedröppeltem Gesichtsausdruck an. «Aber was sollte ich machen? Wenn der Chef anruft, muss ich rangehen. Wäre in dem Fall aber besser gewesen, erst später mit Haueisen zu telefonieren. Dumm gelaufen. Irgendwie ist Haueisen aber auch selbst schuld, er wusste doch, dass ich auf See bin. Da kann man nicht eben mal ein paar Meter weggehen, um vertrauliche Informationen zu empfangen.»

«Wieso sollte das denn geheim bleiben?»

«Mein Chef wollte erst am Montag in Sachen Mördersuche starten. Egal.» Rudi läuft auf der Stelle. «Ich muss los. Um elf ist Krisenstab in Wittmund.»

«Nun spiel dich bloß nicht so auf. Ist ja gerade erst neun.» Sie kneift die Augen zusammen. «Hast du eigentlich schon von den Gerüchten gehört, die über Johannsen im Umlauf sind?»

«Meinst du über seine Freundin Amelie?»

«Nein, über seine Assistentin Tamara.»

Rudi kratzt sich am Kopf. «Nee, also das ist mir neu.»

Haueisen sieht ziemlich übermüdet aus, denkt Rudi, als er pünktlich im Büro des Chefs eintrifft. Die dunklen Ringe unter den Augen kennt er zwar schon, aber heute wirkt Haueisen noch müder als sonst. Der Mord muss ihm ziemlich zugesetzt haben. Ob die beiden sich persönlich gekannt haben?

«Sorry!» Schnepel kommt in einem offenen Leinenblouson hereingerauscht, die Sonnenbrille auf der Nase. «Also, was gibt's? Womit fangen wir an?»

Haueisen verdreht die Augen angesichts von Schnepels guter Laune. «Wie wär's, wenn Sie mir zunächst von dem Gespräch mit Johannsens Lebensgefährtin berichten», schlägt er vor.

«Also», beginnt Schnepel voller Tatendrang. «Die Dame hat kein Alibi.» Er schiebt sich die Sonnenbrille auf den Kopf. «Sie will bei einer Freundin gewesen sein, die Samstag früh nach Hannover gefahren ist. Leider ist diese Freundin telefonisch nicht erreichbar. Ich habe ihr eine SMS geschickt, dass sie mich zurückrufen soll, aber das hat sie nicht getan.»

«Du hast was?», fragt Rudi ihn entgeistert.

«Eine SMS geschickt. Warte.» Schnepel nimmt sein Handy und liest gleich darauf vor: «‹Moin, Frau Eiben. Hier schreibt die Kripo Wittmund. Bitte rufen Sie mich umgehend unter dieser Handynummer an.› Und so weiter.»

Rudi prustet los. «Das ist ja nicht dein Ernst! Du glaubst doch nicht, dass die zurückruft! Du hättest die Nummer des Kommissariats angeben müssen.»

Auch Haueisen schüttelt nur den Kopf. «Ist zwar gut gemeint, aber wer darauf reagiert, muss schon einen Happen doof sein. In letzter Zeit sind doch die Zeitungen voll von Ganoven, die sich als Polizisten ausgeben.»

Beleidigt steckt Schnepel das Handy weg. «Immerhin habe ich versucht, das Alibi zu überprüfen!», sagt er. «Die Nansen hat ja allein durch ihren Job im Heim genug Gelegenheiten,

Nadel und Spritze zu entwenden, mit Gift zu füllen und das Zeug in die Flasche Wein zu jagen. Weiß doch jeder: Giftmörder sind meistens Frauen.» Selbstgefällig verschränkt er die Arme vor der Brust.

Rudi nickt. «Da könnte was dran sein», stimmt er zu. «Ich habe heute Morgen zufällig die Nachbarin von Johannsen beim Bäcker getroffen. Als ich sie darauf ansprach, dass Frau Nansen meinte, sie hätten nur einen Streit gehabt, sagte sie, dass die Nansen mit einer Freundin Umzugskisten aus dem Haus geschleppt hätte. Ich finde, die Tatsache, dass der Name der Nansen auf dem Klingelschild fehlt, spricht dafür, dass die Nachbarin die Wahrheit sagt. Außerdem kenne ich die seit Jahren. Die tratscht zwar gerne, aber sie lügt nicht. Trotzdem sollten wir uns in Johannsens Haus umsehen. Wenn es stimmt, was Amelie Nansen sagt, müssen ja noch eine Menge Dinge von ihr im Haus sein. Finden wir aber nichts davon ...»

«... haben wir die Mörderin», unterbricht Schnepel ihn begeistert.

Rudi lässt sich jedoch nicht so ohne weiteres stoppen. «Außerdem kommt Johannsens Schwester heute im Laufe des Vormittags in Neuharlingersiel an. Die Nachbarin informiert mich, wenn sie da ist, dann können wir vielleicht schon ohne Durchsuchungsbefehl ins Haus und uns vorsichtig umgucken. Ich hab übrigens gehört, dass Johannsen ziemlichen Stress mit seiner Stellvertreterin gehabt haben soll. Da würde ich auch gern nachhaken.»

«Na gut.» Haueisen seufzt. «Den Durchsuchungsbeschluss für Johannsens Haus hab ich gestern schon beantragt, Sie können also loslegen.»

«Noch etwas!», meldet sich Schnepel wieder zu Wort. «Ich habe einen Schatten auf einem der Facebook-Videos gesehen, die Johannsen hochgeladen hat. Wir brauchen die Aufnahmen der Live-Cam vom Strand. Da wird garantiert Amelie Nansen drauf zu sehen sein. Das hab ich im Gefühl.»

«Das war zwar 'ne Möwe», sagt Rudi, der Schnepels Wichtigtuerei ätzend findet, «aber vorsichtshalber sollten wir uns wirklich diese Aufnahmen angucken. Können Sie das organisieren, Chef?»

«Moment. Machen wir am besten sofort. Haben Sie die Nummer der Touristen-Information von Neuharlingersiel? Die haben in der Saison doch sonntagvormittags geöffnet.»

Schnell googelt Rudi. «Jo.» Haueisen greift zum Telefon und Rudi diktiert ihm die Zahlenfolge.

Das Telefonat dauert nur wenige Minuten, dann legt der Chef zufrieden auf.

«Sie können gleich hinfahren und sich die Aufnahmen vor Ort angucken.» Haueisen reibt sich über die Augen.

«Alles klar.» Schnepel dreht sich schon um, aber Rudi bleibt stehen. «Das geht Ihnen ziemlich nah, Chef, nicht?», fragt er mitfühlend. «Haben Sie den Johannsen gut gekannt?»

Erstaunt blickt Haueisen ihn an. «Wie kommen Sie denn darauf?»

«Weil Sie so einen betroffenen Eindruck machen.»

«Nee. Ich hab Johannsen überhaupt nicht gekannt», erklärt der Chef. «Ich bin nur total müde. Hab gestern meine Silberhochzeit gefeiert und war erst um halb vier im Bett.»

In diesem Moment ertönt die Fanfare von Rudis Handy. Es ist Gisela.

Als Rosa in ihre Wohnung zurückkommt, hat ihr Beo Pepe den Käfig mal wieder von alleine geöffnet und flattert fröhlich durch die Wohnung. Sie muss dringend die Klappe reparieren, der Verschluss ist ganz ausgeleiert. Gut nur, dass sie wegen der Hitze alle Fenster geschlossen hat. Pepe ist ihr nämlich schon einmal abgehauen, gleich nachdem sie hier eingezogen ist.

«Pepe, mein Süßer», gurrt Rosa, «komm zu mir.»

Doch Pepe kümmert sich nicht darum, sondern fliegt auf die Gardinenstange und kreischt: «Halt die Klappe!» Das ist auch alles, was er sagen kann.

Ach, es ist doch immer wieder das Gleiche mit diesem eigensinnigen Vieh. Dann soll er eben da oben bleiben. Wenn sie nach dem Frühstück seinen Käfig saubergemacht hat und ihm frische Apfelspalten schneidet, wird er von ganz alleine runterkommen.

Rosa kocht grünen Tee, macht es sich am Küchentisch gemütlich und bestreicht das Croissant mit selbstgemachter Sanddornmarmelade. Die mag sie besonders gern. Kurz denkt sie an die Begegnung mit Rudi vorm Sieltor. Soll er mal Johannsens Assistentin auf den Zahn fühlen. Egal wie gern Adelheid Tamara Scanhagen mag, die Vorwürfe gegen sie müssen geprüft werden.

Sie gießt sich eine zweite Tasse Tee ein, beschmiert das andere Croissant mit Honig und schiebt das Thema beiseite. Es gibt ja jetzt viel Wichtigeres in ihrem Leben. In Endlosschleife kreisen ihre Gedanken um Holgers geheimnisvolle Einladung. Was für eine Überraschung könnte er wohl meinen? Will er sie in ein schickes Restaurant ausführen? Dann müsste sie sich entsprechend anziehen. Am besten ein leichtes Sommerkleid. Das rote mit dem weiten Ausschnitt wäre ideal. Mit Pumps ist sie wesentlich größer, ob ihm das gefällt? Oder soll sie die flachen Ballerinas wählen? Er könnte natürlich auch mit ihr zum Hof seines Vaters fahren, um dem die Neuigkeiten zu überbringen. In den letzten Wochen sind sie schon zweimal bei seinem Vater gewesen, was nicht wirklich verwunderlich ist, Holger und er leben zusammen auf einer Hofstelle zwischen Neuharlingersiel und Carolinensiel. Für seine fünfundsiebzig Jahre hat sich Walter, wie Rosa ihn nennen soll, gut gehalten. In dritter Generation führt er den Landmaschinenhandel. Holger soll sein Nachfolger werden. Aber so richtig loslassen kann sein Vater noch nicht. Na, dafür wird Rosa sorgen, wenn erst das Kind da ist. Klare Verhältnisse sind wichtig. Walter kann sich dann ja voll auf seine Opa-Rolle konzentrieren. Schließlich ist Holger sein einziger Sohn.

Rosa stößt einen tiefen Seufzer aus. Holger hätte ihr ruhig einen Tipp geben können, wohin sie fahren. Zum Sondeln werden sie kaum gehen. Das wäre keine Überraschung, das machen sie fast jedes Wochenende.

Mit Schwung steht sie auf, stellt Frühstücksbrett und Becher in den Geschirrspüler und schnappt sich Pepes Käfig. Der hat jetzt Vorrang. Der Rest wird sich finden.

Rudi und Schnepel klingeln am Haus von Ulfert Johannsen. Eine Frau in Jeans und schwarzem T-Shirt öffnet die Tür.

«Moin», sagt sie, «ich bin Ulis Schwester, Swantje Thomsen, kommen Sie rein. Die Nachbarin hat mir schon gesagt, dass Sie mit mir sprechen wollen.»

Um Korrektheit bemüht, zeigt Rudi ihr trotzdem seinen Dienstausweis, obwohl er Polizeiuniform trägt. Sogar Schnepel zückt die Plastikkarte.

«Ich steh irgendwie ziemlich neben mir», erklärt Swantje Thomsen, der man ansieht, dass sie ein zufriedenes Leben führt. Rudi hat schon viele Gesichter gesehen, in denen das Leben die Mundwinkel Richtung Kinn hat abfallen lassen. Swantje Thomsens' springen jedoch fröhlich nach oben. «Das war ein ganz schöner Schock, als Ihre Kollegen gestern vor unserer Tür standen. Ich hab das erst gar nicht glauben können.»

Rudi nimmt die Dienstmütze ab. «Unser Beileid. Aber es ist leider wahr.»

Swantje Thomsen schnieft, unvermittelt beginnt sie zu weinen. «Dass er einfach so stirbt! Dabei hatte er doch gar nichts mit dem Herzen. Im Gegenteil. Mein Bruder war so was von fit.»

Überrascht blickt Rudi zu Schnepel. Der nutzt sofort die Steilvorlage. «Herr Johannsen wurde vergiftet.»

«Wie bitte?» Entsetzen breitet sich auf dem Gesicht von Swantje Thomsen aus.

«Es war Rattengift im Wein.» Nee, Schnepel nimmt echt keine Rücksicht. Jedes Mal ärgert sich Rudi darüber, wie unsensibel sein Kollege ist.

«Rattengift?» Ihr Gesicht wird erst blass, dann grün, dann rennt sie davon. Rudi versucht die würgenden Geräusche auszublenden. Kurz darauf geht die Klospülung. Als sie zurückkommt, ist sie kreidebleich. «Lassen Sie uns ins Wohnzimmer gehen.»

Nachdem sie am Esstisch Platz genommen haben, berichtet Rudi, was sie inzwischen wissen, und endet mit der Frage:

«Wie hat Ihr Bruder eigentlich auf die Nachricht reagiert, dass er Vater wird?»

«Na, begeistert war er nicht», antwortet Thomsen, die sich wieder gefangen hat. «Er hat gesagt, Amelie will ihm das Kind unterschieben. Er hat immer mit einem Kondom verhütet, obwohl sie angeblich die Pille genommen hat. Da hätte sie überhaupt nicht schwanger werden können. Er hat gesagt, er würde auf jeden Fall einen Vaterschaftstest verlangen und bis dahin wolle er nichts mit der Sache zu tun haben.»

«Das heißt, sie haben sich getrennt?», will Schnepel wissen.

«Er hat sie achtkantig rausgeschmissen», sagt Thomsen. «Sie steckten sowieso in einer tiefen Krise. Er hat sich geärgert, Amelie in der ersten Phase der Verliebtheit überhaupt in sein Haus aufgenommen zu haben, als ihr die Wohnung wegen Eigenbedarfs gekündigt worden ist.»

«Amelie Nansen behauptet, der Streit zwischen ihr und Ihrem Bruder sei harmlos gewesen.»

«Behauptet sie das?» Ihre Augen blitzen. «Dann gucken Sie sich gern um. Uli hat alles, was Amelie gehört, aussortiert und vor die Tür gestellt. Sie werden nichts mehr von ihr hier finden.»

Sofort springt Schnepel auf. «Danke, dass Sie uns das von sich aus anbieten, wir haben aber sowieso einen Durchsuchungsbeschluss dabei.» Er zieht das Schreiben aus der Tasche seines Blousons. «Zeigen Sie mir bitte zunächst das Schlafzimmer.»

«Gerne.» Swantje Thomsen steht auf. Rudi auch, aber er bleibt stehen und blickt den beiden nachdenklich hinterher. Johannsen und seine Schwester müssen sich sehr nah gestanden haben, so genau, wie sie die Beziehungsstreitereien kennt. Respekt. Ist ja schließlich erst wenige Tage her. Ein mattes Lächeln umspielt Rudis Mundwinkel. Wenn es denn stimmt, was Swantje Thomsen behauptet.

Die ersten Löcher hat Hoyko schon in den abgesägten Stamm des toten Apfelbaums getrieben. Von der Rindenseite aus und immer in Längsrichtung. So wie Waltraud es im Kurs erklärt hat. Schließlich soll sich keine Wildbiene an den Flügeln verletzen.

Hoyko legt die Bohrmaschine zur Seite und wirft einen Blick auf die Uhr. Es geht auf Mittag zu. Eigentlich müsste Waltraud gleich kommen. Sie hat gesagt, dass sie bei ihm vorbeischauen will, wenn sie den Vorsitzenden des Imkervereins aus Großburgwedel an der Fähre getroffen hat. Der will nämlich rüber nach Spiekeroog und da möchte sie die Gelegenheit zu einem kurzen Gespräch nutzen. Hoyko hat zwar nicht genau verstanden, warum dessen Bienenkönigin unbedingt auf Spiekeroog die Hochzeitsreise antreten muss, aber als Imker in Ausbildung versteht man natürlich nicht gleich alles auf Anhieb.

Die nächsten zehn Bohrlöcher sind gesetzt und abgeschmirgelt, als Waltraud mit ihrem Fahrrad vor seinem Gartenzaun abbremst.

«Moin, Hoyko, fleißig am Werkeln?»

«Moin. Gebe mein Bestes. Willst du mal schauen?»

«Unbedingt.» Sorgsam inspiziert Waltraud die Löcher. «Hey, du bist ja ein Naturtalent! Klasse, wie du das umsetzt, was ich euch im Kurs erzählt habe. Und nun zeig mir mal deinen Garten.» Gemeinsam begutachten sie Hoykos Beete.

«Wow! Da bleibt ja kaum ein Bienenwunsch offen. Hast du das alles alleine angelegt?»

«Nein, mein Enkel Sven hat mir geholfen», gibt Hoyko offen zu. «Ich habe das Haus erst vor kurzem gekauft und möchte den Garten so natürlich wie möglich gestalten.»

«Glockenblumen, Margeriten und Katzenminze sind prima», lobt Waltraud. «Brombeeren und Himbeeren lieben die Bienen übrigens ganz besonders.»

Hoyko zuckt verschämt mit den Schultern. «Ich eher nicht. Die wurzeln so tief, die kriegt man nie wieder richtig raus. Damit hab ich mich in Kanada schon rumgeplagt, darum hab ich die Brombeeren sofort rausreißen lassen, nachdem ich das Haus gekauft habe. Vergeblich, wie man sieht, die vermehren sich schneller, als man gucken kann.»

Er registriert Waltrauds veränderten Gesichtsausdruck und zeigt auf die andere Seite. «Da vorne hängt seit letzter Woche ein Bienenheim aus dem Versand eines Gartencenters», lenkt Hoyko von den leidigen Beeren ab. «Nennt sich Bee-Home. Mit dabei war eine kleine Röhre mit 25 Mauerbienen-Kokons. Ich bin gespannt, wann die schlüpfen. Angeblich sollen die gar nicht stechen.»

«Das ist eine sehr gute Sache», lobt Waltraud erneut. «Außerdem sehr dekorativ.»

Nach der Runde durch den Garten bleibt Waltraud vor dem Kräuterbeet stehen. «Hier wäre genau der richtige Platz für einen Bienenstock. Ich könnte dir übrigens einen vermitteln. Peter Frerichs will mir drei Völker verkaufen.»

Hoyko ist begeistert. «Für den Anfang würde mir eins aber reichen. Wäre das okay?»

«Natürlich. Du musst es ja nicht gleich übertreiben.»

«Warum kommt der Vorsitzende des Imkervereins eigentlich extra aus Großburgwedel mit seiner Bienenkönigin hierher? Will der seine Königin loswerden?»

Waltraud lacht auf. «Im Gegenteil. Auf Spiekeroog gibt es schon seit sechzig Jahren eine Bienenbelegstelle. Da bringt man seine unbefruchtete Königin hin und kann sichergehen, dass die zur Paarung nur auf Drohnen der gewünschten sanften Zuchtrichtung trifft. Andere Drohnen können sich nämlich nicht auf die Insel verirren. Die verlieren über dem Wasser die Orientierung.»

Hoyko runzelt die Stirn. «Sanfte Zuchtrichtung? Das hatten wir schon mal. Dabei heißt es doch von Seiten der Ethikkommissionen, Eingriffe in die Fortpflanzung soll der Mensch nicht machen.»

Waltraud blickt ihn lächelnd an. «Das ist in einem solchen Fall doch ganz was anderes.»

Heute Morgen stattet Henner Tante Hildegard mal wieder einen Besuch ab. Das macht er von Zeit zu Zeit. Meist während der Postrunde. Schließlich ist sie seine Vermieterin. Und wenn Rosa tatsächlich demnächst auszieht, wovon ja auszugehen ist, will er endlich ein Mitspracherecht bei der Auswahl des neuen Mieters haben. Nicht, dass das so läuft wie bei den beiden letzten Malen. Erst hat Tante Hildegard den geigenden Finanzbeamten über ihm einquartiert. Als der ausgezogen ist, hat sie ihm zwar versprochen, dass er beim nächsten Mieter mitreden darf, sich dann aber für Rosa entschieden, ohne ihn zu fragen. Auf seinen Protest hin hatte sie nur gemeint: «Lern die Deern doch erst mal kennen, min Jung. Ich finde, sie macht einen ganz patenten Eindruck.»

Als er jetzt von möglichen Nachmietern anfängt, wimmelt seine Tante ab. «Darüber reden wir, wenn's so weit ist. Ich hab übrigens was Leckeres für dich.» Dabei sieht sie ihn verschmitzt an und geht zum Kühlschrank. «Mein Vetter aus Greetsiel war gestern da und hat mir Fleisch von der letzten Jagd mitgebracht. Ist aber viel zu viel für mich.»

Mit einer Tüte vakuumierten Rehfilets radelt er wenig später nach Hause. Zwar ist der Hochsommer nicht wirklich die angesagte Jahreszeit für Wild-Gerichte, aber einem geschenkten Gaul schaut man nicht ins Maul.

Als er von seinem Postfahrrad steigt, sieht er Rosa auf der Bank vorm Haus sitzen. Sie trägt ein rotes Kleid mit tiefem Ausschnitt und passendem knallrotem Lippenstift. Am heiligen Sonntagmittag! Was hat die bloß vor?

«Moin. Wo willst du denn hin?», fragt er beim Öffnen der Gartenpforte.

«Das weiß ich noch nicht.» Nervös steht Rosa auf und zuppelt an ihrem Kleid herum. «Was meinste, kann ich so gehen?»

«Kommt drauf an, wohin.»

«Wenn ich das nur wüsste. Holger holt mich gleich ab. Er hat mir nicht verraten, wohin wir fahren.»

Henner wirft einen Blick auf Rosas nackige Beine. Hochhackige Schuhe hat sie auch noch an. Spazieren gehen will sie anscheinend nicht. «Na denn, viel Spaß.» Er will schon ins Haus, als eine Fahrradklingel ertönt, direkt am Gartentor. Er dreht sich um. Rosas neuer Freund steht am Zaun. Mit grünem Rennrad. Richtig schnittig sieht das aus. Im Unterschied zu Henners behäbiger Berta.

«Da bin ich», ruft Holger. «Wir können gleich los. Ist dein Fahrrad startklar?»

Henner wirft einen amüsierten Blick auf Rosas Schuhe. Na, denn man tau.

In der Touristeninformation ist einiges los. Viele Gäste haben Fragen, wollen Auskünfte, darauf hat sich das Team von Ulfert Johannsen prima eingestellt. Auch am Sonntag ist man in der Hochsaison für die Urlauber da.

Rudi und Schnepel stellen sich jedoch nicht in die Warteschlange, sondern werden gleich von einem der Mitarbeiter in einen angrenzenden Raum geführt.

«Hier könnt ihr die Aufnahmen angucken», sagt der junge Mann, der in demselben Boßelverein wie Rudi ist. «Wollt ihr euch wirklich die komplette Nacht angucken?» Er schiebt einen zweiten Schreibtischstuhl heran, sodass Rudi und Schnepel nebeneinandersitzen können.

«Natürlich nicht», sagt Schnepel von oben herab. «Die Stunden, in denen Johannsen noch lebte, brauchen wir ja kaum anzugucken.»

Rudi verdreht die Augen. Falsch, denkt er, genau die sind wichtig. In der Zeit hat er den Wein getrunken. Aber das sagt er besser erst, wenn sie allein im Raum sind.

Rudis Boßelkollege erklärt noch kurz, wie das System läuft, dann geht er.

Schnepel zieht den Blouson aus und hängt ihn über die Stuhllehne. «Also ran an den Speck», sagt er und setzt sich. «Aber ungastlich ist dieser Typ schon. Der hätte uns zumindest was zu trinken anbieten können, wenn wir hier schon stundenlang hocken müssen.»

«Wie? Wir machen eine Fahrradtour? Da hättest du mir ruhig einen Tipp geben können», sagt Rosa und hofft, dass sie nicht zu enttäuscht klingt. Männer sind in dieser Hinsicht manchmal ganz schön empfindlich. «Dann zieh ich mich schnell noch mal um. Fahr mir nicht davon!»

«Keine Sorge, ich zeig Henner in der Zwischenzeit mein neues Rennrad.»

Sie eilt ins Haus. Eine Fahrradtour! Wie peinlich ist das denn! Da hat sie sich ja total blamiert mit ihrem Kleid und den Pumps. Und nicht nur das, es zeigt vor allem, dass sie beide nicht immer auf einer Wellenlänge sind. Als er gesagt hat, sie soll sich überraschen lassen, hat sie im Leben nicht mit einem Fahrradausflug gerechnet.

Im Schlafzimmer schlüpft sie in ihre weiße Caprihose und die helle Bluse, dazu zieht sie knallrote Leinenschuhe an. Die passen wenigstens zum Lippenstift. Schon flitzt sie wieder nach unten, wo Holger Henner gerade irgendetwas mit Ritzeln erklärt. Rosa muss grinsen. Männer! Selbst bei Fahrrädern kommt es ihnen noch auf die Technik an. Ihr selbst reicht es, wenn das Rad sieben Gänge hat und ordentlich aufgepumpt ist.

«Es kann losgehen!» Sie holt ihr Rad aus dem Schuppen hinter dem Haus. «Wohin wollen wir denn? Oder willst du das immer noch nicht verraten?»

«Doch. Wir fahren in die Jagdhütte meines Vaters. Ich hab da etwas vorbereitet.»

Die Jagdhütte! Die hat sie nun gar nicht auf dem Schirm gehabt. Da wollte sie schon lange hin. Holger hat ihr so oft davon vorgeschwärmt.

Die Hütte liegt im Waldgebiet hinter Esens, mit dem Fahrrad brauchen sie fast eine Stunde. Meistens radeln sie nebeneinander her, nur auf den Waldwegen müssen sie hintereinander fahren. Mit den dünnen Reifen seines Rennrads hat Holger ganz schön mit den Spurrillen der Traktoren zu kämpfen. Die Reifen sind eher für Asphalt als für Wald und Feld gemacht.

«Da vorne ist es!», ruft er, als sie die Kiefernschonung hinter sich gelassen haben.

«Wie urig!», sagt Rosa, als sie vom Rad steigt. Die mit Holz verkleidete Jagdhütte sieht aus wie das Hexenhaus in Hänsel und Gretel. Die Sprossenfenster haben dunkelgrün gestrichene Klappläden und ein Geländer rahmt die geräumige Terrasse ein. Holger fingert nach dem Schlüssel, der über dem Türrahmen liegt, und schließt auf.

«Warte bitte noch einen Moment. Ich rufe, wenn du reinkommen kannst», sagt er und verschwindet im Haus.

Rosa setzt sich auf die rustikale Gartenbank aus glänzendem Holz. Direkt unter das Geweih eines Hirschs. Drinnen klappert es. Sie schmunzelt. Was macht er da bloß?

Ach ja, seufzt sie. Das Leben kann so schön sein. Als sie sich auf der Singleplattform Krabbenkuss.de angemeldet hat, hätte sie nie und nimmer gedacht, dass sie da tatsächlich jemanden kennenlernt, in den sie sich verlieben könnte. Vor drei Monaten hat sie sich das erste Mal mit Holger getroffen. Und dann ist alles ganz schnell gegangen.

«Du kannst reinkommen!», schallt es aus der Jagdhütte.

«Soll ich mir die Augen zuhalten?»

Keine Antwort.

Als sie durch die Tür tritt, brennen drinnen weiße Kerzen in einem Kandelaber und tauchen den Raum in warmes Licht. An den Wänden hängen jede Menge kleine und große Geweihe. Auf dem Boden liegen Felle. Ob das echte Bärenfelle sind? Nein, wohl eher nicht. Auf dem Tisch davor eine Flasche Champagner, daneben zwei Gläser. Rosa erkennt das Etikett. Die Aldi-Hausmarke.

Holger dreht am Verschlussbügel und öffnet die Flasche mit einem lauten Plopp. Der Champagner quillt heraus, Holger achtet aber nicht darauf, sondern gießt die prickelnde Flüssigkeit in die schmalen Kelche und reicht ihr einen.

«Gestern auf dem Schiff hast du mich ganz schön überrumpelt. Ich brauchte ein bisschen Zeit, um mich an den Gedanken zu gewöhnen, Vater zu werden. Aber wenn es denn nun so sein soll ... lass uns auf unser Kind anstoßen.»

Rosa wird ganz warm ums Herz. Unser Kind. Das hört sich schön an.

«Gut. Aber nur einen winzigen Schluck.»

Holger lacht. Während sie trinken, schauen sie sich tief in die Augen. Dann stellt er sein Glas ab und greift nach ihrer Hand.

«Rosa. Möchtest du mich heiraten? Jetzt wo wir Eltern werden, gehört sich das ja wohl so.» Er nestelt an ihrem Finger herum und steckt ihr einen Ring an.

Vor Schreck fällt Rosa das Glas aus der Hand und zerbricht klirrend auf dem Fußboden.

Ein Heiratsantrag! Sie ist vollkommen überrumpelt. Verlegen lächelt sie Holger an.

«Das kommt jetzt zwar sehr überraschend, aber ... Ja, ich will.»

Holger nickt und zieht sie in seine Arme. Eigentlich ist das der Moment, von dem sie träumt, seit sie konfirmiert wurde. Aber ein wenig mulmig ist ihr doch, schließlich wohnen sie noch nicht einmal zusammen. Ach was, sie sind beide alt genug, um zu wissen, was sie tun. Nur ... hoffentlich ist das zerbrochene Glas kein schlechtes Omen.

Es hat etwas Einschläferndes, wenn man sich einen Film anguckt, der ohne Ton und mit nur einer Kameraeinstellung läuft, die mal mehr, mal weniger heranzoomt. Den Hafen linksrum und dann rechts, über die vertäuten Kutter, die Häuser, ein Hund läuft frei, dann der Schwenk zum Strand, Menschen gehen, hüpfen, fahren Rad. Vom Übernachtungsstrandkorb sieht man nicht viel, er ist nur ein Fleck im hinteren Bereich. Seit zwei Stunden hocken sie nun schon in diesem Raum.

«Spul vor», sagt Schnepel, als die Kamera wieder zum Blick über den Hafen springt. Gerne kommt Rudi seinem Wunsch nach. Wieder sieht man den Strand, der inzwischen ziemlich leer ist. Nur wenige Menschen sind noch zu sehen, eine Frau in einem auffällig gemusterten Kleid wirft auf dem Weg vom Strand etwas in einen Mülleimer.

«Moin, die Herren.» Eine gut aussehende Blondine kommt herein, zwei Gläser und eine Flasche Mineralwasser in der Hand. «Tamara Scanhagen», stellt sie sich vor. «Ich bin Ulfert Johannsens Stellvertreterin. Furchtbar, was ihm passiert ist.»

Sofort springt Schnepel auf. «Guten Morgen. Oberkommissar Schnepel, Kripo Wittmund. Wir gehen die Videoaufzeichnungen durch. Könnte ja sein, dass der Mörder auf den Bildern zu sehen ist. Rudi, halt mal den Film an.»

«Der Mörder», haucht Tamara Scanhagen. «Haben Sie schon eine Spur, wer Ulfert vergiftet hat?» Ihre Haare reichen bis über die Schulter, sie ist schlank und trägt eine dunkelblaue Chinohose mit weißer kurzärmliger Bluse, die nicht nur locker fällt, sondern auch ein wenig durchsichtig ist. Schnepel lässt sich durch Tamara Scanhagens verführerische Reize ausnahmsweise nicht aus dem Konzept bringen. Im Gegenteil. Sein Zeigefinger schießt vor. «Ah! Vergiftet! Sie wissen es also!»

«Natürlich. Konnte ja jeder auf Facebook lesen.»

«Stimmt.» Man kann Schnepels Enttäuschung darüber, dass er nun nicht zufällig die Täterin aus der Reserve gelockt hat, förmlich mit Händen fassen. Sofort lässt auch seine Körperspannung nach. Aber nur für einen Augenblick. Dann legt er nach. «Was können Sie uns über Herrn Johannsen sagen?»

«Was soll ich Ihnen schon sagen können? Er war ein energiegeladener, ehrgeiziger Kollege.»

«Mehr nicht?», fragt Schnepel.

«Nein. Wir haben gut zusammengearbeitet, hatten aber privat keinen Kontakt.»

«Wirklich nicht?» Schnepel zieht zweifelnd die Augenbrauen in die Höhe.

«Nein.»

«Ich glaube, Sie lügen uns an», sagt Schnepel. «Uns ist zu Ohren gekommen, dass Sie und Johannsen Probleme hatten. Stimmt's, Rudi?»

Rudi nickt.

Tamara Scanhagen hebt die Augenbrauen. «Wer hat Ihnen das denn erzählt?» Ihr Ton ist kühl und sehr distanziert.

Schnepel dreht sich zu Rudi um, damit er antwortet.

Rudi wird rot. Er kann ja schlecht sagen, dass er es von Rosa weiß, die es wiederum von den Mädels des Häkelbüdel-Clubs hat, die es von sonst wem wissen. «Ähm ...»

Tamara Scanhagen lächelt zufrieden. «Sehen Sie, es wird viel geredet. Man sollte nicht alles glauben, was getratscht wird.»

Der Nachmittag mit Holger vergeht wie im Fluge. Sie liegen auf dem Fell vor dem Kamin, in dem eine brennende Kerze steht, und machen sich Gedanken über ihre Zukunft. Vor allem über ihre Hochzeit. Je mehr Holger davon redet, desto blumigere Bilder entstehen in Rosas Kopf. Sie sieht sich schon als Braut im langen weißen Kleid vorm Sielhof stehen. Die dortige kleine Kapelle wäre genau der richtige Ort, um getraut zu werden. Oder ist sie zu klein? Sie werden ja eine größere Gesellschaft sein: ihre eigene Familie, Holgers Vater und Onkel und Henners Familie. Allein die ist schon riesig. Er, seine Eltern, die acht Schwestern. Die werden ja sicher alle dabei sein wollen. Genau wie Rudi. Und der Häkelbüdel-Club. Der darf nicht fehlen.

Holger drückt ihr einen Kuss auf den Mund und steht auf. «Dann sollten wir uns schnell um einen Termin kümmern.»

«Da hast du recht», sagt Rosa, obwohl ein kleines Vöglein in ihrem Kopf immer noch leise zwitschert, dass es zu früh fürs Heiraten ist. «Du, Holger», beginnt sie und greift nach Holgers Hand. «Setz dich doch wieder.»

«Geht nicht. Wir müssen zusammenpacken. Ich habe meinem Vater versprochen, mit ihm nachher zur Geburtstagsfeier seines ältesten Freundes zu gehen. Bei dem hab ich schon auf dem Schoß gesessen, als ich noch ein Baby war.»

«Dein alter Herr spannt dich ganz schön ein.» Rosa steht ebenfalls auf. Schweigend ziehen sie sich an, pusten die Kerzen aus, räumen auf und radeln zurück. Am Sielwerk verabschiedet sich Holger mit einem hingehauchten Kuss von ihr und fährt weiter Richtung Carolinensiel. Sie winkt ihm hinterher und macht sich auf den Heimweg.

Als sie ihr Fahrrad hinterm Haus abstellt, überfällt sie eine innere Unruhe. Sie kann jetzt nicht einfach in ihre Wohnung gehen und so tun, als wäre nichts passiert. Wo doch heute einer der wichtigsten Tage ihres Lebens ist. Sie wird heiraten! Sie dreht den Ring an ihrem Finger. Der ist so herrlich altmodisch.

Sie läuft auf die Haustür zu. Aus Henners Wohnung hört sie Stimmen. Entschlossen drückt Rosa auf den Klingelknopf. Nichts passiert. Sie klingelt länger.

«Ich komm ja schon!» Im nächsten Moment wird die Tür geöffnet. «Das ist ja 'ne Überraschung», sagt Henner, rührt sich aber nicht einen Millimeter von der Stelle.

«Ich weiß ja, dass der Sonntag für Rudi und dich heilig ist, aber ich muss euch unbedingt was erzählen!» Sie drängelt sich an Henner vorbei in die Küche, wo Rudi gerade Kartoffeln schält.

«Was gibt's denn heute?» Rosa will lieber nicht gleich mit der Tür ins Haus fallen.

«Rehfilet mit Kräuterkartoffelpüree», sagt Rudi und schnappt sich die nächste Kartoffel.

«Wow!»

«Eigentlich sollte es ja Kartoffelsalat mit Matjes geben.

Aber Tante Hildegard hat Henner heute Mittag das Rehfilet mitgegeben. Hat ihr ein Cousin gebracht, der in Lütetsburg zur Jagd war. Hat wohl ein bisschen viel geschossen.» Rudi lässt das Schälmesser sinken. «Was willst du uns denn nun erzählen? Sag nicht, du weißt, wer Johannsen das Gift in den Wein gemischt hat.»

Als Rosa ihn daraufhin angrinst, schiebt er die Schüssel mit den Kartoffeln weit von sich. «Da brat mir einer 'nen Storch! Ich hocke heute den ganzen Tag mit Schnepel bei allerschönstem Wetter in diesem Kabuff der Touristen-Info und guck mir die gähnend langweiligen Überwachungsbänder an und du zauberst jetzt mir nichts, dir nichts den Mörder aus dem Hut? Das kann doch wohl nicht wahr sein.»

«Ist es auch nicht.»

Stille.

«Dann bin ich ja froh. Ich würd sonst langsam an meiner Berufswahl zweifeln», sagt Rudi.

«Guckt, es ist was ganz anderes.» Rosa streckt den beiden Freunden ihre Hand hin.

Stumm steht Henner neben Rosa. Irgendwas geht hier vor sich. Rosa ist so verdächtig gut gelaunt. Normalerweise quengelt sie doch rum, damit sie zum Essen eingeladen wird. Immer noch fuchtelt sie mit der Hand herum. Was soll das denn? Sie kann doch einfach sagen, was sie sagen will, und dann nach oben gehen. Sonntags stört man einfach nicht. Vor allem, weil er gleich das Rehfilet anbraten möchte. So wie ihm das Muddern letzten Winter gezeigt hat. Und dafür muss er sich konzentrieren. Matjes zu servieren ist da was anderes. Aber so ein Reh ist sensibel. Das verträgt keine Ablenkung.

«Nun guckt doch mal genauer hin!», fordert Rosa und wedelt weiter mit der Hand.

«Du hast einen neuen Ring», vermutet Rudi.

«Den hat Holger mir geschenkt.»

Henner legt die Stirn in Falten. Nein. Das soll jetzt bitte nicht das bedeuten, was er vermutet!

«Holger», wiederholt Rudi und blickt Henner an.

Der schluckt. «Holger», wiederholt auch er jetzt.

«Ja!» Rosa strahlt über das ganze Gesicht. «Ich habe heute von Holger einen Heiratsantrag bekommen.»

«Herzlichen Glückwunsch.» Rudi steht auf und nimmt Rosa in den Arm.

Henner schaut die beiden an. Sein Kumpel weiß wirklich in jeder Situation, was zu tun ist. Darum beneidet Henner Rudi manches Mal.

«Ja, denn», sagt er lahm. «Dann haben wir ja wohl Grund zu feiern. Magst du gleich ein Stück Reh mit essen?»

«Du lädst mich zum Sonntagabendessen und Tatortgucken ein?» Rosas Stimme hüpft vor Begeisterung in die Höhe. «Was bin ich heut nur für ein Glückskind!»

Von Tatort gucken hat Henner ja nun nicht geredet. Er seufzt. Aber so ist Rosa. Gibt man ihr den kleinen Finger, nimmt sie gleich die ganze Hand.

MONTAG

Tja, Frau Nansen, um es kurz zu machen: Es sieht nicht gut für Sie aus», beginnt Schnepel, als sie um Viertel nach acht Uhr morgens im Seniorenstift vor Amelie Nansen stehen.

Die junge Frau hält inne. Sie war gerade dabei, Kaffee- und Teekannen auf die Frühstückstische im Gemeinschaftsraum zu stellen, an denen schon einige Bewohner sitzen.

«Helmut», zischt Rudi ihm zu. «Lass uns das nicht in aller Öffentlichkeit besprechen.»

Amelie Nansen nickt. «Ihr Kollege hat recht. Einen Moment.» Sie tritt an einen der quadratischen Tische und spricht eine ältere Dame an.

«Fräulein Klostermann, sind Sie so nett und übernehmen das Eingießen? Ich bin gleich wieder da.»

«Gerne, Mädchen», sagt diese sofort und tätschelt Amelies Wange.

«Danke schön.»

Die Altenpflegerin kommt zurück. «Folgen Sie mir, wir gehen vor die Tür.»

Draußen zieht sie aus der Tasche ihres Schwesternkittels eine Schachtel Zigaretten und zündet sich eine an. Tief inhaliert sie den Rauch. Das spricht nicht gerade für sie, denkt Rudi. Ist schließlich allgemein bekannt, dass Rauchen in der Schwangerschaft dem Ungeborenen schadet. Und dann so früh am Morgen! Er wirft durch die bodentiefen Fensterscheiben einen aufmerksamen Blick zu den Frühstückstischen.

Scheint reibungslos zu laufen. Seine ehemalige Lehrerin hat das Einschenken bestens im Griff.

«Also», sagt Amelie Nansen verächtlich, «was verschafft mir die Ehre?»

«Sie haben uns belogen.» Schnepel lässt sich nicht beirren. «Sie haben behauptet, der Streit zwischen Ihnen und Johannsen sei harmlos gewesen. Aber das stimmt nicht, wie uns seine Schwester bestätigt hat. Sie erzählte uns auch, Herr Johannsen habe Ihren Einzug schnell bereut.»

«Unsinn. Wir haben uns das gut überlegt. Sonst hätte ich ja wohl nicht all meine Möbel über E-Bay-Kleinanzeigen verkauft. Außerdem wollten wir heiraten.»

«Und warum gibt es dann keinerlei Dinge von Ihnen im Haus?», fragt Schnepel. «Keine Zahnbürste, kein Kleidungsstück. Nichts. Wir haben uns gestern umgesehen.»

«Ach herrje.» Die junge Frau verdreht die Augen und schmeißt die Kippe in einen dafür vorgesehenen Chrombehälter. «Muss ich mich denn ständig wiederholen? Ich habe Ihnen gesagt, wir sind beide sehr leidenschaftlich. Uli wird im Eifer des Gefechts eben alles rausgeschmissen haben. Seine Schwester lügt. Wäre nicht das erste Mal.»

«Das können Sie Ihrer Oma erzählen», faucht Schnepel. «Auch wegen der Schwangerschaft haben Sie gelogen. Ulfert Johannsen hat sich nämlich überhaupt nicht auf das Kind gefreut. Er war stocksauer und wollte einen Vaterschaftstest. Ohne den wollte er das Kind nie und nimmer anerkennen.»

Wie aus dem Nichts beginnt Amelie Nansen haltlos zu weinen. Rudi wird direkt verlegen, doch Schnepel rührt sie damit nicht. Ganz im Gegenteil.

«Och nee, Frau Nansen, ersparen Sie uns die Gefühlsmasche. Das zieht nicht.»

Bei mir wohl, denkt Rudi, hütet sich aber, etwas dazu zu sagen.

«Das ist keine Masche», schluchzt sie. «Uli hat sich gefreut. Das weiß ich. Aber Swantje hat mich von Anfang an nicht leiden können. Sie hat immer versucht, einen Keil zwischen uns zu treiben. Wahrscheinlich hat sie gehofft, dass er mit seinen sechsundvierzig Jahren keine Kinder mehr zeugt und ihre eigenen Kinder Uli mal beerben werden. Uli war nicht unvermögend. Vor Jahren hat er im Lotto gewonnen und das Geld gut angelegt. Er ist Mitinvestor dieses Seniorenheimes.» Sie reibt sich eine Träne aus dem Auge. «Er liebt Kinder und wollte unbedingt eigene.»

«Können Sie das beweisen?», fragt Rudi vorsichtig. Zu gerne würde er der jungen Frau irgendwie beistehen.

«Wie denn?»

«Na, hat er Ihnen vielleicht über WhatsApp oder so geschrieben, dass er sich freut, Vater zu werden?»

«Nein, das hat er nicht.» Amelie Nansen schluchzt laut.

«Siehste», sagt Schnepel, «sag ich doch. Die belügt uns von vorne bis hinten.»

In diesem Moment geht die Glastür auf und Fräulein Klostermann kommt zu ihnen heraus.

«Genug jetzt», herrscht sie Schnepel und Rudi an. «Sehen Sie denn nicht, dass die Deern völlig am Ende ist? Lassen Sie sie in Frieden. Verschwinden Sie.»

Rudi wird ganz kleinlaut. «Ja, Fräulein Klostermann», sagt er und stupst Schnepel in die Seite. «Komm, Helmut, lass uns gehen.»

Mit klopfendem Herzen tritt Rosa an den Tresen. «Guten Morgen. Mein Name ist Moll, ich habe einen Termin bei Frau Doktor Radweiler.»

Die Sprechstundenhilfe schaut in den Computer. «Sie kommen zur Routinekontrolle?»

«Ja. Nein, nicht direkt. Dafür habe ich mich zwar angemeldet. Aber jetzt ist das anders ... ich bin schwanger.» Rosa ist sich mittlerweile ganz sicher.

«Haben Sie bereits einen Test gemacht?»

«Nein, ich habe ja heute den Termin hier.»

Die junge Frau beschriftet ein Kreppband und klebt es auf einen Plastikbecher. Sie zeigt auf die Toilettentür. «Wir brauchen eine Urinprobe. Stellen Sie die bitte in die Durchreiche zum Labor.»

Nachdem Rosa das erledigt hat, steht sie wieder vor der Sprechstundenhilfe. «Und nun?»

«Nehmen Sie bitte im Wartezimmer Platz. Es verzögert sich alles leider ein wenig. Wir hatten heute Morgen einen Notfall.»

Rosa setzt sich im Wartezimmer auf einen Stuhl am Fenster und sieht hinaus. Ob sie gleich schon auf dem Ultraschall ihr Wattwürmchen sehen kann? So nennt Rosa das Baby mittlerweile. Ist ja noch nicht klar, ob es ein Mädchen oder ein Junge wird.

Montags gibt es nicht viel Post, die Ämter und Versicherungen arbeiten samstags ja nicht, aber Ludwigs Cousine Martha hat eine Karte von Teneriffa geschickt. Sie war mit ihrer Senioren-Reisegruppe auf dem Vulkan Teide, der aber schon ewig kein Feuer mehr spuckt. Nee, nee, so was wär nix für Henner. Berge. Vulkane. Bloß nicht. Dünen reichen ihm vollkommen, von denen kann man prima aufs Meer runtergucken.

Wie jeden Tag bringt er Ludwig die Post in die Wohnung hoch. Kleiner Privatservice aus jahrelanger Verbundenheit. Ludwig hat schließlich Schwierigkeiten, die Treppen zu steigen. Dennoch lässt Henner sich von dem Online-Reporter nicht aushorchen. Das versucht der nämlich gern mal, weil Henner als Postbote zwangsläufig eine Menge über das Leben der anderen im Dorf mitbekommt.

«Moin, Ludwig», grüßt Henner, als er die Wohnung betritt. Wie so oft sitzt Ludwig in seinem curryfarbenen Ledersessel, auf dem Bauch sein Tablet, und schaut nicht mal hoch. «Alles in Ordnung?»

Das Gesicht des Frührentners glänzt puterrot, als er Henner nun anguckt. «Moin! Was heißt hier in Ordnung? Es ist bombastisch, was gerade im Ort abläuft!»

Alarmiert tritt Henner näher. Wenn Ludwig Geschehnisse im Ort als bombastisch bezeichnet, ist höchste Vorsicht geboten. Ludwig schießt mit seinen Online-Artikeln und Facebook-Aufrufen nämlich gern mal übers Ziel hinaus. «Wie darf ich das verstehen?»

«Guck selbst!» Ludwig reibt sich die Hände und deutet auf die Seite der Mitmachzeitung, die er auf seinem Tablet aufgerufen hat. «Es gibt massenhaft Einträge zum Tod von Ulfert Johannsen. Du ahnst es ja nicht!»

«War er so beliebt?», fragt Henner. Er selbst kannte den Marketingchef nur flüchtig. Wie man als Einheimischer einen Zugezogenen in einem kleinen Sielort eben kennt.

«Wie man's nimmt. Die Lager sind gespalten. Die einen trauern um ihn und feiern ihn als den Touristenbringer und Retter der Krummhörn schlechthin, die andern lassen kein gutes Haar an ihm. Die schreiben, er hat mit seinen mannigfaltigen Werbeaktionen für die Region dazu beigetragen, dass ganz Ostfriesland heuschreckenartig von Touristen und Menschen heimgesucht wird, die die Immobilienpreise in schwindelnde Höhen treiben. Nur, weil sie in der Lage sind, Unsummen für kleinste Klitschen zu bezahlen.»

«Das is ja nu nix Neues. Ist schließlich seit Jahren so, dass die Preise steigen und die Gastronomen auf den Inseln kaum noch Dauerwohnraum für ihr Personal kriegen.»

«Ich weiß, aber die Hardliner in meinem Blog geben allesamt Johannsen die Schuld dafür. Lies selbst.»

«Nee. Danke. Kein Bedarf. Ich will so 'n Geschmiere gar nicht erst lesen.»

«Henner! Das ist kein Geschmiere. Das ist des Volkes Stimme! Diese Beiträge darf man nicht ignorieren.»

Skeptisch blickt Henner Ludwig an. Was ist mit dem denn los? Der war doch früher ganz vernünftig. Volkes Stimme? Es schaudert ihn bei dieser Wortwahl. «Nein, Ludwig», sagt er nun sehr bestimmt. «Du kannst mir gerne vorwerfen, ich würde mich der digitalen Welt verschließen, aber das gefällt mir alles nicht. Niemand darf einfach so im Internet öffentlich über andere herziehen.»

«Hör trotzdem mal zu.»

Zurück in Wittmund erstatten Rudi und Schnepel dem Chef Bericht. Schnepel ist noch immer sauer auf Rudi.

«Dass du in dem Altenheim vor dieser alten Schabracke den Schwanz eingekniffen hast, ist echt beschämend», motzt er.

«Hör mal, das war meine ehemalige Grundschullehrerin. Vor der hatte ich immer schon gehörig Respekt», versucht Rudi sich zu rechtfertigen. «Und außerdem hatten wir doch zu dem Zeitpunkt von Frau Nansen schon alles erfahren, was wir erfahren konnten.»

«Ach nee, woher willst du wissen, dass das alles war? Vielleicht hat sie Johannsen das Gift in die Flasche gespritzt und hätte jeden Moment die Tat gestanden?»

«Hätte sie nicht ... Außerdem weiß sie garantiert selber, dass sie nicht glaubwürdig rüberkam.»

«Wieso?», fragt Haueisen, der ihnen die ganze Zeit aufmerksam zugehört hat.

«Sie kann nicht beweisen, dass Johannsen sich auf das Kind gefreut hat», antwortet Rudi. «Es gibt keine WhatsApp, keine Sprachnachricht, keinen Brief, keine Karte, nichts, was das belegt. Und dass er all ihre Sachen aus dem Haus entfernt hat, macht ihre Beteuerung, dass sie demnächst heiraten wollten, nicht glaubwürdiger.»

Haueisen blickt ihn nachdenklich an und reibt sich das Kinn. «Die Schwester behauptet also, er hätte die Vaterschaft sogar angezweifelt. Andererseits, wenn Frau Nansen recht hat, und die Schwester hoffte, dass er nie Vater würde und ihre eigenen Kinder ihn dadurch beerben würden, könnte sie Frau Nansens verbliebene Sachen entfernt haben, bevor Sie beide gestern im Haus eintrafen. Dann steht Aussage gegen Aussage.»

Einen Moment herrscht Stille.

«Aber das würde der Schwester doch nichts bringen, wenn der Vaterschaftstest später zweifelsfrei belegt, dass es Johannsens Kind ist», gibt Rudi zu bedenken.

«Ha!» Schnepel schlägt mit der Hand auf den Tisch. «Vielleicht ist gerade dieser Vaterschaftstest der springende Punkt! Wäre Amelie Nansen sich sicher, dass der zu ihren Gunsten ausfallen würde, hätte sie das erwähnt! Also hat sie gelogen. Es kann nicht anders sein.» Selbstzufrieden blickt er Rudi und den Chef an. «Stimmt's oder hab ich recht?»

In diesem Moment klingelt das Telefon.

Seit geschlagenen fünfzehn Minuten sitzt Rosa nun schon im Wartezimmer. *Gala* und *Bunte* haben zwei andere Frauen vor sich. Auf *Kraut und Rüben* hat Rosa keine Lust.

«Moin. Mein Name ist Amelie Nansen. Ich habe jetzt einen Termin.»

Moment, denkt Rosa, das ist doch der Name der Frau, von der Rudi gestern beim Essen erzählt hat! Was heißt erzählt. Rosa musste ihm alles aus der Nase ziehen. Jedenfalls ist diese Amelie mit Johannsen zusammen gewesen. Vielleicht war sie es bis zuletzt, da scheiden sich die Geister. Auf jeden Fall ist sie schwanger von ihm. So viel hat Rudi Rosa erzählt.

Amelie Nansen betritt das Wartezimmer. Eine hübsche, schlanke Frau. Blass. Vielleicht Anfang dreißig. Auf jeden Fall hat sie einen sehr intensiven Blick, der sich sofort mit Rosas verfängt, als sie neben ihr Platz nimmt. Rosa riecht den kalten Zigarettenrauch und rümpft die Nase.

«Nie kommt man hier pünktlich dran», beschwert sich Amelie Nansen und schlägt missmutig die Beine übereinander.

«Soll einen Notfall gegeben haben», erwidert Rosa.

«Notfall», schnaubt ihre Sitznachbarin. «Mein ganzes Leben ist ein einziger Notfall.»

«Wieso das denn?» Rosa ist sofort hellwach.

«Jetzt, wo ich schwanger bin, wollten wir heiraten – und plötzlich stirbt Uli. Wir hatten schon einen Termin für die Hochzeit.»

«Wann denn?» Vielleicht erfährt Rosa ja etwas, das Rudi weiterhilft.

In diesem Moment geht die Tür auf und die Sprechstundenhilfe winkt sie heran. «Frau Moll, Frau Doktor hat jetzt Zeit für Sie.»

So ein Mist.

«Guten Morgen, Frau Talmann», spricht Haueisen in den Telefonhörer. «Der Kollege von der Wache sagte, es geht um Herrn Johannsen?» Er macht Bakker und Schnepel ein Zeichen sitzen zu bleiben und schaltet den Lautsprecher ein.

«Genau», antwortet die Frau am Telefon. «Wissen Sie, ich bin die Sekretärin von Herrn Johannsen. Und weil er doch vergiftet wurde ... also ich meine ... ich dachte ... in den Krimis ist es doch so, dass man mit der Polizei reden soll, wenn man was weiß.»

Augenblicklich ist Haueisen ganz Ohr. «Und Sie wissen etwas?»

«Na ja, also … es geht um eine Äußerung von Frau Scanhagen. Ich weiß auch nicht, ob es richtig ist, wenn ich Ihnen das sage, aber, weil Herr Johannsen doch ermordet wurde …»

«Nun drucksen Sie mal nicht so rum.» Haueisen legt seinen beruhigenden Vaterton an den Tag. «Natürlich ist es richtig, dass Sie uns alles sagen, was uns helfen kann, den Fall aufzuklären. Rücken Sie ruhig raus mit der Sprache.»

«Werden Sie Frau Scanhagen auch nicht sagen, dass Sie das von mir haben?», fragt Veronika Talmann ängstlich.

«Das kann ich Ihnen leider nicht versprechen, aber wenn es wichtig ist, müssen Sie es uns sagen.»

«Also gut.» Sie zieht einmal die Nase hoch, dann redet sie nicht länger um den heißen Brei herum: «Frau Scanhagen und Herr Johannsen haben sich in der letzten Zeit öfter gestritten. Und vor einigen Tagen kam sie wütend aus seinem Büro, hat die Tür geknallt und vor sich hin gesagt, sie würde ihn am liebsten umbringen.»

«Bitte kommen Sie mit.» Frau Doktor Radweiler begrüßt Rosa mit Handschlag und führt sie in ihr Sprechzimmer.

«Nehmen Sie bitte Platz. Also, wieso glauben Sie schwanger zu sein?» Doktor Radweiler nimmt einen Kugelschreiber in die Hand und dreht ihn zwischen den Fingern hin und her.

«Meine Periode ist seit zehn Tagen überfällig. Und ich habe seit vorgestern ein Ziehen in der Brust. Im Internet habe ich gelesen, dass das eindeutige Hinweise für eine Schwangerschaft sind.»

Die Frauenärztin legt den Stift zur Seite. «Leider stimmt das nicht immer. Ihr Urintest ist negativ. Tut mir leid.»

«Und was heißt das?», fragt Rosa mit klopfendem Herzen.

«Dass Sie mit ziemlicher Sicherheit nicht schwanger sind. Die Monatsblutung kann sich auch stressbedingt oder durch hormonelle Störungen verschieben. Das allein ist kein eindeutiger Hinweis auf eine Schwangerschaft.»

«Und das Ziehen in der Brust?»

«Auch nicht.»

Rosa schluckt. Samstag wäre sie noch froh über diese Aussage gewesen, jetzt aber macht sich große Enttäuschung in ihr breit. «Vielleicht irrt der Test ja.»

Ein müdes Lächeln umspielt den Mund der Ärztin. «Wir können natürlich zusätzlich noch einen Vaginalultraschall machen. Sie sind ja Privatpatientin.»

«Ja. Bitte machen Sie das.»

«Dann kommen Sie mit nach nebenan.» Frau Doktor Radweiler steht auf. «Obwohl das eigentlich erst sechs Wochen nach der Befruchtung Sinn macht.»

Das ist heute vielleicht ein Hin-und-her-Gegurke, denkt sich Rudi, als sie nun wieder nach Neuharlingersiel fahren. Dennoch, das, was Veronika Talmann dem Chef gesagt hat, muss man ernst nehmen.

Im Büro von Johannsen in der Touristik-Information sitzt Veronika Talmann an einem runden Tisch und macht einen bedröppelten Eindruck. «Das war bestimmt ein Fehler, mich bei Ihnen zu melden», sagt sie geknickt. «Garantiert verliere ich jetzt meinen Job.»

«Ach was», beschwichtigt Schnepel und setzt sich ihr gegenüber hin. Rudi nimmt ebenfalls Platz. Ohne dass Schnepel ihn dazu auffordern muss, holt er Block und Bleistift aus der Jackentasche seiner Uniform.

«Dann schießen Sie mal los», drängelt Schnepel.

«In Ordnung. Wie ich Ihrem Chef am Telefon schon sagte, hatten Frau Scanhagen und Herr Johannsen in letzter Zeit öfter Streit. Er hat ihr vorgeworfen, sie hätte erst letztens seine Erfolge durch ihren Auftritt in einer Talkshow niedergemacht und stattdessen sich selbst in den Vordergrund gespielt. Auch hat sie in den vergangenen Wochen ohne Rücksprache mit ihm drei Interviews gegeben, in denen sie behauptet hat, der Übernachtungsstrandkorb in Neuharlingersiel sei ihre Idee gewesen. Und das stimmt nicht. Darüber war Herr Johannsen stocksauer.»

«Na ja», sagt Schnepel gedehnt, «aber da hätte eigentlich eher Herr Johannsen ein Motiv, sich Frau Scanhagen vom Hals zu schaffen. Und nicht umgekehrt.»

Dem muss Rudi insgeheim zustimmen.

«Das ist ja noch nicht alles. Lassen Sie mich doch ausreden.» Veronika Talmann streckt ihren Rücken. «Herr Johannsen hat Frau Scanhagen damit gedroht, sie fertigzumachen. Er hat mir letzte Woche eine Abmahnung diktiert. Schon die zweite. Und er hat ihr gesagt, er würde sie bei der nächsten sich bietenden Gelegenheit rausschmeißen. Und dass sie mit dem Zeugnis, das er ihr ausstellen würde, nirgends mehr einen vernünftigen Job bekäme.»

«Nee, so einfach ist das nicht», entgegnet Schnepel, «dagegen könnte sie klagen.»

«Entschuldigen Sie mal, Sie tun ja so, als ob ich Frau Scanhagen diesen Giftmord unbedingt unterjubeln will?», empört sich Veronika Talmann. «Außerdem war das noch nicht alles. Ich habe mit eigenen Ohren gehört, wie Johannsen Frau Scanhagen damit gedroht hat, sie wegen sexueller Belästigung anzuzeigen.»

Endlich klingelt es zum Schulschluss. Die Schüler packen eilig ihre Sachen zusammen und stürmen aus dem Klassenraum. Rosa ist froh, die letzten beiden Stunden hinter sich gebracht zu haben. Nach dem, was ihr die Frauenärztin gesagt hat, hat sie die ganze Zeit irgendwie neben sich gestanden. Bis vor drei Stunden glaubte sie noch, schwanger zu sein und nun weiß sie, dass sie sich das nur eingebildet hat. Wie peinlich.

Mechanisch öffnet sie ihre Aktentasche und packt ihre Bücher ein. Sie kann es nicht fassen, dass sie sich so getäuscht hat. Auf ihr Gefühl kann sie sich doch eigentlich immer verlassen. Nun gut, in diesem Fall hat sie sich gründlich geirrt. Das kann passieren. Die Anmeldung für die Krippe sollte sie schnellstens annullieren. Sie will sich ja nicht zum Gespött der Leute machen.

Langsam zieht sie den Reißverschluss der Tasche zu. Es ist immer wieder das Gleiche. Sie ist einfach zu übereifrig. Sie muss endlich lernen, sich und ihr Temperament zu zügeln.

Sie greift nach der Tasche und verlässt den Klassenraum. Hätte sie doch bloß am Samstag auf die Schnelle noch einen Schwangerschaftstest gemacht. Ach, manchmal könnte sie sich selbst schütteln.

Mit dem Auto braucht sie knappe zehn Minuten bis zur Jagdhütte. Die holperige Strecke über den Feldweg kann sie nur im Schritttempo fahren. Als sie ankommt, nagelt Holger gerade ein Brett an die marode Rückfront einer Sitzbank. Kaum sieht er sie, legt er den Hammer zur Seite, eilt auf sie zu und gibt ihr einen Kuss.

Dann hält er sie auf Armeslänge von sich. «Na, bist du nun schwanger oder nicht?»

Rosa sieht ihn bedröppelt an. «Nein. Fehlalarm. Die Frauenärztin hat einen Ultraschall gemacht. Wahrscheinlich war das Ausbleiben meiner Regel einfach stressbedingt. Tut mir leid.»

«Ach, Rosa. Ist doch nicht schlimm. Du hast dich getäuscht. Und wenn wir ehrlich sind, ist das auch gut so, oder?» Er legt seinen Arm um ihre Schulter und zusammen setzen sie sich auf die Bank.

Eine Weile sitzen sie schweigend da.

Holger fängt als Erster an zu reden. «Meinst du, wir sollten trotzdem heiraten?»

Rosa blickt ihn an. «Ich weiß auch nicht. Es ging ja alles ein bisschen schnell. Vielleicht ist es besser, wenn wir nichts überstürzen und uns erst einmal richtig kennenlernen.»

Holger nickt und wirkt erleichtert. «Ja, das denke ich auch. Wir tun am besten so, als wäre nichts gewesen.»

«Dann sollte ich dir den Ring wohl wieder zurückgeben. Ich hab ihn bloß nicht dabei. Er liegt zu Hause auf dem Waschbecken.»

«Jo, ist besser. Er gehörte meiner Mutter. Mein Vater hat ihn mir Samstagabend in die Hand gedrückt, als ich ihm erzählt hab, dass er Opa wird. Er meinte auch, dass ich dir den Antrag machen soll. Ich ... egal. Beim nächsten Mal bin ich besser vorbereitet.» Holger nimmt seinen Arm von ihrer Schulter und zwinkert ihr zu. «Und jetzt muss ich einen Schluck trinken. Und du auch. Das wird dir guttun.» Er steht auf und geht in die Jagdhütte. Kurz darauf kommt er mit zwei Gläsern und einer Flasche heraus. «Champagner ist alle. Aber ich habe noch eine Flasche Rotwein gefunden.»

Er gießt ein und hält Rosa das Glas hin. Sie schüttelt den Kopf. «Für mich lieber nicht. Bei der Hitze mag ich keinen Rotwein. Außerdem bin ich mit dem Auto hier. Und in einer Stunde beginnt die Fachkonferenz Deutsch. Da kann ich schlecht mit einer Fahne auflaufen.»

«Herrschaftszeiten, das ist aber verdammt harter Tobak», sagt Rudi, als sie das Gebäude verlassen. «Hab ich noch nie gehört, dass ein Mann seine Kollegin wegen sexueller Übergriffe anzeigen will.»

«Vor allem, wenn die Kollegin so ein scharfes Geschoss ist. Also, ich hätte nichts dagegen, von der angemacht zu werden. Guck sie dir doch mal an.» Schnepel deutet mit dem Kopf auf die andere Straßenseite, auf der Tamara Scanhagen ihnen gerade entgegenkommt. Sie sieht wirklich atemberaubend aus. Die blonden Haare fallen ihr locker über die Schultern und das wadenlange luftige Kleid mit großflächigem Blumenmuster hat einen Schlitz, der bis zum Oberschenkel hochgeht. Vom Ausschnitt ganz zu schweigen.

Plötzlich hält Rudi inne. Das Kleid hat er kürzlich schon mal gesehen. Bloß wo? Während Rudi noch grübelt, überquert Tamara Scanhagen die Straße und steht vor ihnen.

«Moin, Frau Scanhagen», grüßt Schnepel. «Das trifft sich gut. Haben Sie kurz Zeit für uns?»

Dass Schnepel diese Frage eher rhetorisch meint, ist Rudi klar. Tamara Scanhagen allerdings nicht, sie antwortet bemüht freundlich: «Leider nicht, es tut mir leid. Aber wir können gern einen Termin vereinbaren.»

Nun lächelt Schnepel sie kühl an. «Tja, wenn das so ist, dann begleiten Sie uns doch einfach jetzt zum Verhör nach Wittmund.»

Holger gießt sich noch ein Glas Rotwein ein. Ist ja heute ein denkwürdiger Tag. Er setzt sich auf die Bank, streckt die Beine aus, lehnt sich entspannt zurück und blinzelt in die Sonne. Rosa ist nicht schwanger. Gott sei Dank. Sie kennen sich doch erst drei Monate. Die Vorstellung, plötzlich Vater zu werden, hat ihm regelrecht Angst gemacht. Wie in einer Falle ist er sich vorgekommen. Er nimmt einen Schluck und lässt ihn im Mund kreisen. Er hätte nicht auf seinen Vater hören sollen. Der Heiratsantrag gestern ist völlig übereilt gewesen. Wie sagt schon ein alter Spruch: Drum prüfe, wer sich ewig bindet.

Holger greift nach dem Rotweinglas. Ist ja schon wieder leer, stellt er verwundert fest und gießt nach. Eigentlich trinkt er tagsüber nie Alkohol, aber heute macht er eine Ausnahme.

Als es geleert ist, steht er auf, drückt den Korken in die Flasche und bringt sie zusammen mit den Gläsern ins Haus. Er spült sein Glas ab, dann schließt er die Tür zu und legt den Schlüssel wieder auf den Türrahmen. Für heute macht er Schluss.

Mit seinem Rennrad lässt er schnell die Kiefernschonung hinter sich und biegt auf den Feldweg nach Esens ab. Ohne die schattenspendenden Bäume brennt die Sonne mit voller Kraft. Schon nach wenigen Metern fühlt er sich ein wenig benommen. Der Rotwein ist ihm wohl zu Kopf gestiegen. Er sollte zusehen, dass er schnell nach Hause kommt.

An der nächsten Wegkreuzung kommt ihm ein Traktorgespann entgegen. Auf dem Anhänger ist eine Heuballenpresse. Holger bremst ab und steuert den unebenen Grünstreifen am Rand des Ackers an. Sonnenblumen, Lupinen, jede Menge Kleesorten. Als der Traktor auf Augenhöhe ist, drosselt der Landwirt die Geschwindigkeit und grüßt knapp mit der Hand. Holger grüßt zurück. Er kennt Bauer Greite schon seit Ewigkeiten. Der bewirtschaftet die Felder rund um das Jagdpachtgebiet seines Vaters. Noch bevor die Heuballenpresse ganz an ihm vorbei ist, steigt Holger auf sein Rad und tritt an. Ist genug Platz, da kann er sich gut dran vorbeischlängeln. Doch der dünne Vorderreifen seines Rennrads rutscht beim zweiten Pedaltritt zur Seite weg.

Holger hangelt mit dem Fuß zum Boden, will vom Sattel springen. Aber er ist nicht schnell genug. Der Hinterreifen des Anhängers rollt direkt auf ihn zu.

Tamara Scanhagen schimpft wie ein Rohrspatz, als Schnepel sie in Haueisens Zimmer bringt. Haueisen erhebt sich und geht auf die Dame zu.

«Moin, Frau Scanhagen.» Er deutet auf den runden Tisch. «Nehmen Sie Platz.»

Die attraktive Blondine bleibt stehen. «Sie können mich doch nicht einfach hierherschleppen lassen, als wäre ich eine hundsgemeine Verbrecherin», faucht sie ihn an.

«Tja, das haben Sie sich selbst zuzuschreiben. Es geht um die Aufklärung eines Mordfalls und wenn Sie die Mitarbeit verweigern, können wir Sie vierundzwanzig Stunden hierbehalten. Im Notfall sogar bis zu achtundvierzig Stunden.»

«Aber ich will mich doch gar nicht verweigern.»

«Dann setzen Sie sich und lassen Sie uns reden.»

Widerstrebend nimmt Tamara Scanhagen Platz. Haueisen schaltet das Aufnahmegerät ein, das auf dem Tisch steht. «Sie erlauben doch?», fragt er der Form halber.

«Bleibt mir ja nichts anderes übrig, oder?»

«Nein.» Haueisen lächelt. «Mein Kollege Schnepel beginnt jetzt erst einmal mit seinen Fragen.» Er lehnt sich zurück und ist selbst gespannt, was Schnepel so dringend von Johannsens Vertreterin wissen will. Muss mit dem zusammenhängen, was Veronika Talmann ihm und Rudi Bakker berichtet hat.

Und richtig, Schnepel eröffnet begeistert die Befragung. «Frau Scanhagen, das war ja wohl doch nicht alles eitel Sonnenschein zwischen Ihnen und Herrn Johannsen, wie Sie uns am Sonntag haben weismachen wollen. Sie haben sich nicht nur mit Ihrem Chef gestritten, sondern von ihm auch eine Abmahnung erhalten. Die zweite. Nicht grad schön, nä?»

Tamara Scanhagen zuckt mit den Schultern. «Gibt Schlimmeres.»

Schnepel kneift die Augen zusammen. «Außerdem hat Herr Johannsen Ihnen vorgeworfen, dass Sie ihn ausbooten wollen. Sie haben der hiesigen Presse ohne Rücksprache mit ihm eigenmächtig Interviews gegeben und in einer Talkshow behauptet, die Idee, den Übernachtungsstrandkorb als neue

Attraktion nach Neuharlingersiel zu holen, sei von Ihnen gekommen.»

«Das stimmt ja auch», sagt Tamara Scanhagen gelassen.

«Können Sie das beweisen?», mischt sich Haueisen ein.

«Beweisen Sie mir das Gegenteil.»

«Frau Scanhagen, Ihnen ist anscheinend nicht bewusst, dass Sie sich auf dünnem Eis bewegen», erklärt Haueisen nun. Die Arroganz der Frau geht ihm gegen den Strich. Da kann sie noch so attraktiv sein.

«Wir haben eine Zeugin, die den Streit mitbekommen hat», sagt Schnepel süffisant.

«Ach, die Talmann? Na, die hätte ja alles für Uli getan. Der dürfen Sie kein Wort glauben.»

«Soso. Und was ist mit dem Vorwurf der sexuellen Belästigung?», will Schnepel wissen.

Überrascht blickt Haueisen ihn an. Das ist ja nun in Zeiten von #MeToo starker Tobak.

«Sie wissen davon? Von Frau Talmann? Kann ich mir kaum vorstellen, dass die eine Lanze für mich bricht.» Tamara Scanhagen verzieht missgelaunt die Mundwinkel. «Glauben Sie mir, das ist eine Sache, die man ungern anderen gegenüber erwähnt. Das erweckt den Eindruck …» Sie beißt sich auf die Unterlippe.

Schnepels Augen blitzen, als er nun genüsslich sagt: «Sie geben es also zu. Hut ab.»

«Warum soll ich es abstreiten? Auch wenn ich nie im Leben geglaubt hätte, je ein Opfer sexueller Übergriffe zu werden.»

Haueisen sieht, dass die Frau ernsthaft berührt ist.

Schnepel lacht jedoch schallend auf. «Ha! Der ist gut! Ich wusste doch, dass Sie mit allen Wassern gewaschen sind. Jetzt verdrehen Sie die Tatsachen auch noch!»

Verblüfft blickt Haueisen zu Schnepel. Was soll das denn? Auch Tamara Scanhagen scheint nicht zu wissen, wovon Schnepel spricht.

«Was meinen Sie? Uli hat mir nachgestellt, aber ich habe mir seine Anzüglichkeiten energisch verbeten. Das war doch der Grund, weshalb er schon zweimal aus einem Mini-Fehler einen Elefanten gemacht und mir die Abmahnungen verpasst hat. Er konnte es einfach nicht akzeptieren, dass ich seinem Charme nicht erlegen bin.»

«Ha!», ruft Schnepel. «Was sind Sie doch für ein gerissenes Weibsbild! Umgekehrt wird ein Schuh draus! *Sie* haben *Herrn Johannsen* belästigt. Er wollte Sie sogar anzeigen. Und das, meine Beste, liefert uns ein erstklassiges Mordmotiv.»

Tamara Scanhagen wird leichenblass. «Das stimmt nicht», flüstert sie. «Das stimmt einfach nicht.»

Die Fachkonferenz Deutsch zieht sich endlos in die Länge. Eine der älteren Kolleginnen will es ganz genau wissen und stellt immerzu Fragen. Normalerweise mischt sich Rosa voller Elan in solche Diskussionen ein, aber heute kann sie sich nicht konzentrieren. Ihre Kollegin Karina stupst sie an. «Ist irgendwas? Du bist ja gar nicht bei der Sache.»

Rosa schüttelt den Kopf. «Alles gut.»

«Wirklich? Du siehst so blass aus.»

«Ruhe bitte!» Frau Maier-Wittgenstein, die Leiterin der Fachkonferenz, wirft Karina einen strengen Blick zu. Zwischengespräche kann sie nicht leiden. Genauso wenig wie das Benutzen von Smartphones während der Sitzung. Deshalb hat Rosa ihres in der Tasche gelassen und auf lautlos gestellt. Damit sie erst gar nicht in Versuchung kommt nachzuschauen, ob Holger sich noch einmal gemeldet hat. Es war ja heute Mittag doch ein ganz spezielles Gespräch. Und seitdem hat sie dieses flaue Gefühl im Magen. Alles, was ihr gestern noch richtig erschien, steht jetzt wieder in Frage. Aber wer weiß, wofür es gut ist. Vielleicht hat diese Bedenkzeit sein sollen.

«Bei der Lernzielformulierung ...» Frau Maier-Wittgenstein hält inne, weil draußen ein Einsatzfahrzeug mit eingeschaltetem Martinshorn vorbeifährt. Als der schrille Ton der Sirene leiser wird, redet sie weiter. Rosa hat keine Ahnung, über was in der letzten Stunde gesprochen wurde, sie ist heute wirklich nicht bei der Sache. Aber Karina wird ihr schon alles erzählen.

Mit den Worten: «Meine Herrschaften, vielen Dank, dass Sie sich so intensiv an der Diskussion beteiligt haben. Für das Thema ‹Deutsch als Fremdsprache› werden wir einen neuen Termin festlegen. Das sprengt heute den Rahmen», beendet Frau Maier-Wittgenstein die Konferenz. Rosa atmet erleichtert auf.

«Was ist denn los? Du hast doch was», fragt Karina, während sie ihre Sachen zusammenpacken. Rosa wimmelt ab. «Nee, ist alles okay. Ist heute wohl nicht mein Tag.»

«Wirklich? Wir können noch einen Kaffee trinken gehen, wenn du magst.»

«Lieb von dir, danke. Aber ich muss jetzt los.» Rosa greift nach ihrer Tasche und macht sich auf den Weg zum Auto.

Endlich kann Rudi in seiner Dienststelle in Esens das wegarbeiten, was noch von letzter Woche liegengeblieben ist. Ist zwar nicht viel, aber er mag keinen vollen Schreibtisch. Er hat gerade den Bericht über den Einbruch in das Lotto- und Zigarettengeschäft vor sich, als das Telefon klingelt. Die Leitstelle ist dran.

«Am Moorweg gab's einen schweren Unfall», sagt der Einsatzbearbeiter. «Krankenwagen und Arzt sind unterwegs. Ein Radfahrer ist unter die Räder eines Traktoranhängers gekommen.»

«Alles klar, wir machen uns auf den Weg», sagt Rudi, legt auf und ruft seinem Kollegen Bernie Bütefisch zu: «Leg das Brötchen weg, wir müssen zu einem Unfall.»

Bedauernd guckt Bernie auf das Mettbrötchen mit frischen Zwiebeln, das er sich vom Schlachter geholt hat, packt es in die Papiertüte und dann in den Kühlschrank, bevor er Rudi zum Einsatzwagen folgt. Rudi startet schon den Motor, Bernie hängt noch schnell das Pappschild von innen an die Tür, auf dem die Notfallnummer steht, und schließt ab. Mit Blaulicht und Tatütata rasen sie los.

Als sie den Feldweg erreichen, müssen sie im Schneckentempo fahren, für Autos ist dieser Weg weder geeignet noch zugelassen. Nur für landwirtschaftlichen Verkehr. Ein Krankenwagen und das Auto des Notarztes stehen schon an der Unfallstelle. Die Einsatzlampen blinken gespenstisch inmitten der ländlichen Idylle reifer Kornfelder.

Rudi parkt am Rande des Ackers.

Ein Mann sitzt zwischen blühenden Blumen, den Kopf auf die Hände gestützt.

«Moin», grüßt Rudi. «Herr Greite?»

Der Mann nickt und steht auf. «Ich kann mir das gar nicht

erklären. Er ist doch abgestiegen, als ich ihm mit dem Trecker entgegenkam. Wir haben uns noch per Handzeichen gegrüßt. Ich hab gedacht, er wartet am Wegesrand, bis ich mit dem Anhänger vorbei bin. Ich verstehe das nicht.»

Rudi tritt auf den Notarzt und die Sanitäter zu. «Wie geht's dem Mann?»

«Er ist tot», antwortet der Arzt.

Rudi wirft einen Blick über seine Schulter auf den Verletzten. Um Himmels willen! Der Kopf ist ja gar nicht mehr richtig zu erkennen. Sofort dreht er sich weg, weil sein Magen rebelliert. Ein weiterer Blick bleibt ihm erspart. Der Arzt zieht eine Rettungsdecke über den Kopf des Radfahrers. Mit der goldenen Seite nach oben. «Die Kopfverletzungen waren zu schwer», sagt der Arzt, «er war bereits tot, als wir eintrafen.»

«Haben wir seine Personalien?», will Rudi wissen. Der Arzt nickt und reicht Rudi ein schwarzes Portemonnaie. Rudi klappt es auf und zieht den Personalausweis heraus. Der Ausweis ist noch recht neu. Holger Hoffmeister. Holger Hoffmeister? So heißt doch Rosas neuer Freund. Und das Foto ... Ach du Scheiße. Das ist er tatsächlich. Der, von dem sie das Kind erwartet.

«Herr Bakker? Ist alles in Ordnung?»

«Ja. Es ist nur ... Herr Hoffmeister war der Verlobte einer guten Freundin.»

«Oh. Mein Beileid.»

«Danke.» Rudi nickt dem Arzt zu. Nun muss er Hoffmeisters Vater und vor allem Rosa diese furchtbare Nachricht so schonend wie möglich beibringen.

Es ist brütend heiß. Bestimmt dreißig Grad. Keine Wolke am Himmel, und der Wind macht immer noch Pause. Rosa öffnet die Autotür. Die Hitze fällt ihr entgegen. Sie wartet einen Moment, dann setzt sie sich hinein, fährt das Schiebedach zurück und startet.

Ob Holger wohl noch bei der Jagdhütte ist? Egal. Sie wischt den Gedanken an ihn schnell beiseite. Erst recht den an einen Überraschungsbesuch. Holger muss sich jetzt erst einmal sammeln. Genau wie sie. Was für eine eigenartige Situation. Aber dass ihr heute Morgen so gar nicht danach war, Karina von der Verlobung zu erzählen, deutet darauf hin, dass sie eben doch in ihrem tiefsten Inneren das richtige Gespür hat. Und sie hätte es Holger ja auch gar nicht erzählt, wenn Tante Hildegard sich nicht verplappert hätte. Ach, was für ein Kuddelmuddel. Am besten, sie kocht sich zu Hause eine schöne Kanne Tee und setzt sich vors Haus. Ob Holger ihr vielleicht eine Nachricht geschrieben hat?

An der roten Ampel versucht sie ihr Handy aus der Tasche zu fischen, aber bis sie es erwischt, springt das Signal wieder auf Grün, also legt sie es nur neben die Tasche. Ist ja sowieso nicht erlaubt, beim Autofahren aufs Handy zu schauen.

Vorm BadeWerk schiebt eine Frau ihren Rollator im Schneckentempo über den Zebrastreifen. Rosa steigt in die Eisen. Gerade noch mal gutgegangen. Während die Frau über die Straße schlurft, wirft Rosa doch einen Blick aufs Handy. Vier entgangene Anrufe. Rudi. Was der wohl will? Hinter ihr hupt ein Wohnmobil. Die Frau mit dem Rollator ist längst auf der anderen Straßenseite angekommen.

Rosa hebt entschuldigend die Hand durch das Schiebedach und fährt an. Als sie wenig später vor ihrem Haus einparkt, sitzt Henner auf der Bank in der Sonne. In der Hand hat er einen Pott Tee, vor ihm auf dem Tisch liegt eine aufgeschlagene Illustrierte.

«Moin, Henner.» Rosa lässt sich auf die Bank neben ihm fallen und wirft einen Blick auf die Zeitschrift. «Ich wusste gar nicht, dass du auf Klatsch und Tratsch stehst», sagt sie.

«Moin. Bist ja spät dran heute.»

«Die Konferenz hat sich ewig hingezogen. Ätzend. Und das bei den Temperaturen.»

«Magst du eine Tasse Tee?»

«Das wäre super! Vielen Dank. Dann kann ich eben bei Rudi anrufen. Der hat ein paar Mal versucht, mich zu erreichen, aber ich hatte das Telefon während der Konferenz auf lautlos.»

Hocherhobenen Hauptes verlässt Tamara Scanhagen Haueisens Büro. Die Tür lässt sie offen. Haueisen und Schnepel sehen ihr nach.

«Das hat die nur gemacht, um uns zu provozieren», zischt Schnepel und steht auf.

«Was genau meinen Sie?», fragt Haueisen.

«Na, die Tür aufzulassen», erwidert Schnepel und schließt die Tür. «Zu ärgerlich, dass wir die Dame laufenlassen müssen. Aber wir kriegen die. Wir kriegen die.» Er dreht sich zu Haueisen um.

«Wenn ich da nur so zuversichtlich sein könnte wie Sie», sagt der.

«Wieso, ist doch ganz klar. Die Sekretärin sagt garantiert unter Eid aus, dass Johannsen die Scanhagen anzeigen wollte. Dann die Interviews und der Fernsehauftritt. Zudem kann sie weder beweisen, dass die Strandkorb-Sache tatsächlich auf ihrem Mist gewachsen ist, noch, dass Johannsen sie belästigt hat. Die schwammigen Nachrichten auf ihrem Handy belegen nichts. ‹Wir sollten noch mal drüber reden› … damit kann alles und nichts gemeint sein.»

«Was uns nicht weiterhilft», sagt Haueisen bedauernd. «Wir haben bislang nichts, womit wir sie festnageln können.»

«Wir bleiben dran, Chef», sagt Schnepel zuversichtlich. «Und ich garantiere Ihnen, wir finden was.»

Rudi hat mit Bernie den Unfallbericht geschrieben und dann dem Vater von Holger Hoffmeister die traurige Nachricht überbracht. Nun macht er Feierabend. Noch in Polizeiuniform geht er zu seinen Hühnern. Er will sich erst sammeln, bevor er mit Rosa spricht. Als er mit der Dose Mehlwürmer klappert, kommen die Tiere angeflitzt. Das schwarz-weiß gesprenkelte Huhn ist am schnellsten. Kaum hat Rudi eine Handvoll getrocknete Würmer in den Stall geworfen, pickt seine Schar in atemberaubendem Tempo nach den Leckerbissen. Darüber amüsiert sich Rudi jedes Mal. Aber auch wenn die Hühner diese braunen Larven lieben, zu viel darf er ihnen davon nicht geben. Hat der Tierarzt ihm eingetrichtert. Sonst verfetten sie. Egal, ob die Mehlwürmer nun von Rohproteinen nur so strotzen oder nicht.

Heute lässt Rudi fünfe grade sein und wirft noch eine zweite Handvoll ins Gehege. Nach dem grausigen Anblick an der Unfallstelle braucht er schöne Bilder. Momente mit positivem Gefühl. Vor allem, wo ihm noch die schwerste Aufgabe bevorsteht: das Gespräch mit Rosa. Ist vielleicht ganz gut, dass sie vorhin nicht ans Handy gegangen ist. Solche Hiobsbotschaften übermittelt man eher persönlich. Aber Rudi dachte: Besser, er teilt es ihr so schnell wie möglich mit, als dass sie es irgendwo zwischen Tür und Angel – oder gar aus der Mitmachzeitung erfährt, weil Ludwig ja immer den Polizeifunk abhört und daraus schnell seine halbgaren Artikel strickt. Obwohl selbst Ludwig keine Namen nennt. An diese Regel hält er sich.

Arme Rosa. Gerade noch war sie so glücklich, und schwups schlägt das Schicksal brutal zu. Das ist doch wirklich nicht gerecht. Erneut greift Rudi in die Dose.

In diesem Moment schmettert die Fanfare seines Handys so laut los, dass Zorro, der schwarze Hahn mit dem roten Kamm, empört kräht. Beim Blick aufs Display wird Rudi ganz mulmig. Rosa.

«Rudi, du hast versucht, mich zu erreichen.»

«Ja.»

«Was gibt es denn?»

«Wo bist du jetzt, Rosa?»

«Mit Henner vorm Haus. Rudi, ich muss dir was sagen ...»

«Ich dir auch. Bleib da sitzen. Ich komm gleich.»

Henner runzelt die Stirn. Was ist denn mit Rudi los? Wieso kommt der in voller Uniform? Er wirft einen Blick auf seine Uhr. Fünf vor sechs. Das kann man als Feierabend gelten lassen. Und ihm wäre jetzt nach einem Feierabendbier unter Freunden.

«Wie sieht's mit einem Ostfriesenbräu aus?», fragt er und will sich schon auf den Weg zum Kühlschrank machen.

«Erst mal nix, danke.»

Hat Henner es doch gewusst. Da ist was im Busch. Er setzt sich neben Rosa und blickt zu seinem Kumpel hoch, der immer noch vor Rosa steht.

«Du ... Rosa ...», druckst Rudi herum.

«Nein, lass mich bitte erst.» Rosa nimmt einen Schluck Tee. «Das ist mir alles so peinlich. Bestimmt geht es morgen wie ein Lauffeuer durch Neuharlingersiel und ich bin das Gespött der Leute.»

Verwundert blickt Rudi erst Rosa und dann Henner an.

«Rosa ist gar nicht schwanger», kürzt Henner ab. «War ein Irrtum.»

Diese Nachricht bringt Rudi völlig aus dem Konzept. Er hat für einen Moment geglaubt, Rosa wüsste bereits von dem Unfall. Falsch gedacht.

«Rosa, du musst jetzt ganz stark sein», fängt Rudi an und quetscht sich mit auf die Holzbank.

«Bin ich doch», entgegnet Rosa. «Ich war einfach nur ein bisschen vorschnell. Ihr macht euch jetzt doch nicht über mich lustig?»

«Natürlich nicht.» Rudi starrt auf seine Füße. Oh Mann. Er holt tief Luft. «Rosa, ich muss dir etwas anderes sagen. Ich habe eine sehr traurige Nachricht für dich.»

Rosa stellt ihren Becher auf den Tisch und sieht Rudi an. «Nun sag schon. Heute kann mich nichts mehr erschüttern.»

Da ist sich Rudi nun nicht so sicher. «Heute Nachmittag …», behutsam wählt er die Worte. «Da gab es einen Unfall in der Nähe von Esens.»

Rosas Augenbrauen ziehen sich zusammen.

«Ein Traktor und ein Fahrradfahrer kollidierten.» Eigentlich mag Rudi keine Fremdwörter, aber manchmal erleichtern sie in schwierigen Situationen das Leben. Sie machen alles so sachlich und neutral.

Entsetzt blickt Rosa ihn an. Ihr scheint langsam zu dämmern, was er sagen will.

«Und?» Ihre Stimme ist leise, aber sie klingt alarmiert.

«Holger ist den Feldweg langgefahren, als ein Bauer mit seinem Anhänger kam. Er ist irgendwie unter die Reifen vom Anhänger geraten.»

«Der Bauer hat Holger angefahren?»

«Die Schuldfrage ist noch nicht geklärt.» Rudi bemüht sich um Sachlichkeit, wo doch jetzt der größte Brocken kommt. Er macht eine kleine Pause.

«In welchem Krankenhaus liegt er?» Rosa schießt die Frage geradezu auf ihn los und springt auf. Rudi erschrickt richtig bei dieser schrillen Tonlage.

«In keinem», presst er heraus. Soll er jetzt Leichenschauhaus sagen?

«Du hast Nerven», schimpft Rosa. «Ich mach mir schon Sorgen – und dann …»

«Rosa, lass mich bitte ausreden. Holger ist nicht im Krankenhaus, weil er … Holger ist tot.»

Plötzlich ist es ganz still. Rosa lässt sich zurück auf die Bank fallen und sitzt wie erstarrt da. Als sie endlich begreift, was Rudi ihr gesagt hat, fängt sie an zu weinen.

«Hätte ich doch bloß nicht …», stammelt sie. Klingt fast

so, als würde sich Rosa Vorwürfe machen. Das versteht Rudi nun gar nicht. Er versucht, sie zu trösten, streicht ihr über den Rücken und fühlt sich hilflos.

Eine ganze Weile sitzen Rudi und Henner schweigend neben ihr, Henner hält sogar Rosas Hand. Schließlich steht sie auf.

«Ich muss jetzt allein sein.»

«Du kannst aber jederzeit wieder runterkommen», beeilt sich Henner zu sagen. «Oder soll ich einer meiner Schwestern Bescheid sagen, damit sie sich um dich kümmert?»

Rosa schüttelt den Kopf und geht mit langsamen Schritten ins Haus.

«Ein Gutes hat es dann doch, dass Rosa nicht schwanger ist», sagt Rudi zu Henner, als sie im Wohnzimmer auf der Couch sitzen und ein Bier trinken. «Das Kind muss wenigstens nicht ohne Vater aufwachsen. Das ist nämlich echt nicht schön, davon kann ich ein Lied singen.»

«Ich bin auch ganz froh, dass sie nicht schwanger ist», sagt Henner und nimmt einen langen Schluck direkt aus der Flasche. «Wahrscheinlich hätte sie den toten Holger ihrem Kind gegenüber auf ein Podest gestellt und zum Schluss selbst noch geglaubt, dass er der tollste Typ aller Zeiten war. Da hätte kein normaler Mann mehr eine Chance.»

Nachdenklich blickt Rudi seinen Kumpel an. So viel am Stück redet der sonst nie über Frauen. Und was sind das überhaupt für Töne? «Wieso interessiert es dich plötzlich, ob irgendein Mann eine Chance bei Rosa haben könnte?»

Henner ist schließlich eingefleischter Junggeselle. Soweit Rudi weiß, hat er noch nie eine Freundin gehabt. Zumindest keine feste. Rudi hat zwar die Vermutung, dass Henner eine Zeit lang in die Yogalehrerin Maya verliebt war, aber da kann er sich auch täuschen. So offen und ehrlich Henner sonst ist, in Herzensangelegenheiten ist er verschlossen wie eine ungekochte Miesmuschel.

«Nur so», sagt Henner, aber Rudi könnte schwören, dass er ein wenig rot geworden ist. Besser, er wechselt das Thema.

«Wir haben übrigens eine Obduktion angeordnet», verrät er. «Kann ja sein, dass Holger gesundheitlich beeinträchtigt war. Man muss schließlich alles auch von der versicherungstechnischen Seite betrachten. Falls Holgers Vater gegen Bauer Greite klagt.»

«Jo. Besser is das.»

Schweigend trinken beide ihr Bier aus.

«Eins noch?», fragt Henner.

Rudi nickt.

Henner steht auf und holt zwei frische kühle Blonde. «Ich war ja heut bei Ludwig und hab ihm die Post gebracht», beginnt er, als er zurück ist. «Ludwig hat mir gezeigt, was die Leute im Internet so über den Johannsen geschrieben haben. Da stehen Sachen, das glaubst du nicht.»

«Du meinst Beileidsbekundungen?»

«Nee. Da haben welche ordentlich gegen Johannsen gewettert. Einige waren sogar froh, dass er tot ist. Er hätte den Massentourismus nach Ostfriesland gebracht, nur an ihm würde es liegen, dass man während der Saison keine Ruhe mehr hätte, dass alles überlaufen sei und die Preise explodierten.» Henner nimmt einen Schluck.

«Das ist ja ein Ding», meint Rudi verblüfft.

«Aber das ist noch nicht alles. Ihr solltet euch die Beschimpfungen mal angucken. Das ist echt harter Tobak. Würd mich nicht wundern, wenn einer von denen, die im Internet so heftig gegen Johannsens Tourismuskonzept gewettert haben, auch dafür gesorgt hat, dass er das nun nicht mehr weiter umsetzen kann.»

«Na ja, Sprüche klopfen und jemanden umbringen sind schon zwei Paar Schuhe.»

«Lies es dir selber durch. Dann weißt du, was ich meine.»

«Mach ich.»

Schweigend trinken sie ihr Bier, nach reden oder fernsehen ist ihnen heute Abend nicht. «Du kümmerst dich um Rosa, wenn heute Nacht was ist, ja?», fragt Rudi schließlich.

«Klar.»

Rudi steht auf. Beim Anblick der Illustrierten, die auf dem Tisch liegt, stutzt er. «Das gibt's doch nicht!», sagt er unvermittelt.

«Das ist jetzt nicht so, wie du denkst», sagt Henner schnell. «Ich hab die Zeitschrift von Adelheid. Da ist ein Sonderteil mit Sudoku-Rätseln drin.»

«Das meine ich doch gar nicht», sagt Rudi. «Ist mir doch egal, was du liest. Ich meine das Kleid!» Er zeigt auf Herzogin Meghan.

Henner blickt ihn verwundert an. «Du interessierst dich für Kleider?»

«Nee, also im Normalfall nicht. Aber dieses hab ich vor kurzem gesehen. Genau genommen sogar zwei Mal.»

«Du hast Herzogin Meghan gesehen?» Henner klingt, als würde er an Rudis Verstand zweifeln.

«Mensch, die doch nicht. Das Kleid. Jedenfalls ein sehr ähnliches. Erst in dem Strand-Live-Cam-Video von Freitagabend. Und dann heute Mittag. Aber da hab ich das nicht zusammengebracht.»

Rosa will jetzt nur noch ins Bett und sich die Decke über den Kopf ziehen. Holger ist tot. Dieser Satz kreist unentwegt durch ihren Kopf. Heute Mittag saß sie noch mit ihm zusammen. Wie viele Stunden ist das eigentlich her? Sie erinnert sich an jeden Moment. Wie lieb er reagiert hat. Sie sollten sich noch besser kennenlernen, bevor sie heiraten. Damit hat er so recht. Gehabt. Ein Schluchzen bricht aus ihr heraus. Alles hat sich im Nichts aufgelöst. Holger ist nicht mehr da. Einfach so.

Rosa schnieft und putzt sich die Nase. Beim Herablassen der Seeurne ihres ehemaligen Rektors ist ihr ziemlich egal gewesen, ob sich seine Asche mit dem Wasser vermischen würde. Wenn sie sich nun aber vorstellt, dass Holger ... Hemmungslos beginnt sie zu weinen.

Als sie sich wieder beruhigt hat, starrt sie lange an die Wand. Schließlich holt sie sich die Flasche Eierlikör von Henners Tante Hildegard und schenkt sich ein Glas ein. Bevor sie sich nachschenkt, greift sie nach ihrem Handy und ruft Frau Meier-Wittgenstein an, die für den Vertretungsplan zuständig ist.

«Ich kann morgen nicht unterrichten», bringt sie mühsam hervor. «Mein Verlobter ist heute ums Leben gekommen.»

DIENSTAG

Rosa ist erst spät eingeschlafen, gefühlt hat sie kein Auge zugemacht. Holger ist tot. Bei diesem Gedanken legt sich sofort wieder ein Stein auf ihre Brust. Nie wieder wird er sie in den Arm nehmen, nie wieder werden sie gemeinsam am Strand entlanggehen. Nie wieder Hand in Hand mit ihm. Keine Zukunft. Nur Vergangenheit.

Rosa bleibt im Bett liegen. Sie hat einfach keine Kraft aufzustehen, fühlt sich, als hätte jemand einen Stöpsel gezogen und die Luft aus ihr herausgelassen. Sie starrt zum Fenster. Vielleicht hätte sie doch in die Schule fahren sollen. Dem Alltag nachzugehen soll helfen.

Ach Holger!

Soll sie ins Beerdigungsinstitut fahren? Lieber nicht. Wahrscheinlich würde Herr Pöppelmeyer den Sarg ohnehin nicht öffnen, wenn es stimmt, was Rudi von dem Unfall erzählt hat.

Um was soll sie sich dann kümmern? Holger hat weder Katze noch Hund, für die sie sorgen müsste. Und wenn er die hätte, wäre sein Vater dafür da. Immerhin wohnen sie ja zusammen.

Wie es Holgers Vater jetzt wohl geht? Walters Frau ist schon vor zehn Jahren gestorben. Und nun auch noch sein einziger Sohn. Der das Familienunternehmen weiterführen sollte. Walters Lebenswerk und das seiner Vorfahren.

Ein kalter Schauer läuft ihr den Rücken herunter, als sie

an Holgers Vater denkt. Der arme Mann. Hoffentlich kann er diesen Schicksalsschlag verkraften.

Ob sie ihn anrufen soll? Rosa zögert. Nein, sie fährt einfach bei ihm vorbei. Dann könnte sie auch den Ring seiner verstorbenen Frau zurückgeben. Das hat sie mit Holger schließlich abgesprochen.

Voller Tatendrang fährt Rudi am Morgen nach Wittmund.

«Die Scanhagen war am Freitagabend in der Nähe vom Strandkorb!», ruft er, als er Haueisens Büro betritt.

«Das ist ja interessant. Hatten Sie heute Nacht eine Eingebung?»

«So ähnlich, Chef. Gestern Mittag kam uns die Scanhagen in einem Blumenkleid auf der Straße entgegen. Das kam mir zwar gleich bekannt vor, aber ich wusste nicht woher. Am Abend dann ist der Groschen bei mir gefallen: In genau diesem Kleid hat sie Freitagabend was in einen der Mülleimer geworfen. Schnepel hat doch den Inhalt mitnehmen lassen, der sollte jetzt unbedingt untersucht werden.»

Beeindruckt blickt der Chef ihn an. «Alle Achtung! Dass Sie überhaupt jemanden auf dem Video erkennen konnten.»

«Wir sollten sie mit diesem Beweis unbedingt konfrontieren. Ich bin sehr gespannt, wie sie reagiert.»

«Wie wer reagiert?», fragt Schnepel, der gerade das Büro betritt. Er hat zwei Becher Automatenkaffee in der Hand und stellt dem Chef einen hin. «Hier bitte. Mit Milch und Zucker. Ich bekomme zwei Euro zehn.» Er streckt die Hand aus, aber Haueisen ignoriert die Geste.

«Gute Leistung, Bakker. Sehr gute Leistung. Das mit der KTU werde ich veranlassen, und Sie fahren mit Schnepel zu Frau Scanhagen.» Haueisen greift zufrieden zu seinem Pappbecher und trinkt einen Schluck, während Schnepel Rudi einen verärgerten Blick zuwirft.

«Auf was bist du denn nun gespannt?», wiederholt Schnepel säuerlich.

«Was die Scanhagen in den Mülleimer am Strand geworfen hat. Ich hab sie nämlich nun auf dem Video erkannt. Anhand des Blumenkleides, das sie gestern getragen hat.»

Schnepel macht schon den Mund auf, doch Rudi redet schon weiter. «Das ist aber noch nicht alles, Chef. Auf Facebook wurde Johannsen teilweise heftig kritisiert und beschimpft. Moment.» Rudi zieht sein Oktavheft aus der Uniformtasche. «Ein Rentner aus Recklinghausen, der hierhergezogen ist, um seine Ruhe zu haben, schreibt, die Touristen sollen mal schön zu Hause bleiben. Er sei inzwischen Wahlostfriese und Ostfriesland sollte nur den Ostfriesen gehören. Eine Frau aus Hamburg regt sich auf, weil der Strandkorb vor Bäcker Hinrichs ständig belegt ist. Und ein pensionierter Verwaltungsbeamter aus Wittmund stört sich an den vielen Wohnmobilen, die das Hafenpanorama verschandeln. Er forderte sogar, man sollte Johannsen vierteilen für das, was er der Region angetan hat.» Rudi hebt den Kopf, gespannt darauf, was der Chef dazu sagt.

Der sagt aber erst mal gar nichts. Sondern überlegt. «Das ist schon heftig», meint er schließlich.

«Aber Johannsen ist vergiftet worden», zischt Schnepel. «Nicht gevierteilt.»

Haueisen übergeht den Einwand mit einem knappen: «Das wäre heutzutage auch mit erheblichem Aufwand verbunden, Kollege. Ein Mann, vier Autos, die gleichzeitig in unterschiedliche Richtungen losfahren.»

Rudi wird bei dem Bild, das bei Haueisens Worten in seinem Kopf entsteht, direkt schlecht. Da kann man fast dankbar sein, dass Johannsen nur vergiftet worden ist. «Ich schlage trotzdem vor, dass wir nach dem Gespräch mit Tamara Scanhagen auch mit diesem Verwaltungsbeamten reden. Man weiß ja nie. Vielleicht hat er seinen Worten Taten folgen lassen.»

Haueisen nickt. «Machen Sie das. Vor allem dürfen wir abseits eines wütenden Pöbels eines nicht außer Acht lassen: Wer profitiert am meisten von Johannsens Tod?» Er blickt Schnepel an. «Das begründet aufzulisten ist dann Ihre Fleißaufgabe, wenn Sie von den Befragungen mit Kollege Bakker zurückkommen.» Er hält kurz inne, bevor er fortfährt: «Sagen Sie, Herr Schnepel, haben Sie in der Zwischenzeit eigentlich die Interviews rausgesucht, die die Scanhagen gegeben hat?»

Rudi bemerkt aus dem Augenwinkel, wie sich Schnepels Miene betreten verzieht.

«Bin schon dran. Bin schon dran. Aber ich kann mich nicht zerreißen.»

Direkt nach dem Frühstück steuert Dörte Jacobs den Frisörsalon an. Heute ist ihr letzter Urlaubstag, da will sie noch Schliff in ihre Frisur bringen. Wenn sie morgen wieder am Empfang der Versicherung sitzt, möchte sie schließlich picobello aussehen.

Die Glöckchen über der Ladentür bimmeln, als Dörte eintritt. Gudruns Hund Schecki läuft heute mal ohne zu kläffen auf sie zu, auch sonst herrscht eine seltsame Ruhe im Laden, obwohl das Radio leise im Hintergrund dudelt. Sigrid, Gisela und Adelheid stehen am Empfangstresen bei Gudrun, die unentschlossen ihr Telefon in der Hand hält.

«Wir könnten einfach so bei ihr vorbeischauen und ihr zur Seite stehen. Der Häkelbüdel-Club muss in schweren Zeiten zusammenhalten», meint Adelheid und erntet ein zustimmendes Nicken von Gisela.

«Moin», sagt Dörte, die keine Ahnung hat, worüber Adelheid redet.

«Moin, Dörte», grüßen alle vier unisono, aber nicht so fröhlich wie sonst.

«Ich finde, wir rufen vorher an», nimmt Sigrid den Gesprächsfaden wieder auf. «Vielleicht will sie gar keinen Besuch, dann stehen wir ziemlich belämmert da.»

Dörte runzelt die Stirn. «Wer will keinen Besuch? Und warum steht irgendwer belämmert da?», fragt sie. Sie hat keinen blassen Schimmer, worum es geht, dabei ist sie doch so lange nun auch wieder nicht weg gewesen.

«Es geht um Rosa», sagt Sigrid. «Wie war's denn auf Baltrum?»

«Es war wunderbar, danke, aber ... was ist denn mit Rosa?» Dörte ist beunruhigt.

«Hast du's noch nicht gehört?» Gudrun sieht sie erstaunt an.

In diesem Moment kommt Susanne Schnepel aus dem Mitarbeiterraum. Mit ihren flammend roten Haaren fällt die überall auf. Ganz schön mutig, findet Dörte, die nie so viel Mumm hätte. Susanne wirft Dörte einen prüfenden Blick zu. Dem sie standhält. Sie lächelt sogar verhalten zurück. Ob

Susanne weiß, dass Dörte sich schon ein paar Mal mit ihrem Mann getroffen hat? Eifersüchtig dürfte sie deswegen eigentlich nicht sein. Susanne ist es schließlich gewesen, die Helmut verlassen hat. Und mittlerweile hat Dörte zumindest ansatzweise eine Ahnung, warum. Helmut ist einfach viel zu ichbezogen. Dazu geht ihm jegliche Großzügigkeit ab. Alleine, dass jede Rechnung bis auf den letzten Cent durch zwei geteilt wird! Trinkgeld gibt er sowieso nicht. Bekäme er in seinem Job ja auch nicht.

Dörte hat in den letzten Tagen auf Baltrum reichlich Zeit zum Nachdenken gehabt. Sie wird bald vierzig, da sollte sie langsam wissen, wie ihr Leben weiter aussehen soll. Vor allem hat sie keine Zeit, es mit den falschen Menschen zu verschwenden. Die Frage ist deshalb: Möchte sie sich wirklich weiter mit ihm treffen? Nach den zwei Wochen auf der Insel ist sie sich alles andere als sicher. Kann ja nicht jeder so ein Glück haben wie Rosa und gleich beim zweiten Kandidaten von Krabbenkuss den Mann fürs Leben finden. «Nun sagt schon, was ist denn passiert?»

«Hast dich ja ganz schön beim Chef eingeschleimt», murmelt Schnepel, kaum dass er die Tür zu Haueisens Zimmer geschlossen hat.

«Was heißt hier eingeschleimt?»

«Das weißt du ganz genau. Ich schau mir stundenlang die Videos mit dir an, aber du heimst alleine die Erfolge ein. So läuft das nicht bei Teamarbeit.»

«Ich hab Haueisen doch nur erzählt, was ich …»

«Ich, ich, ich … merkst du es gar nicht? Bin wirklich enttäuscht von dir.»

«Aber …»

«Lass gut sein. Such lieber die Adresse von diesem Verwaltungsbeamten heraus, ich guck in der Zwischenzeit, ob ich die Interviews der Scanhagen finde und was an Material über die Tourismusprojekte von Johannsen so da ist», sagt Schnepel und marschiert in sein Büro.

Rudi bleibt unentschlossen auf dem Flur stehen, während die beleidigte Leberwurst Schnepel die Tür mit einem lauten Knall ins Schloss fallen lässt. Doch statt sich über ihn zu ärgern, holt Rudi sich lieber einen Kaffee aus dem Automaten, setzt sich in den Wartebereich des Kommissariats und greift zu seinem Handy. Am besten, er guckt bei Facebook. Ankiekbuch, wie die Ostfriesen es liebevoll nennen. Das gefällt Rudi. Der Ausdruck ist sogar für das «schönste plattdeutsche Wort» nominiert, wie er heute Morgen in der Zeitung gelesen hat. Rudi geht als Erstes auf Ludwigs Seite und stößt schon nach wenigen Beiträgen auf den Namen des pensionierten Verwaltungsbeamten aus Wittmund. Tatsächlich steht der Name Gerd Oltmann auch im Online-Telefonbuch, samt Adresse. Zufrieden lehnt Rudi sich zurück und trinkt in aller Ruhe seinen Kaffee aus. Immer schön sinnig. Dauert garantiert, bis Schnepel überhaupt einen Artikel über Johannsens Projekte findet. Schließlich entsorgt er den Pappbecher im Mülleimer und macht sich auf den Weg in Schnepels Büro.

«Helmut, ich hab die Adresse. Wenn du so weit bist, können wir los!»

Doch sein werter Kollege telefoniert seelenruhig, statt zu recherchieren, und macht Zeichen, damit Rudi den Mund hält. «Kollege Schmidt, das ist grandios. Du schaffst das, da bin ich mir ganz sicher. Ich hole die Ausdrucke und die Liste der Links heute Nachmittag bei dir ab.» Mit diesen Worten beendet Schnepel sein Telefonat. Rudi wirft ihm einen fragenden Blick zu.

«Man muss halt nur einen Fachmann an die Recherche lassen», sagt Schnepel und zieht die Stirn hoch. «Schmidt ist doch jetzt im Präventionsteam. Da ist das Internet doch seine zweite Heimat. Der findet ruckzuck die richtigen Artikel über die Scanhagen und den Johannsen.»

Heute braucht Rosa mehr Zeit für alles. Für das Füttern von Pepe. Fürs Duschen. Vor allem fürs Anziehen. Farbenfroh mag sie nicht zu Holgers Vater fahren. Also schlüpft sie in die Sachen, die sie zur Beerdigung ihres ehemaligen Rektors getragen hat. Darin fühlt sie sich Holger ganz nah, glaubt fast, noch eine Spur seines Rasierwassers zu riechen.

Schweren Herzens macht sie sich schließlich auf den Weg. Bis zu Walter Hoffmeisters Landmaschinenhandel kurz vor Carolinensiel dauert es nur wenige Minuten. Sie nimmt die Auffahrt zum Hof und parkt neben einem grünen John-Deere-Traktor. Winzig klein sieht ihr Fiat 500 gegenüber dem Ungetüm aus.

Die Lagerhalle ist geöffnet, drinnen stehen drei weitere Traktoren. Holgers Vater sitzt mit zwei Männern in seinem Büro, wie Rosa durch das Hallenfenster sehen kann.

Sie überlegt noch, ob sie klopfen soll, da hat Walter Hoffmeister sie bereits entdeckt. Der gut aussehende Mittsiebziger erhebt sich und geht mit schleppenden Schritten zur Tür. Seine gewohnte Dynamik ist wie weggeblasen.

«Rosa, schön, dass du gekommen bist.» Er drückt sie an sich.

«Ach, Walter», sagt sie leise und lehnt ihren Kopf an seine Schulter.

Er streicht ihr über den Kopf. «Lieb, dass du da bist. Geh doch schon mal ins Haus vor. In der Küche steht eine Thermoskanne mit Tee. Ich komme gleich. Muss nur noch ein paar Dinge regeln.»

Forschen Schrittes betritt Schnepel die Touristeninfo in Neuharlingersiel. Die verspiegelte Sonnenbrille schiebt er zur Nasenspitze herunter und blickt über den Rand der Gläser den Mitarbeiter hinter dem Schalter an. «Moin. Kripo Wittmund. Wir müssen Frau Scanhagen sprechen.»

Der junge Mann nickt. Rudi kennt ihn nicht. «Gehen Sie gerne durch», sagt der Angestellte, legt den Telefonhörer auf und deutet nach hinten. «Sie kennen sich aus, sagte Frau Scanhagen.»

«Jo.» Schon marschiert Schnepel los.

Rudi geht gemächlich hinterher. Schnepel tut ja beinahe, als könnten sie Tamara Scanhagen gleich in Handschellen abführen. Aber so weit sind sie noch lange nicht.

Tamara Scanhagen sitzt an ihrem Schreibtisch, schaut nur kurz auf, legt die Hand dann über die Sprechmuschel des Telefonhörers, grüßt einsilbig mit «Moin» und wendet sich erneut ihrem Telefonpartner zu. «Entschuldigung, wir müssen eben unterbrechen, ich bekomme gerade Besuch von der Polizei. Sie wissen schon, es geht um den Tod meines Kollegen. Vielleicht gibt es Neuigkeiten. Ich melde mich später. Tschüs.»

Schon hat sie aufgelegt. Sie lehnt sich zurück, verschränkt die Arme vor der Brust, macht aber keinerlei Anstalten, ihnen einen Platz anzubieten. Wieder trägt sie ein luftiges Sommerkleid, dieses zeigt rote und orange Vögel. Nicht wirklich Rudis Geschmack. Schnepel baut sich breitbeinig vor ihrem Schreibtisch auf. «Tja, Werteste, die Videoaufnahmen beweisen, dass Sie am Freitagabend am Strand waren. Wir können sogar so weit gehen zu sagen, dass Sie sich dort irgendeiner Sache entledigt haben.» Selbstbewusst wiegt er den Kopf hin und her. «Das macht Sie ziemlich verdächtig. Und wir fragen uns: Warum haben Sie uns nicht bereits gestern gesagt, dass Sie an dem Abend, als Ihr Chef starb, in der Nähe des Tatorts waren?»

«Herrschaftszeiten, warum, warum ... Ich bin fast jeden Tag am Strand. Ist ja nicht weit von meinem Büro. Ich liebe es, nach Feierabend hinzugehen, wenn es dort ruhiger ist.» Sie streckt ihren Rücken. «Und gestern war überhaupt nicht die Rede von Freitag. Da haben Sie mir nur die Lügen vorgehalten, die Frau Talmann Ihnen aufgetischt hat.» Provozierend blickt sie Schnepel an.

«Gut», lenkt der zu Rudis Überraschung ein. «Dann reden wir eben *jetzt* über Freitag. «Was haben Sie in den Müll geworfen, als Sie den Strand verlassen haben?»

Tamara Scanhagen stöhnt übertrieben auf. «Einen Kunststoffbecher.»

«Interessant», sagt Schnepel und reibt sich die Hände. «Was haben Sie denn daraus getrunken?»

«Rotwein.»

Rotwein! Bei Rudi schrillen alle Signalglocken und sein Blick sucht automatisch den Raum ab.

Schnepel setzt nach. «Woher hatten Sie den Wein? Etwa von Herrn Johannsen?»

«Nein, aus meinem Büro. Wie ich schon sagte, ich bin nach Feierabend dorthin gegangen.»

In diesem Moment entdeckt Rudi eine Flasche, die im unteren Regal eines Sideboards steht. «Ist das die Flasche?»

Verärgert kneift Tamara Scanhagen die Augenbrauen zusammen. «Ja.»

Rudi zieht ein Stofftaschentuch aus seiner Hosentasche und nimmt damit die Flasche heraus. «Ach nee. Das ist ja der gleiche Wein, den auch Johannsen getrunken hat.» Er kann sich nämlich genau an den Namen erinnern: «Wattenwein».

Rudis Bemerkung scheint Tamara Scanhagen ein wenig verunsichert zu haben. Jetzt muss er vorsichtig nachfassen, um die Wahrheit zu erfahren. «Woher haben Sie die Flasche?»

«Stellen Sie sich vor, aus dem Supermarkt. Ich wollte testen, ob er etwas taugt und wir ihn bei Veranstaltungen anbieten können. Darum habe ich die Flasche mit an den Strand genommen, dort ein Glas getrunken und sie anschließend wieder mitgenommen.»

«Soso. Der gleiche Wein. Und die angefangene Flasche haben Sie wieder ins Büro zurückgebracht», sagt Schnepel. «Tja, da muss man nur eins und eins zusammenzählen.»

Dummerweise ergibt eins und eins bei Schnepel oftmals drei oder auch vier, wie Rudi aus leidvoller Erfahrung weiß. Deshalb würde er ihn am liebsten stoppen, aber sein Kollege redet schon weiter. «Geben Sie es endlich zu: Sie haben mit Ihrem Kollegen zusammen im Strandkorb gesessen und Wein getrunken.» Schnepel stützt sich mit beiden Händen auf der Schreibtischplatte auf und beugt sich zu Tamara Scanhagen vor. «Und weil Sie sich angeblich mit ihm versöhnen wollten, haben Sie ihm eine zweite Flasche dagelassen. Damit er es sich noch gemütlich machen konnte. Nur hatten Sie die zweite Flasche mit Gift versetzt.» Er dreht den Kopf zu Rudi. «Los, hol das Stempel-Set. Wir nehmen die Fingerabdrücke der Dame.»

In der Küche herrscht ein mittleres Chaos. Auf dem Herd steht eine benutzte Pfanne, auf dem Tisch schmutziges Geschirr und Reste einer Mahlzeit neben einer halbleeren Ginflasche. Die Welt von Walter Hoffmeister, der sonst wie ein Uhrwerk funktioniert, scheint aus den Fugen geraten zu sein. Kein Wunder.

Rosa räumt alles in die Spüle und wäscht ab. Dabei wirft sie immer wieder einen Blick durch das Fenster auf den Hof. Als sie die Pfanne gesäubert hat, sieht sie Walter aus der Werkzeughalle kommen. Mit hängenden Schultern steuert er sein Wohnhaus an.

Rosa gießt Walter eine Tasse Tee ein, er lässt sich ohne ein Wort zu sagen auf die Eckbank fallen. Seine Augen sind gerötet, die Schatten darunter gehen ins Bläuliche. Ob er überhaupt geschlafen hat?

Mit starrem Blick schaut er auf das Foto seines Sohnes. «Ein Kind sollte nicht vor seinen Eltern sterben.»

«Ja, es ist alles so schrecklich. Ein Fahrradunfall auf einem Feldweg? Das ist doch absurd.»

«Das lag wohl an diesen dünnen Rennradreifen, hat mir der Polizist gesagt. Aber Genaues weiß man noch nicht. Das wird die Obduktion ergeben.» Walter Hoffmeister wirft Rosa einen gequälten Blick zu. «Für dich ist das ja auch schrecklich. Holger hat mir Samstag erzählt, dass ihr Eltern werdet.» Er wischt sich eine Träne aus dem Augenwinkel. «Das ist ein wenig tröstlich, nun bleiben wenigstens Spuren von ihm und unsere Familie versandet nicht.» Er greift nach Rosas Hand und drückt sie. «Ich werde für dein Kind sorgen. Darauf kannst du dich verlassen. Mach dir über finanzielle Dinge keine Gedanken. Wir regeln das alles mit dem Anwalt.»

Sofort spürt Rosa einen dicken Kloß im Hals. Jetzt muss sie ihm noch mehr wehtun. Sie steht auf, holt aus ihrer Handtasche den Ring, den Holger ihr zur Verlobung gegeben hat, setzt sich neben Walter und nimmt seine Hand.

Fragend blickt Holgers Vater sie an.

«Er steht mir nicht zu, Walter.» Sie räuspert sich. «Ich habe mich geirrt. Am Montag war ich bei der Frauenärztin und hab erfahren, dass ich gar nicht schwanger bin. Ich habe es Holger gleich danach gesagt.» Sie beißt sich auf die Unterlippe, weil sie seinen Schmerz zu spüren glaubt. «Und deshalb ...»

Walter drückt den Ring zurück in Rosas Hand. «Behalt ihn, Mädchen. Er soll dich immer an Holger erinnern.»

Gerd Oltmann wohnt in einem kleinen Friesenhaus am Rande Wittmunds. Die Gartenhecke ist so glatt geschnitten, als wäre sie mit der Nagelschere gestutzt. Kein verirrtes Unkraut ist im Vorgarten auszumachen, aber auch keine Blumen.

Rudi klingelt, drinnen hört man ein Klappern, schließlich wird die Tür von einem Mann jenseits der siebzig geöffnet. Er trägt eine braune Cordhose und eine weinrote Hausjacke. Die wenigen Haare hat er nach hinten gekämmt, auf der Nase sitzt eine randlose Brille. «Sie wünschen?»

Bevor Rudi den Mund überhaupt öffnen kann, legt Schnepel los. «Kripo Wittmund.» Er wedelt mit seinem Dienstausweis vor Oltmanns Nase. «Wir ermitteln im Todesfall Ulfert Johannsen.»

«Und was habe ich damit zu tun?»

«Wollen wir das wirklich vor der Tür besprechen?» Schnepels Tonfall ist eine Spur schärfer geworden.

«Warum nicht, ich habe nichts zu verbergen. Aber geben Sie mir erst mal Ihre Ausweise. Bei dem Gewedel kann ich nix lesen.»

Wortlos reichen Schnepel und Rudi ihm die Plastikkarten. Oltmann mustert sie, dreht sie um und gibt sie schließlich zurück.

«Scheint in Ordnung zu sein. Aber warum wollen Sie mit mir über dieses Marketingmonster reden? Ich kenne den Mann überhaupt nicht.»

Schnepel lacht höhnisch auf. «Und warum haben Sie dann dazu aufgerufen, ihn zu vierteilen?»

Oltmanns rechtes Auge fängt plötzlich an zu flattern.

«Vielleicht kommen Sie doch besser rein. Folgen Sie mir.»

Der Pensionär führt sie ins Wohnzimmer, das im Stil Eiche rustikal eingerichtet ist. Er deutet auf den Esstisch und macht eine einladende Handbewegung. «Bitte nehmen Sie Platz.»

Rudi und Schnepel setzen sich auf die gepolsterten Stühle. Henners Eltern haben fast die gleichen in ihrer guten Stube stehen. Oltmann ruft in den Flur: «Monika, ich hab Besuch, stör uns bitte nicht.» Dann schließt er die Tür.

«Ihre Frau weiß nichts von Ihrem Mordaufruf?» Schnepel geht sofort zum Angriff über, statt den Mann einfach kommen zu lassen.

Oltmann läuft prompt rot an. «Also hören Sie mal! Das ist ja wohl unglaublich! Wir vom Heimatverein haben nur beschlossen, dass wir nicht tatenlos zusehen wollen, wie unser schönes Ostfriesland von Fremden überrannt wird. Die Überfremdung zu stoppen, ist unser Ziel.»

«Was heißt denn hier: Überfremdung?», mischt sich Rudi ein. «Wir haben doch kaum Flüchtlinge.»

«Aber dafür jede Menge Touristen. Die werden von Johannsen durch seine aggressive Vermarktung unserer schönen Region doch in Scharen angelockt. Man sieht den Strand vor lauter Wohnmobilen kaum noch. Sogar als Einheimischer muss man abends in den Restaurants schon einen Tisch reservieren, sonst kriegt man keinen Platz mehr! Das müsste verboten werden. Der Staat hat da eine Verantwortung.»

Jetzt reicht es Rudi endgültig. «Wissen Sie eigentlich, wie viele Familien hier vom Tourismus leben? Der ist existenziell, nur so können ...»

«Papperlapapp», fährt Oltmann ihm über den Mund. «Alles nur Gerede. Schuster bleib bei deinem Leisten, darauf sollte man sich lieber wieder besinnen.»

Der hat mit seiner Beamtenpension gut reden. Rudi kocht innerlich, aber ihm fehlen die Worte. Wie früher in der Schule, wenn Fräulein Klostermann ihm das Wort abgeschnitten hat. Deswegen ist er Schnepel regelrecht dankbar, als der die Befragung wieder übernimmt.

«Kommen wir zurück zu Ihrem eindeutigen Aufruf zur Gewalt. Bevor wir mit der Staatsanwältin sprechen, wüssten wir gerne, wo Sie letzten Freitag waren.»

Oltmann wird plötzlich kleinlaut. «Ich bin erst gestern von einer vierwöchigen Kur mit meiner Frau aus dem Allgäu zurückgekommen. Sie hat eine neue Hüfte bekommen und war dort zur Reha. Ich habe sie begleitet.»

Rudi klappt sein kleines Oktavheft zusammen. Das war's dann wohl.

Gleich neben dem Ginsterbusch am hinteren Ende des Blumenbeetes gräbt Hoyko ein Loch. Die Größe passt. Nur die Tiefe noch nicht ganz. Ein bisschen mehr noch. Sicher ist sicher. Nicht, dass sein schönes Insektenhotel beim ersten kräftigen Sturm umfällt. Erneut treibt Hoyko die Spitze des Spatens in den Boden, tritt energisch auf die Kante und hebt vorsichtig die Erde heraus.

«Was machst du denn da?», hört er jemanden rufen.

Hoyko zuckt erschrocken zusammen und dreht sich um. Heinrich Steffens steht mit seinem Fahrrad auf dem Bürgersteig, die Schiebermütze ein wenig nach hinten geschoben. Schweiß rinnt ihm über die Stirn.

«Moin», grüßt Hoyko seinen alten Freund. «Komm rein. Mein Insektenhotel ist fertig. Du kannst mir beim Aufstellen helfen. Gibt anschließend auch 'nen Tee.» Er zeigt auf den Stamm des abgesägten Apfelbaums.

«Mok wi.» Heinrich lehnt das Fahrrad an den Zaun, öffnet die niedrige Gartenpforte und betritt das Grundstück.

Zusammen packen sie den Stamm an. Während Heinrich das obere Ende mit den Löchern hält, führt Hoyko das untere ins Erdreich, gemeinsam bringen sie das Holz in die Senkrechte. Heinrich hält fest, Hoyko schiebt mit dem Spaten die Erde in die verbliebene Lücke und stampft dann das Erdreich fest, bis sein Insektenhotel stabil steht.

«Sieht ganz passabel aus.» Anerkennend klopft Heinrich Hoyko auf die Schulter. «Ich hab das ja für spinnerten Kram gehalten, aber zwischen all den geleckten Gärten hier macht das Sinn.»

«Genau. Waltraud meint, wir greifen alle viel zu schnell zum umweltschädlichen Gift gegen Unkraut. Dabei ist das doch Nahrung für die Insekten.»

«Nun hör schon mit deiner Waltraud auf.»

«Aber die meisten Leute …»

«Bei uns auf'm Hof hat's noch nie Gift gegeben. Das Einzige, was Gerda zulässt, sind im Sommer die klebrigen Fliegenfänger in der Küche.»

«Ein Insektenhotel …»

«Hoyko! Übertreib es nicht», warnt Heinrich, fährt dann aber grinsend fort: «Apropos Hotel: Nicht nur die Insekten brauchen Quartiere.»

Hoyko sieht ihn irritiert an. «Wie meinst du das? Ihr habt euch doch nicht etwa gestritten, Gerda und du?»

«Unsinn.» Heinrich lässt sich auf die Bank fallen, die Hoyko am Ende des Gartens aufgestellt hat. Hier kann man die Abendsonne genießen.

«Gestern standen wieder Leute bei uns auf'm Hof», sagt Heinrich.

«Bei euch auf'm Hof? Was wollten die denn?»

«Die haben kein Zimmer im Ort gekriegt. Alles belegt.»

«Ist ja auch Hauptsaison.» Hoyko setzt sich neben Heinrich. «Wollten die etwa bei euch unterkommen?»

«Jo.»

«Und?»

«Hab die zum Janssen-Hof geschickt.» Heinrich streckt die Beine weit von sich. «Und Gerda davon erzählt. Kommt ja in der letzten Zeit ständig vor, dass bei uns welche nach einem Quartier fragen. Gerda hat beim Abendbrot mal laut nachgedacht.»

«Und worüber?»

«Unsere Kinderzimmer stehen schon seit Jahren leer.»

«Eure Kinder sind ja nu auch alle über dreißig. Da sollten die Zimmer wohl leer sein.»

«Und die Arbeit mit den Kühen und dem Melken wird mir langsam ein büschen zu viel.»

Hoyko beschleicht eine dumpfe Ahnung, worauf Heinrich hinauswill. «Also?»

«Henner kann den Hof wegen seiner Allergie doch nicht übernehmen.» Heinrich macht eine Pause und holt sein Tabakpäckchen aus der Hosentasche. «Gerda meint, wir könnten die Zimmer renovieren und an Feriengäste vermieten.» Er zieht ein Blatt Zigarettenpapier aus dem schmalen Heft und verteilt den Tabak darauf. Gekonnt dreht er das Papier mit beiden Daumen und Zeigefingern, leckt am Klebestreifen und drückt es fest. «Ein büschen Farbe hier und da macht schon was her, sagt Gerda. Und Möbel von Ikea. Wir könnten mit zwei Zimmern anfangen.» Er fischt die Streichholzschachtel aus der Tiefe der Tasche seiner Cordhose und zündet sich die Selbstgedrehte an. Seine Fingerkuppen sind schon ganz gelb von all den Zigaretten, die er in seinem Leben geraucht hat. «Und mit den Kühen müssen wir dann mal sehen. Vielleicht steigen wir auf Alpakas um. Damit liegt mir Bärbel dauernd in den Ohren. Wegen ihrer Freundin. Die hat doch einen Narren an den Viechern gefressen. Könnte man sowohl therapeutisch als auch touristisch nutzen, sagen die beiden. Spaziergänge mit Alpakas am Strand und so was. Das würde Bärbel dann übernehmen.»

Hoyko sieht Heinrich überrascht an. «Hab ich richtig gehört, ihr tragt euch ernsthaft mit dem Gedanken, eine Pension aus eurem Bauernhof zu machen?»

«Pension ist zu mächtig gesagt. Eher: Ferien auf dem Bauernhof.»

«Das ist gut!» Begeistert springt Hoyko auf. «Das ist sogar sehr gut! Dabei kann ich euch helfen. Mein Hotel in Kanada ...»

Heinrich grinst schräg. «Genau deshalb sag ich dir das ja.»

Am späten Vormittag bringt Henner die Post erst zu Bäcker Hinrichs in den Laden, dann klingelt er bei Ludwig. «Is offen», ruft der von oben.

Schon stapft Henner die Stufen zu dem umtriebigen Online-Reporter hoch, der tiefenentspannt in seinem curryfarbenen Ledersessel sitzt. die Füße hochgelegt. Henner packt die zwei Werbesendungen auf den Tisch.

«Magst 'nen Tee?»

«Danke, hab schon.» Wenn Henner jetzt zu etwas keine Lust hat, dann, für Ludwig Tee zu kochen. Das kleine Bedienspielchen kennt er zur Genüge.

«Na denn!» Ludwig drückt auf die Fernbedienung, fährt

die Rückenlehne hoch und die Ablage für die Füße runter. So kommt er erst in den Sitz und schließlich wird er fast in den Stand gehoben. Henner staunt jedes Mal aufs Neue über die Technik dieser Aufstehhilfe. Dabei ist Ludwig nicht wirklich behindert, sondern nur stark übergewichtig und ein Bewegungsmuffel.

«Haste schon meinen neuesten Artikel gelesen?» Ludwigs kleine Äuglein funkeln.

Henner schüttelt den Kopf. «Nee, keine Zeit.»

«Ich hab gestern Siegurd Greite interviewt.»

«Ist das der Sänger, der heute Abend am Hafen in der Muschel auftritt?»

«Mensch, Henner, das ist der Bauer, der gestern den Unfall mit dem Fahrradfahrer hatte.»

Jetzt wird Henner hellhörig. «Und?»

«Der sagt, er hätte absolut keine Schuld gehabt.» Ludwig greift zu seinem Tablet, das auf dem kleinen Tisch vorm Fenster liegt. Hier, mit Blick auf das Hafenbecken, schreibt er seine Beiträge und Artikel am liebsten.

«Hör zu. Meine erste Frage: *Herr Greite, wie ist es zu dem Unfall gekommen?* Seine Antwort: ‹Ich bin ordnungsgemäß über den Wirtschaftsweg gefahren, als mir der Radfahrer entgegenkam. Er hat angehalten und mir zugewunken. Ich hab gegrüßt und bin an ihm vorbeigefahren. Es war der Sohn vom Jagdpächter, den kenn ich schon lange.› Dann wieder meine Frage: *Und wie ist es nun zu dem Unfall gekommen?* Greites Antwort: ‹Keine Ahnung. Mehr zufällig habe ich einen Blick in den Rückspiegel geworfen und gesehen, dass das Fahrrad zerdellt auf dem Boden lag. Da hab ich natürlich sofort angehalten. Keine Ahnung, warum der losgefahren ist, bevor ich mit dem Gespann an ihm vorbei war. Vielleicht war er besoffen. In der Jagdhütte wird ja immer ordentlich gepichelt. Ich hab da schon Dinge bei der Jagd erlebt.›» Ludwig hört auf vorzulesen und sieht Henner beifallheischend an.

«Welche Dinge denn?»

«Das habe ich den Greite auch gefragt. Aber da hat er sich dann ausgeschwiegen. Er wolle keine Scherereien kriegen, hat er gesagt.»

«Das hab ich gerne. Erst Dinge behaupten und dann vornehm schweigen.»

«Na, ich weiß nicht. Ist doch allgemein bekannt, dass Jäger nach erfolgreicher Jagd ihren Abschuss ‹tottrinken›. Und ich hab auch schon öfter gehört, dass der Hoffmeister in seiner Jagdhütte tolle Partys gefeiert hat. Mit allem Pipapo.»

«Sagt wer?»

«Mein Informant», gibt Ludwig schnippisch zurück.

«Soso. Dein Informant. Hinter dem versteckst du dich ja gerne. Und was ist dieses Pipapo genau?»

«Hat er nicht so direkt gesagt», druckst Ludwig rum.

«Ludwig. Ich geb dir einen guten Rat: Hör auf, solche schwammigen Gerüchte zu verbreiten. Damit kommst du noch mal in Teufels Küche. Hast du aus der Vergangenheit gar nichts gelernt?»

«Nun übertreib nicht, Henner. Der Verwandte von Sigrid aus der Rettungswache hat mir gesagt, dass der Radfahrer eine ordentliche Fahne hatte. Der wird ja nicht ohne Grund obduziert. Ich sage dir, da war Alkohol im Spiel.»

«Tja, meine Herren», sagt Haueisen nachdenklich, nachdem Rudi und Schnepel ihm von den Gesprächen mit Oltmann und Scanhagen berichtet haben. «Den Oltmann können wir streichen, auch wenn ich solchen Leuten gerne mal die Leviten lesen würde. Aber mit der Reha seiner Frau ist er aus dem Rennen. Im Unterschied zu der Scanhagen. Dann geben wir den Kollegen der KTU mal Bescheid, dass sie sich zuerst um diesen Becher kümmern sollen. Ist ja 'ne Menge Müll, den die da gerade auf dem Tisch haben.»

«Hab ich schon gemacht», sagt Rudi. «Als ich denen die Fingerabdrücke von Tamara Scanhagen gebracht hab.»

Haueisen wiegt den Kopf. «Ich weiß nicht, ob uns das wirklich weiterbringt», sagt er. «Wäre die wirklich so blöd und würde belastendes Material in der Nähe des Strandkorbes zurücklassen?»

«Na ja», meint Rudi, «sie wird wohl nicht daran gedacht haben, dass wir den Müll einsammeln. Aber mal ganz im Ernst: Trägt man so ein auffälliges Kleid, wenn man loszieht, um einen Mord zu verüben? Zumal sie doch weiß, dass der Strand videoüberwacht wird.»

«Ach», feixt Schnepel, «die hat sich einfach dumm angestellt.»

«Zurück zum Thema», mahnt Haueisen die beiden zur Ordnung. «Wir sollten auch andere Möglichkeiten in Betracht ziehen. Wer profitiert von Johannsens Tod? Schnepel, haben Sie die Liste fertig, um die ich Sie gebeten habe?»

«Nein, wir kommen ja gerade erst von den Befragungen zurück. Aber in meinem Kopf steht das schon alles.»

«Dann legen Sie mal los.»

«Den größten Vorteil haben die Kinder der Schwester», sagt er.

«Aber nur, wenn sich herausstellt, dass das Kind, das Amelie Nansen erwartet, nicht von Johannsen ist», korrigiert Rudi ihn.

«Stimmt. Sollte Johannsen der Vater des Kindes sein, steht es an ersten Stelle in der Erbfolge. Und davon profitiert indirekt Amelie Nansen.»

Haueisen seufzt. «Allerdings kann man erst nach der Geburt des Kindes herausfinden, ob Johannsen tatsächlich der Vater des Kindes ist. Das heißt ...»

«Das geht auch schon vorher», unterbricht Schnepel ihn. «Mit einem pränatalen Vaterschaftstest.»

Erstaunt blickt Rudi Schnepel an. «Woher weißt du das denn?»

Augenblicklich wird Schnepel rot. «Ja, also, ich hab da einen Freund und der hatte 'ne Freundin. Die behauptete, schwanger von ihm zu sein, was für den Freund echt heftig gewesen wäre, weil der verheiratet ist. Äh, war. Oder so. Jedenfalls kann man den Test im Internet bestellen. Kostet allerdings ein Schweinegeld. Über tausend Euro. Jedenfalls hat sich dadurch herausgestellt, dass das Kind gar nicht von ihm war. Mann, war der erleichtert.»

«Ein Freund. Aha», sagt Rudi.

«Genau. Ein Freund», entgegnet Schnepel scharf.

«Wir werden Frau Nansen kaum dazu bringen können, so einen Schwangerschaftstest zu kaufen und durchzuführen», sagt Haueisen. «Und anordnen können wir das auch nicht.»

«Immerhin hat sie kein Alibi, und ihre ominöse Freundin hat sich auf meine Nachricht hin noch nicht gemeldet», sagt Schnepel.

«Sie braucht doch gar kein Alibi für Freitagabend», gibt Rudi zu bedenken. «Sie kann das Gift auch schon vorher in die Flasche gespritzt haben. Trotzdem kommt mir das sehr weit hergeholt vor.»

«Womit wir wieder bei Tamara Scanhagen wären», sagt Haueisen. «Es scheint, als würden alle Fäden bei ihr zusammenlaufen.»

Schnepels Handy läutet. Er steht auf und verlässt das Büro. Keine zwei Minuten später ist er wieder da. «Die Freundin von Amelie Nansen hat sich gerade bei mir gemeldet», verkündet Schnepel. «Sie hat das Alibi der Nansen bestätigt. Hätte sie gerne schon früher gemacht. Aber sie war übers Wochenende in Hannover und hatte ihr Telefon zu Hause liegen gelassen. Wie kann man nur so dämlich sein.» Schnepel schüttelt den Kopf. «Egal, Amelie Nansen bleibt verdächtig. Da hat Rudi recht.»

Jetzt klingelt das Telefon auf Haueisens Schreibtisch. Der Chef wirft einen Blick auf das Display. «Emterbäumler», sagt er knapp und nimmt das Gespräch an.

«Man glaubt es kaum», murmelt er, als er wieder auflegt. «Das war kein Unfall. Herr Hoffmeister war nicht krank. Im Gegenteil. Emterbäumler hat dasselbe Gift nachgewiesen, das auch Ulfert Johannsen das Leben gekostet hat.»

«Ach nee.» Rudi ist baff. «Gift. Haben wir es etwa mit einem Serienmörder zu tun?»

«Es deutet einiges darauf hin», sagt Haueisen sorgenvoll. «Dementsprechend müssen wir unsere Ermittlungen vollkommen neu überdenken.» Er blättert in seinen Notizen. «Bis wir die Ergebnisse der KTU haben, machen wir weiter wie geplant. Sie, Bakker, fühlen den anderen Facebook-Hetzern auf den Zahn. Und Sie, Schnepel, übertragen die Verdächtigenliste aus Ihrem Kopf auf ein druckbares Dokument. Außerdem hätte ich gerne endlich eine Zusammenstellung der Zeitungsartikel. Und sobald wir alles haben, prüfen wir die Querverbindungen zwischen Johannsen und Hoffmeister.»

Für den Nachmittag hat sich der Häkelbüdel-Club bei Rosa angekündigt. Im ersten Moment hat sie das am Telefon abwimmeln wollen, denn der Besuch bei Walter hat sie sehr mitgenommen. Ein Kind sollte nicht vor den Eltern sterben. Was für ein harter Satz. Aber ein wahrer. Als Rosa Walter auch noch die Hoffnung auf ein Enkelkind nehmen musste, ist er geradezu versteinert. Rosa wollte ihn zunächst gar nicht allein lassen, erst als seine Schwester kam, hat sie sich verabschiedet.

Nach einem ausgiebigen Mittagsschlaf fühlt sie sich jetzt deutlich besser, ist sogar froh, gleich ein wenig Gesellschaft zu haben. Ihre Gedanken kreisen sonst doch nur um den schrecklichen Unfall.

Sie bereitet den Tee vor und kaum hat der fertig gezogen, klingelt es.

«Rosa. Komm her.» Bevor sie reagieren kann, nimmt Adelheid sie in den Arm. «Ich hab meinen Laden heute Nachmittag einfach zugemacht», sagt sie leise. «In der Stunde der Not muss man füreinander da sein.»

Als Nächstes drückt Sigrid sie an sich, dann Dörte. Gisela hat extra ein Blech Kuchen gebacken und sogar Tante Hildegard ist mit von der Partie. Sie streicht Rosa über die Arme und seufzt: «Ach, min Deern.»

Sofort steigen Rosa wieder Tränen in die Augen.

In der Küche wird es nun ziemlich eng. So viel Besuch auf einen Haufen hat Rosa noch nie gehabt. Hildegard, Gisela und Sigrid sitzen am kleinen Küchentisch, auf dem das Blech mit dem frisch gebackenen Zuckerkuchen steht. Adelheid lehnt sich an den Küchenschrank, Dörte schenkt Tee ein, dabei greift sie nach Rosas Hand. «Das tut mir so leid. Da hast du endlich ... und dann bist du auch noch ...» Dörte versagt die Stimme. Nach einem kurzen Moment hat sie sich wieder gefangen. «Die anderen haben mir eben erst erzählt, dass du ... Tante Hildegard hat sogar schon die Bohntjesopp angesetzt.»

«Bohntjesopp?» Rosa wischt sich die Tränen mit dem Handrücken aus den Augen.

«Das ist hier so Brauch. Wenn ein Baby kommt, muss es mit einem Umtrunk gebührend begrüßt werden», erklärt Adelheid. «Sind aber keine Bohnen drin. Nur Rosinen und Branntwein.»

«Das könnt ihr jemand anderem geben.» Rosa schnieft laut. «Es ist kein Baby im Anmarsch. Hab mich geirrt. Ich war gestern bei der Ärztin.»

Einen Moment ist es ganz still. Dann fängt Rosa an zu erzählen. Vom Arztbesuch, vom Treffen in der Jagdhütte. Von ihrem Gespräch mit Holger. Vor allem von dem schlechten Gewissen, das sie plagt.

«Vielleicht wäre das nicht passiert, wenn ich nicht so schnell zur Konferenz in die Schule gemusst hätte. Wenn ich bei ihm geblieben wäre.»

«Hör auf, dir solche Gedanken zu machen.» Gisela tätschelt Rosas Hand. «Das führt zu nichts.»

«Stimmt», pflichtet nun auch Adelheid bei. «Von Vorwürfen wird er nicht wieder lebendig.»

«Ich hätte ihm aber vielleicht ausreden können, bei der Hitze Rotwein zu trinken. Oder wenn, dann höchstens ein Glas.» Rosa ist froh, es endlich ausgesprochen zu haben. Anschließend verspürt sie sogar Appetit auf den Zuckerkuchen. Seit gestern hat sie kaum was gegessen.

Eine halbe Stunde später ist die Stimmung in der Küche deutlich gelöster.

«Wisst ihr schon das Neueste von meinen Eltern?», fragt Adelheid.

«Nee», sagt Tante Hildegard.

«Muddern hat Vaddern überredet, Zimmer auf dem Hof an Touristen zu vermieten.» Adelheid grinst und nimmt sich das zweite Stück Kuchen.

«Und wie soll das gehen?», fragt Gisela, die ja selbst ab und zu ihr Gartenhaus unter der Hand vermietet. «Muss man sich da nicht beim Tourismusverband anmelden?»

«Keine Ahnung. Hoyko wird sich darum kümmern, hat er Vaddern versprochen. Heute Nachmittag will er sich unsere alten Kinderzimmer schon mal ansehen, damit sie einen genaueren Schlachtplan ausarbeiten können.»

Der Häkelbüdel-Club hat sich schon längst verabschiedet. Rosa wäscht die letzten Tassen ab, als es klingelt. Rudi steht vor der Tür. In Uniform.

«Ich hab Neuigkeiten», sagt er.

Ohne das Gesicht zu verziehen, lauscht Rosa den Ergebnissen der Obduktion. Fassungslos sieht sie Rudi an. «Sag das noch mal.»

«Holger hatte eine Blutalkoholkonzentration von 0,6.»

«Ich meine das andere. Dass er Rotwein getrunken hat, weiß ich ja.»

«Ach so. Emterbäumler hat bei der Obduktion Rattengift im Blut nachgewiesen. Nicht so viel wie bei Johannsen, aber es ist dasselbe Gift. Weißt du, was das für ein Wein war, den er getrunken hat?»

«Holger hat ihn aus der Jagdhütte geholt. Die Flasche war noch verschlossen. Das weiß ich genau. Holger hat sie in meinem Beisein mit dem Korkenzieher geöffnet.»

Rosa erwacht mit jedem Wort mehr aus der Starre, in die sie nach Holgers plötzlichem Tod verfallen ist. Entschlossen greift sie zum Handy und sucht unter den Kontakten die Nummer von Holgers Vater.

«Walter, ich bin's, Rosa.»

«Gut, dass du anrufst. Ich begreife die Welt nicht mehr. Gerade habe ich mit diesem Kommissar telefoniert. Bei Holger haben sie Gift nachgewiesen. Stell dir das mal vor! Mein Sohn ist vergiftet worden! Aber wie? Und warum?»

Puh. Walter ist bereits informiert. Dann braucht Rosa ja nicht lange um den heißen Brei herumreden. «Holger hat gestern Mittag in der Jagdhütte Rotwein getrunken. Weißt du was über diesen Wein? Woher kommt der?»

Walter schweigt eine Weile, dann sagt er: «Hm. Eigentlich haben wir in der Hütte meistens nur eine Kiste Bier stehen. Und natürlich Korn, Obstler und Jägermeister. Außer es ist eine größere Jagdgesellschaft da. Aber ich erinnere mich, vor ein paar Wochen stand eine Kiste Rotwein vor der Hütte. Mit einer Grußkarte.»

«Und wer hat das Geschenk gebracht?»

«Vermutlich einer der Jungjäger.»

«Wie kommst du darauf?»

«Wegen des traditionellen Spruches, der auf der Grußkarte stand: ‹Der erste Schlag soll dich zum Jäger weihen, der zweite Schlag dir Waidgerechtigkeit verleihen, der dritte Schlag sei ein Gebot: Was du nicht kennst, das schieß nicht tot.›»

«Und es stand kein Name dabei?» Rosas Nase kribbelt.

«Nein. Ich hab da auch nicht weiter nachgehakt. Mich nur gefreut und den Karton neben das Bier gestellt.»

«Kommt das denn öfter vor, dass Jungjäger dir was schenken?»

«Ab und zu schon. Aber meistens geben sie es mir persönlich.»

«Okay.» Wein von einem Unbekannten. In Rosas Kopf springen die Gedanken hin und her. «Walter, der Wein war vergiftet!»

«Nein, das kann nicht sein. Ich habe mir letzte Woche selbst eine Flasche aus der Kiste mit nach Hause genommen und zusammen mit einem alten Freund ausgetrunken. Ich hatte danach keinerlei Beschwerden. Nicht einmal Kopfschmerzen.»

«Der Karton ist jetzt wahrscheinlich leer, oder?»

«Nö, es waren sechs Flaschen. Es müssten noch welche da sein.»

«Und das war das Zimmer der beiden ältesten Mädchen», sagt Gerda Steffens, als sie die Tür öffnet.

Im Raum ist es duster. «Ich hab das Rollo extra unten gelassen, ist ja Südseite, die heizt sich so schnell auf», fügt sie erklärend hinzu.

Hoyko geht zum Fenster und zieht das schwarze Rollo hoch. Der Blick geht nach draußen zur Kuhweide. «Freie

Aussicht, das ist gut.» Wenn auf der Weide später Alpakas rumlaufen, ist das noch besser. Alpakas sind die neuen Einhörner, sagt sein Enkelsohn Sven. Und der hat es faustdick hinter den Ohren. Abitur mit einskommasechs. Das hätte er dem Lümmel gar nicht zugetraut. Ist ja immer ein bisschen schnodderig unterwegs. Aber nur nach außen hin, das hat Hoyko längst begriffen. Innendrin ist sein Enkel von vorne bis hinten durchstrukturiert.

«Die Fenster putz ich nur einmal im Jahr, seit die Kinder aus dem Haus sind», sagt Gerda fast entschuldigend.

Hoyko lächelt sie aufmunternd an. «Jo. Dir ist aber klar, dass mit Fremdenzimmern einiges an Arbeit auf dich zukommt? Dessen musst du dir bewusst sein.»

Gerda nickt. «Ich hab ja Clara. Die arbeitet bei ‹Alles sauber› und reinigt etliche Ferienhäuser. Die hat mir ihre Unterstützung zugesagt.»

«Bestens.» Hoyko ist zufrieden. Ist immer gut, die Arbeit auf viele Schultern zu verteilen. «Die Tapeten in den Zimmern sind alle noch in Ordnung, die müssten nur übertüncht werden.»

«Das könnte Henner machen. Malern kann er auch als Allergiker.»

«Aber die Möbel hier gehen gar nicht. Vor allem die Betten.»

«Das wissen wir. Wir haben bereits im Ikea-Katalog geguckt. Die weißen Möbel gefallen mir am besten. Und rotweiß karierte Bettwäsche. Das ist so romantisch. Und passt perfekt zum Urlaub auf dem Bauernhof.»

«Also ich finde ja, dass die Betten noch gut genug sind», sagt Heinrich, der sich zu ihnen gesellt hat. «Ist solide Arbeit aus Massivholz. Da hab ich schon als Kind mit meinen

Brüdern drin gelegen. Höchstens die Matratzen kann man austauschen.»

«Na dann fallen die Betten ja wohl in den Bereich Antiquitäten», sagt Hoyko feixend und erntet einen Ellbogenstupser von Heinrich.

Nach dem Rundgang setzen sie sich mit einer Kanne Eistee unter den Apfelbaum. Auf heißen Ostfriesentee hat bei der Hitze keiner Lust.

«Also», fängt Hoyko an. «Ich würde folgende Reihenfolge vorschlagen: Erst die Zimmer ausräumen, dann die Malerarbeiten, neue Lampen, neue Möbel, Matratzen, Gardinen und ein bisschen Deko. Gleichzeitig bereite ich den Internetauftritt vor, um Gäste zu werben. Da kann man nicht früh genug mit anfangen. Den WLAN-Anschluss dürfen wir nicht vergessen.»

«WLAN? Muss das sein?», fragt Heinrich. «Für vier Fremdenzimmer? Urlaub auf dem Bauernhof ist doch bodenständig.»

Gerda lacht auf. «Ach Heinrich. Da merkt man, wie wenig du dich hier um alles kümmerst. Internet haben wir selbst doch auch schon seit sieben Jahren.»

«WLAN zählt heute zu den Grundbedürfnissen, die man Urlaubern erfüllen muss», bestätigt auch Hoyko. «Die Wäsche würde ich in die Reinigung geben und für den Putzdienst musst du im Vorfeld alles mit Clara im Detail besprechen. Unterschätz das nicht.»

Nun macht Gerda ein Gesicht, als beschleiche sie langsam das Gefühl, dass hinter ihrer kleinen Frühstückspensionsidee mehr Arbeit steckt, als sie sich vorgestellt hat.

«Hoyko, ich glaub, ich muss da noch mal drüber schlafen.

Ich bin schon ganz dösig im Kopp von den vielen Überlegungen.»

«Schiete», sagt Rosa enttäuscht und legt das Handy auf den Tisch. «Holgers Vater hat auch eine Flasche Wein mit nach Hause genommen und zusammen mit einem Freund getrunken. Und dem geht's gut. Ich meine gesundheitlich.»

«Was hat Holgers Vater denn genau gesagt?», will Rudi wissen.

«Nichts weiter. Nur, dass der Wein vor der Hütte stand. Mit einer Karte.»

«Eigenartig. Dauernd tauchen Rotweinflaschen in diesem Fall auf. Erst bei Johannsen im Strandkorb. Dann eine halbvolle im Büro von Tamara Scanhagen. Nun welcher in der Jagdhütte.» Rudi runzelt die Stirn. «Und obendrein das Gift. Erst bei Johannsen, jetzt bei Holger. Besser, ich telefoniere mit dem Chef. Der möchte ja immer auf dem Laufenden sein.» Er nimmt sein Handy und tippt die Kurzwahl für Haueisen ein.

«Interessant», sagt der nach Rudis Bericht. «Am besten, Sie fahren hin und gucken, ob die Flasche, aus der sich Herr Hoffmeister eingeschenkt hat, noch in der Hütte ist. Wenn ja, bringen Sie sie her.»

«Wieso denn ich? Das ist doch Aufgabe der KTU!»

«Die Kollegen untersuchen gerade einen Einbruch in der Ferienhaussiedlung in Bensersiel. Sie brauchen auch nicht wieder nach Wittmund kommen, Bakker. Es reicht völlig, wenn Sie die Flasche morgen zur Frühbesprechung mitbringen. Heute Abend untersucht die eh keiner mehr.»

So hat sich Rudi das eigentlich nicht vorgestellt. «Wenn's sein muss. Ich hab aber keinen Dienstwagen hier.»

«Herrschaftszeiten, dann nehmen Sie eben Ihr Privatfahrzeug. Seien Sie mal ein bisschen flexibel.» Damit legt der Chef auf. Mist. So einfach ist das nämlich nicht. Seine Ente springt seit Tagen mal wieder nicht an, und sein Schrauberfreund Kurt liegt mit Sommergrippe flach. Bleibt nur die DKW Hummel von Sven, mit der ist er morgens auch schon nach Esens in die Polizeistation gefahren. Zum Glück kann sein Sohn nicht schimpfen, der ist ja gerade in Holland zum Jobben.

Wenig begeistert wendet Rudi sich an Rosa. «Kannst du mir die Nummer von Holgers Vater geben?»

«Wieso das denn?»

«Ich soll den Wein sicherstellen. Da brauche ich die Schlüssel für die Jagdhütte.»

«Ach, dazu brauchen wir Walter nicht. Die liegen auf dem Türrahmen.»

«Aber ich muss ihn darüber informieren, dass ich hinfahre.» Rudi schüttelt den Kopf. «Ich kann doch nicht einfach in ein Haus eindringen. Damit mache ich mich strafbar.»

«Hab ich nicht dran gedacht. Die ganze Sache bringt mich vollkommen durcheinander.» Rosa tippt auf ihrem Smartphone herum und drückt es Rudi in die Hand, als das Freizeichen ertönt. Kurz darauf hat Rudi Walter Hoffmeisters Okay.

«Dann mache ich mich mal auf den Weg», sagt er.

«Aber nicht alleine. Ich komm mit!»

Rudi wirft ihr einen erstaunten Blick zu. «Wieso das denn?»

«Ich bin doch quasi deine Hauptzeugin. Außerdem sehen vier Augen mehr als zwei.»

Kurz darauf stülpt sie sich die zweite Halbschale auf den Kopf, schwingt das rechte Bein hoch und nimmt hinter Rudi auf der schmalen roten Sitzbank Platz. Mit beiden Armen umfasst sie seinen Bauch. «Kann losgehen!»

Mit fünfzig Stundenkilometern geht es in Richtung Esens. Mehr gibt die gute alte Hummel nicht her. Auf dem Feldweg presst sich Rosa noch dichter an Rudi und schreit erschrocken auf, als sie durch ein Schlagloch holpern.

An der Unfallstelle hängt noch das Polizeiflatterband. Rudi spürt, dass ein Beben durch Rosas Körper geht. Vielleicht hätte er einen Umweg fahren sollen. Wieder ein Schlagloch. Der Weg hat es echt in sich. Für Rennräder ist der völlig ungeeignet. Das steht fest.

Endlich ist die idyllisch gelegene Jagdhütte in Sicht. Rudi hält direkt davor, bleibt aber noch sitzen, stemmt nur die Füße in den Boden, damit Rosa sicher absteigen kann.

«Alles in Ordnung?», fragt er, als er ihre zerlaufene Wimperntusche bemerkt.

«Hauptsache, wir kriegen das Schwein, das Holger Gift untergemischt hat.»

Rudi hört den Zorn in Rosas Stimme. So kennt er sie. Sie ist eine Kämpferin. Das gefällt ihm.

Entschlossen wischt sie die Tränen aus ihrem Gesicht, steuert die Jagdhütte an, fingert nach dem Schlüssel über der Tür und schließt auf. Rudi tritt ein und blickt sich um. Gemütlich ist es hier, mit all den Geweihen und Fellen.

«Das Glas von gestern steht auf der Spüle. Schade, Holger hat es abgewaschen.» Enttäuscht guckt Rosa Rudi an.

Auch Rudi verzieht unzufrieden den Mund. Kann man eben nichts machen. Zumindest steht die angebrochene Flasche Rotwein auf der Anrichte. Rudi wirft einen Blick aufs

Etikett. Es ist tatsächlich dieselbe Marke wie bei Ulfert Johannsen und bei Tamara Scanhagen.

Am frühen Abend hat sich der Häkelbüdel-Club bei Hildegard verabredet. Alle sind in Sorge um Rosa. Hildegard hat noch zwei Stühle vor die Couchgarnitur gestellt und Schnittchenteller vorbereitet. Sigrid erzählt gerade von dem Interview, das ihr Mann mit Bauer Greite geführt hat, als Clara eintrudelt.

«Moin», grüßt sie und nimmt auf dem Sofa neben Adelheid und Gudrun Platz. «Hab es nicht eher geschafft. War heute so viel zu tun. In einer der Ferienwohnungen muss jemand massives Nasenbluten gehabt haben, die haben zwar versucht, das sauber zu wischen, aber da ist einiges an die Wand gespritzt. Ich erspar euch lieber die Details. Und dann hat mich Muddern auch noch dringend sprechen wollen.»

«Ist alles gut. Schön, dass du jetzt da bist.» Gudrun schenkt ihrer Schwester eine Tasse Tee ein. «Sigrid hat gerade von dem erzählt, was Bauer Greite Ludwig über den Unfallhergang berichtet hat. Ist alles schon seltsam. Aber nicht mehr zu ändern. Egal wer Schuld hat, das macht Holger nicht wieder lebendig.»

«Und deshalb müssen wir Rosa irgendwie helfen, aus ihrer Traurigkeit herauszukommen. Die ist ja gar nicht wiederzuerkennen», sagt Adelheid.

«Ist ja kein Wunder. Der Unfall ist ja gerade erst einen Tag her», gibt Gisela zu bedenken.

«Genau! Um so einen Schicksalsschlag zu verkraften,

braucht es Zeit», pflichtet Hildegard ihr bei. Ein tiefer Seufzer folgt. «Und ich weiß, wovon ich rede. Ich habe meinen Verlobten auch so tragisch verloren. Im Jahrhundertwinter 1978. Erik ist in einer Schneewehe steckengeblieben und erfroren. Erst Tage später wurde er gefunden», erinnert sie sich. «Das war vielleicht ein Winter. Der viele Schnee und die sibirische Kälte.» Tränen steigen ihr in die Augen, als sie daran denkt. Sie hat Erik nie vergessen. Für keinen anderen Mann hatte sie danach Augen und Ohren. Obwohl es einige Verehrer gegeben hat. Aber sie war einfach nicht bereit dafür. Und als sie es endlich gewesen wäre, hatte sie sich schon ans Leben alleine gewöhnt. «Ich hab mich damals zu sehr in mein Schneckenhaus verkrochen. Wir müssen aufpassen, dass Rosa das nicht auch macht.»

«Genau, sie braucht eine Aufgabe», stimmt Sigrid ihr zu.

«Wenn sie erst wieder in der Schule arbeitet, hat sie doch genug um die Ohren.» Dörte greift nach einem Schnittchen mit selbstgemachter Leberpastete, einem Spezialrezept von Hildegard. «Kinder können manchmal ganz schön anstrengend sein. Im Urlaub hab ich drei Mal den Strandkorb gewechselt, weil ...»

«Jetzt hör auf, Dörte», unterbricht Adelheid sie. «Rosa ist Lehrerin aus Leidenschaft und kommt bestens mit ihren Schülern klar, das wissen wir alle. Aber was macht sie am Abend? Es ist nicht gut, wenn man in dieser Situation alleine ist.»

«Was haltet ihr von einem Kochkurs?», fragt Dörte. «Hab ich letztes Jahr auch gemacht.» Sie beißt von dem Schnittchen ab.

«Ich weiß nicht.» Gudrun schüttelt den Kopf. «Da könnte sie besser bei Frieda und Engeline als Dildofee arbeiten. Die suchen gerade wen.» Die beiden Steffens-Schwestern haben sich vor längerer Zeit selbständig gemacht und produzieren erfolgreich Silikondildos in verschiedensten Gemüseformen.

«Das kann man ja nun gar nicht miteinander vergleichen», protestiert Dörte, verleibt sich den Rest des Häppchens ein und sagt mit vollem Mund: «Dildos auf Heimpartys anzupreisen und zu verkaufen, wenn man gerade seinen Partner verloren hat, das passt gar nicht.»

«Wo du recht hast, hast du recht», sagt Hildegard.

Einen Moment herrscht Schweigen.

«Auf dem Steffens-Hof sollen doch unsere alten Kinderzimmer zu Pensionszimmern aufgepeppt werden. Vielleicht könnte sie Muddern bei der Einrichtung beraten. Möbel und Stoffe und so», schlägt Adelheid vor. «Geschmack hat Rosa ja.»

«Muddern hat den Ikea-Katalog schon durchgesehen und will zusammen mit Hoyko die Bestellungen machen», weiß Clara und nimmt sich ein Schnittchen mit Kräuterbutter. «Wie wäre es, wenn wir morgen oder übermorgen einen Filmabend machen?»

«*Titanic* wollte ich immer schon mal sehen», wirft Sigrid in die Runde.

«*Titanic* geht gar nicht. Da verliert die doch am Ende ihren Liebsten. Der versinkt direkt vor ihren Augen in den Tiefen des Meeres, weil das Holzbrett nur einen tragen kann», bügelt Adelheid diesen Vorschlag sofort ab. «Und dazu heißt die auch noch fast genauso wie Rosa. Nee! Besser wir nehmen was ohne Liebesbeziehung und ohne Heulgarantie.»

«Ich hab die Miss-Marple-Box, vier Filme mit Margaret Rutherford», sagt Hildegard und erntet zustimmendes Nicken von allen Seiten. «Ich liebe besonders *Mörder ahoi!* Da ermittelt Miss Marple auf eigene Faust. Und begibt sich in Gefahr. Das Gute bei so einem Film ist, dass man schon vorher weiß, dass er gut ausgeht. Ist im echten Leben ja nicht unbedingt der Fall.»

MITTWOCH

Das gute Wetter hat Rudi heute Morgen schon früh aus dem Bett gelockt. Blauer Himmel, nicht mal Schleierwölkchen, nur die Kondensstreifen einiger Flugzeuge, die nach Südwesten fliegen. Noch vor dem Frühstück hat er die Hühner gefüttert und die Wohnung durchgesaugt. Das muss schließlich auch sein. Die Sonne bringt es an den Tag, sagt Mudder Steffens immer, und das stimmt, bei Sonnenschein fällt selbst ihm der Staub auf.

Die Flasche Rotwein und das Glas aus der Jagdhütte stecken – immer noch in zwei Geschirrtücher aus der Jagdhütte gewickelt – in dem großen Leinenbeutel. Bevor er sich den umhängt, packt er ein drittes Handtuch dazu. Nicht, dass das Glas kaputtgeht.

Nun braust er auf der DKW nach Wittmund. Trarira, der Sommer, der ist da, summt er fröhlich in den Fahrtwind. Heute Abend hat er sich mit Susanne verabredet. Sie kommt zum Grillen und will einen Nudelsalat mitbringen. Was will er mehr?

In Wittmund angekommen, gibt er Flasche und Glas direkt bei der KTU ab. Kollege Kröver verspricht ihm, sich die Sachen gleich anzuschauen.

Oben, in Haueisens Büro, herrscht Krisenstimmung. Der Chef läuft vor dem Fenster auf und ab, hat aber keinen Blick für die Blütenpracht auf dem runden Beet unter seinem Fenster, und auch Schnepel guckt grimmig.

«Moin», grüßt Rudi, dessen gute Laune augenblicklich gedämpft wird. «Der Rotwein ist übrigens der gleiche, den Johannsen im Strandkorb und die Scanhagen in ihrem Büro hatte. Hoffmeister senior sagt, der Rotwein war ein Geschenk. Wahrscheinlich von einem der Jagdschüler.»

«Wieso wahrscheinlich? Weiß der nicht, wer ihm was schenkt?» Haueisen zieht seine Augenbrauen zusammen.

«Der Karton mit sechs Flaschen stand vor der Hütte. Zusammen mit einer Karte, die aber nicht unterschrieben war. War nur ein Jagdspruch drauf.»

«Ha!» Schnepel, der bislang ruhig auf einem der beiden Besucherstühle vor Haueisens Schreibtisch gesessen hat, springt auf. «Eine anonyme Weinspende! Ich wette, dass Tamara Scanhagen die geheimnisvolle Schenkerin ist.»

«Warum?», will Rudi wissen.

«Warum? Warum?» Schnepel verdreht die Augen. «Weil sie der Dreh- und Angelpunkt in diesem Fall ist.»

«Aber was hat sie denn mit Hoffmeister zu tun?»

«Keine Ahnung. Das werde ich schon noch herausfinden!» Er kneift die Augen zusammen und dreht den Kopf langsam zu Rudi. «Es sei denn …»

«Es sei denn was?», fragt Rudi.

«Es sei denn, Frau Moll ist auf den Giftmischer-Zug aufgesprungen und hat gedacht, sie könnte Herrn Hoffmeister auf diese Art bequem loswerden. Sie war schließlich die Letzte, die ihn lebend gesehen hat.»

Entgeistert blickt Rudi seinen Kollegen an. «Helmut, ich sag's zwar nicht gern, aber du hast eine Vollmeise! Warum sollte Rosa den Hoffmeister umbringen wollen? Sie haben sich am Sonntag verlobt!» Von der Schwangerschaft, die dann doch keine war, sagt er besser nichts. «Und wenn sie ihn partout nicht hätte heiraten wollen, hätte sie die Verlobung ganz einfach lösen können. Das kannste gleich wieder vergessen.»

Haueisen nimmt auf seinem Stuhl Platz. «Ja. Das sehe ich ebenso. Was wir als Erstes klären müssen, ist, woher der Rotwein stammt. Und dann sollten wir tatsächlich gucken, welche Schnittmengen sich bei dem Personenkreis um Johannsen und Hoffmeister ergeben. Vielleicht bringt uns das weiter.»

«Der Wein stammt vom örtlichen Supermarkt», sagt Rudi. «Zumindest Tamara Scanhagen hat ihn dort gekauft. Das hat sie uns gesagt. Sie wollte ihn testen, um ihn gegebenenfalls bei Veranstaltungen ausschenken zu können.»

«Ja, dann: Fahren Sie hin und sprechen Sie mit dem Marktleiter», sagt Haueisen und dreht seinen Kugelschreiber hin und her.

Rosa rennt dem Mann mit der schwarzen Kapuze durch den Wald hinterher. Auf einer Lichtung bei der Jagdhütte stellt sie ihn. Das Gewehr im Anschlag, ist sie bereit zu schießen. Sie zielt auf seinen Kopf. «Wer bist du?», schreit sie. Ihr Finger krümmt sich um den Abzug. Doch sie zögert. Darf sie Holgers Mörder wirklich hinrichten?

Schweißgebadet wacht Rosa auf und ist froh, in ihrem Bett zu liegen und kein Gewehr in der Hand zu halten. Ihr Herz wummert trotzdem und es fühlt sich an, als hätte sich eine feste Klammer um ihre Brust gelegt. Die Ereignisse der letzten Stunden hämmern auf sie ein. Holger ist tot. Er wurde vergiftet. Wut über diese Hinterhältigkeit macht sich augenblicklich in ihr breit. Es war kein Unfall, sondern Mord. Kein Schicksal, sondern hundsgemeine Heimtücke.

Unter der Dusche werden Rosas Lebensgeister endgültig wach. Zum Glück. In einer halben Stunde muss sie sich auf den Weg zur Schule machen. So kurz nach den Ferien gibt es in den neuen Klassen viel zu regeln, da ist es nicht gut, längere Zeit zu fehlen. Die Ablenkung wird ihr guttun.

Die ersten beiden Stunden vergehen dann auch wie im Fluge. Deutsch. Sachunterricht. Das Lachen der Kinder und ihre Quirligkeit heitern sie auf. Das Leben geht weiter. Und ihre Schüler brauchen sie. In der großen Pause schenkt sich Rosa eine Tasse Kaffee ein und setzt sich damit an den Lehrertisch. Kaum hat sie den ersten Schluck getrunken, nimmt ihre Kollegin Karina neben ihr Platz.

«Schrecklich, das mit Holger. Es tut mir so leid.»

Tränen schießen Rosa in die Augen. «Woher weißt du ...?»

«Frau Maier-Wittgenstein hat es dem Kollegium gestern gesagt, als es um deine Unterrichtsvertretung ging. Ich wollte dich vorhin im Gang nur nicht darauf ansprechen. Aber jetzt ...» Karina drückt Rosas Hand fest. «Stimmt es, dass er unter einen Traktor geraten ist?»

Fest umklammert Rosa ihre Tasse, den Blick auf den Fast-Verlobungsring gerichtet. «Ja, Holger wurde vom Anhänger eines Traktors überrollt. Aber vorher ...», sie hält kurz inne, «vorher hat ihm jemand Gift verabreicht.» Sofort macht sich wieder eine unsägliche Wut in ihr breit. Und Zorn.

«Gift?» Ungläubig sieht Karina sie an.

«Ja. Und zwar dasselbe, mit dem auch der Tourismus-Manager neulich getötet wurde.»

«Das glaub ich jetzt nicht.» Karina schüttelt sich. «Gestern Abend habe ich mich mit Amelie getroffen, Uli Johannsen war ihr Verlobter. Amelie macht gerade die Hölle durch. Sie ist ja schwanger von ihm und weiß überhaupt nicht, wie es weitergehen soll. Und nun ist dein Freund auch vergiftet worden! Was hat das alles zu bedeuten?»

Rosa wird bei Karinas Worten sofort hellhörig. «Du bist mit Amelie Nansen befreundet?»

«Ja, wir kennen uns seit dem Kindergarten. Unsere Eltern spielen immer noch einmal in der Woche zusammen Rommé. Und stell dir vor, die Polizei verdächtigt Amelie. Das ist doch unglaublich! Ich kenne keine Person, die friedlicher und liebevoller ist als Amelie.» Karina senkt ihre Stimme. «Vermutlich hat die intrigante Schwester von Uli die Ermittler mit falschen Informationen gefüttert. Diese Schwester ist über alle Maßen geldgierig. Seit Ulis Lottogewinn steht sie dauernd mit ihren Kindern bei ihm auf der Matte und braucht Geld für dies und für das. Als er mit Amelie zusammengezogen ist, wollte sie ihn zu einem Testament drängen, in dem ihre Kinder die Begünstigten sind. Und jetzt zieht sie endgültig blank.»

«Inwiefern?»

«Sie hat der Polizei gesagt, dass Amelie und Uli sich getrennt hätten und dass Uli die Vaterschaft angezweifelt hat. Die kennt echt keine Grenzen.» Karina schnaubt. «Aber Amelie lässt sich das nicht bieten. Sie war schon bei einem Notar und hat sich erkundigt, welche Rechte sie hat. Nicht, dass die Schwester vor der Geburt alle Konten abgeräumt hat und nichts mehr für Amelie und das Kind übrig bleibt.»

«Das ist ja starker Tobak», murmelt Rosa.

«Aber wir reden die ganze Zeit nur über Amelie. Es tut mir

wirklich so leid, was mit Holger passiert ist. Zum Glück bist du wenigstens nicht schwanger und stehst jetzt alleine da.»

Rosa trinkt einen Schluck Kaffee. Stimmt schon: Reden ist Silber. Schweigen ist Gold. Gut, dass sie Karina nichts von dem Arztbesuch und der Verlobung erzählt hat.

Auf dem Supermarkt-Parkplatz ist jede Menge los. Touristen schieben vollbepackte Einkaufswagen zu ihren Fahrzeugen. Er sollte nachher auch die Gelegenheit nutzen.

«Moin, wir möchten gern den Marktleiter sprechen», sagt Rudi zu der Verkäuferin, die gerade Dosensuppen einräumt.

«Herr Schneider ist in seinem Büro.» Sie zeigt auf die Tür am Ende des Ganges.

Rudi kennt Thorsten Schneider vom Sehen. Er ist seit drei Jahren Marktleiter. Rudi weiß auch, dass er damals wegen der Neurodermitis seiner Tochter aus dem Ruhrgebiet an die Nordsee gezogen ist.

Überrascht guckt Schneider Schnepel und Rudi an, als sie ihn nach der kurzen Begrüßung auf den Rotwein ansprechen. «Was ich Ihnen zu dem ‹Wattenwein› sagen kann? Er ist trocken, wird an der Mosel angebaut und ...»

«Das meinen wir nicht», fährt Schnepel ihm über den Mund. «Wer hat den Wein gekauft?»

Schneider macht große Augen und wirft Rudi einen fragenden Blick zu. Der zuckt mit den Schultern.

«Das kann ich Ihnen beim besten Willen nicht sagen», gibt Schneider zurück. «Es war eine Sonderaktion. Ich habe eine Palette davon geordert und die Flasche zu 4,99 statt 6,99 Euro angeboten. Die Leute haben ihn zum Teil kistenweise weggeschleppt. Ist alles abverkauft. Und natürlich fragen wir unsere Kunden nicht nach ihren Personalausweisen. Nur die, bei denen wir vermuten, dass sie noch nicht achtzehn sind.»

«Gab es irgendwelche Beanstandungen? Hat sich jemand beschwert, der Wein würde nicht schmecken oder die Flaschen seien nicht unversehrt?» Schnepel sieht ihn eindringlich an.

«Ich wüsste nichts von Reklamationen.» Der Marktleiter sieht Rudi misstrauisch an. «Worum geht es hier wirklich?»

«In zwei der Flaschen war Gift», bringt Schnepel es trocken auf den Punkt.

«Nein!» Schneider ist offensichtlich erschrocken.

«Doch. Und dieses Gift hat zwei Menschen getötet.»

«Nein!»

«Doch!» Nun kneift Schnepel die Augen zusammen und beugt sich zu Schneider vor. «Seien Sie ehrlich: Werden Sie erpresst?»

«Erpresst?», fragt Thorsten Schneider entsetzt.

«Jawohl, erpresst! Droht Ihnen jemand, Ihre Kunden zu vergiften, wenn Sie nicht eine bestimmte Summe zahlen?» Schnepels Zeigefinger schießt vor.

«Nein. Ganz bestimmt nicht», verneint Schneider vehement. «Wenn das der Fall gewesen wäre, hätte ich mich sofort an Sie gewandt. Ich lasse doch nicht zu, dass meine Kunden vergiftet werden!»

Als sie das Büro des Marktleiters verlassen, sagt Rudi zu Schnepel: «Geh du schon mal raus, ich kauf noch eben 'ne Packung Klopapier und frag bei der Gelegenheit die Kassiererin. Vielleicht weiß sie noch etwas.»

«Okay.» Schon steuert Schnepel den Ausgang an.

Rudi guckt ihm verblüfft hinterher. Damit hätte er nun nicht gerechnet. Er sieht, wie Schnepel sein Handy aus der Hosentasche zieht und drauf rumtippt. Das macht er in der letzten Zeit häufiger. Ob er vielleicht was mit einer Frau am Laufen hat? Schließlich lebt er mit Susanne ja seit einigen Monaten nicht mehr zusammen. Egal. Ist nicht seine Sache. Er greift eine XL-Packung Toilettenpapier aus dem Regal und stellt sich bei der Kasse an.

«Moin, Roswitha», sagt er. Die Kassiererin ist eine Schwägerin von Gudrun, sie haben bei manchen Festen schon ordentlich miteinander getanzt. Roswithas Mann ist eher ein Tanzmuffel. Und einen ordentlichen Stiefel verträgt Roswitha dazu. «Sach mal, der Rotwein, den ihr letztens im Angebot hattet … dein Chef sagt, der ging weg wie geschnitten Brot?»

«Jo. Der war ein echter Schnapper. Tolle Qualität, tolles Etikett, super Preis.» Sie zieht das Paket über den Scanner. «Viereuroneunundfuffzig. Payback-Karte?»

«Nö.» Rudi gibt ihr einen Fünf-Euro-Schein. «Gehörte Tamara Scanhagen zufällig zu den Karton-Käufern?»

«Nee. Das hat mich aber nicht gewundert. Die trinkt zwar gerne Wein. Aber nur Weißwein. Davon holt sie immer ein bis zwei Kisten. Von dem Rotwein hat sie nur eine Flasche gekauft. Zumindest, was ich mitgekriegt hab. Kann aber sein, dass sie bei einer meiner Kolleginnen gekauft hat. Ich hab ja auch mal Feierabend. Und wir schließen erst um 19 Uhr.»

Der Tee ist fertig und die Tassen stehen auf dem kleinen runden Tisch in der hintersten Ecke des Andenkenlädchens bereit. Wie jeden Vormittag kommen Adelheid und Sigrid hier zum Elführtje und Klönschnack zusammen. So viel Zeit muss sein. Wenn ein Tourist genau dann ein paar Postkarten kaufen will, geht Adelheid eben schnell zur Kasse. Sie hat gerade den Tee über die Kluntjes gegossen, als die Ladentür geöffnet wird. Es ist aber keine Kundschaft, sondern Gisela.

«Moin, ihr zwei», ruft sie. «Ich hab gefüllte Sanddornkekse mitgebracht.»

«Die backst du doch sonst nur zu Weihnachten», entgegnet Adelheid und schiebt ihr den Stuhl hin.

«Stimmt. Aber ich war ab acht Uhr in der Küche, um zu sehen, was drüben so vor sich geht. Das Fenster hab ich ja schon gestern geputzt und der Vorgarten ist picobello. Beim Teigkneten und Ausstechen konnte ich immer mal wieder rüberlinsen.» Gisela öffnet die Keksdose und stellt sie auf den Tisch. Adelheid und Sigrid greifen beherzt zu. «Pöppelmeyer ist um neun Uhr gekommen und über eine Stunde geblieben. Fand ich ja ein bisschen geschmacklos, dass der mit dem Leichenwagen vorgefahren ist. Aber was soll er machen? Seine Frau hatte ja letzte Woche diesen Auffahrunfall. Da ist der Golf wohl noch eine Weile in der Werkstatt. Nachdem Pöppelmeyer weg war, hat die Schwester zwei schwere Taschen in ihr Auto getragen, da hab ich ihr natürlich geholfen. Das gehört sich so in der Nachbarschaft. Dabei haben wir ein bisschen geplaudert. Johannsen liegt übrigens noch in Oldenburg in der Kühlkammer, hat sie gesagt. Er wird von dem Rechtsmedizinischen Institut aus direkt von Pöppelmeyer ins Krematorium nach Wilhelmshaven gebracht. Beigesetzt wird er auch dort. Da hat sie später kürzere Wege bei der Grabpflege.»

«Dein Gebäck ist lecker. Besonders die Füllung.» Sigrid greift zum zweiten Keks. «Hat sie sonst noch was gesagt?»

«Ich wollte wissen, was mit dem Haus wird. Scheint ja irgendwie ein Fluch darauf zu liegen. Damals Kerpen und jetzt Johannsen. Aber sie ist nicht weiter darauf eingegangen. Hat nur gesagt, dass sie sich nach der Beerdigung darum kümmert. Als alleinige Erbin muss sie sich jetzt erst einmal schlaumachen und den ganzen Papierkram ihres Bruders durchforsten. Das Zeug steckte übrigens in den Taschen, die sie ins Auto gehievt hat. Ich hab den Reißverschluss ein bisschen aufgezogen, als sie nicht geguckt hat.»

«Mit der alleinigen Erbin wäre ich mir an ihrer Stelle nicht so sicher», sagt Adelheid und greift erneut in die Keksdose.

«Wieso?», kommt es fast gleichzeitig aus Sigrids und Giselas Mündern.

«Eigentlich dürfte ich euch das ja gar nicht sagen. Behaltet es bitte für euch.»

«Was denkst du denn», sagt Gisela treuherzig und Sigrid nickt zustimmend.

«Unsere Simone arbeitet doch seit zwei Jahren in Wittmund in der Kanzlei von Doktor Fischer.»

«Das ist ja nun nichts Neues», sagt Sigrid mit vollem Mund.

«Gestern haben wir zusammen Abendbrot gegessen und da hat sie mir erzählt, dass sie am Nachmittag eine ganz kuriose Beratung hatten. Eine schwangere Frau wollte vorsorglich Erbansprüche für ihr Ungeborenes anmelden, weil der Kindsvater vor ein paar Tagen verstorben ist.»

Sigrid stoppt mitten im Kauen. «Sag nicht, dass das Amelie Nansen war!»

«Das muss man ja wohl nicht erst sagen. Das ist doch klar. Die Nansen hat vermutlich Angst, dass Johannsens Schwester das Geld vom Konto nimmt und sie später mit leeren Händen dasteht, wenn das Kind geboren wird.»

«Behaupten kann man viel. Die Schwester macht einen sehr netten Eindruck. Die hat so ein offenes Lachen und grüßt immer freundlich. Im Unterschied zu der Nansen. Die hat manchmal weggesehen, um nicht grüßen zu müssen. Und dann die Szene, die sie dem Johannsen auf der Straße hingelegt hat, die war nicht ohne. Hab ich Rudi alles erzählt. Und die Polizei verdächtigt die nicht ohne Grund. Die sollen sogar schon bei ihr im Altenheim vorbeigeschaut haben, hat mir eine Nachbarin gesagt, die da in der Küche arbeitet.»

«Echt? Das ist ja Sodom und Gomorrha. Und das in Neuharlingersiel. Vorsorgliche Erbschaftsansprüche. Da hab ich noch nie was von gehört. Mir kommt das ziemlich geldgierig vor», sagt Sigrid. «Mehr noch. Da könnte man fast ein Mordmotiv drin sehen. Johannsen soll nicht unvermögend gewesen sein. Man hat gemunkelt, der hätte vor einigen Jahren im Lotto gewonnen. Ludwig war damals richtig neidisch.»

«Vor allem hat die Nansen dann ein Problem.» Gisela beugt sich zu den anderen vor. «Die Schwester von dem Johannsen hat mir verraten, dass deren ungeborenes Kind gar nicht von ihrem Bruder ist. Das wollte die Nansen dem nur unterschieben.»

Die Ladentür geht auf und sechs Frauen in blau-weißen Ringelshirts kommen herein, jede eine Matrosenkappe auf dem Kopf. Grinsend steht Adelheid auf. Die Junggesellinnenabschiedstour erfordert nun ihre ganze Aufmerksamkeit.

Siegfried Haueisen lehnt sich in seinem Bürostuhl zurück. Sein Rücken tut weh, den ganzen Morgen hockt er schon hier. Ein Spaziergang würde ihm jetzt guttun. Er kommt sowieso viel zu wenig raus in letzter Zeit, alles ist so bürokratisch geworden, und es wird immer schlimmer. Jeden Furz muss man dokumentieren. Dabei würde er gern mal wieder einfach Zeugen befragen so wie Schnepel und Bakker.

«Also, Chef», beginnt Schnepel, «ich habe den dumpfen Verdacht, dass der Marktleiter nicht so unschuldig ist, wie er vorgibt.»

«Wieso das denn?»

«Ich habe eben kombiniert», sagt Schnepel selbstgefällig. «Der eine Typ, der sich auf Facebook so radikal über Johannsen geäußert hat, hat als Profilnamen ‹Tapferes Schneiderlein› und kommt aus Recklinghausen. Und der Marktleiter heißt Schneider und kommt auch aus Recklinghausen. Das ist doch kein Zufall!»

«Woher wissen Sie denn, dass der aus Recklinghausen kommt?»

«Rudi hat mir das erzählt. Seit drei Jahren lebt der jetzt hier. Außerdem habe ich das Nummernschild seines Autos gesehen.»

«Wir wissen doch gar nicht, was für ein Auto der fährt», wundert sich Rudi.

Auffordernd guckt Haueisen Schnepel an. «Also?»

Schnepel lächelt herablassend. «Es stand ein Kombi auf dem Parkplatz. Etwas abseits, sodass er nicht einen der besten Parkplätze blockierte. Und das Kennzeichen lautet: RE-TS666.»

«Aber wenn der Schneider schon ein paar Jahre hier lebt, wird er wohl ein Wittmunder Kennzeichen haben.»

«Nö, Chef. Man muss das Kennzeichen des neuen Wohnortes nicht mehr übernehmen», sagt Bakker. «Man kann auch sein altes behalten. Machen viele der Neubürger. Aus Verbundenheit zur alten Heimat. Hab ich gehört.»

«Egal, fragen Sie einfach nach.» Haueisen hält inne. «Aber mal ehrlich: Warum sollte ausgerechnet der Marktleiter eines Supermarktes den Wein vergiften, den er verkaufen will?»

«Wie gesagt, auf Facebook beklagt sich das ‹Tapfere Schneiderlein› darüber, dass Johannsens Werbestrategie scharenweise Touristen anzieht. Vielleicht hat er ihm deshalb den vergifteten Wein untergejubelt. Und vielleicht steckt er auch mit Tamara Scanhagen unter einer Decke.»

«Ich denk, der ist verheiratet?»

«Das hat ja nichts zu sagen», wehrt Schnepel diesen Einwand ab.

«Aber warum dann noch Holger Hoffmeister?»

«Vielleicht wollte er einfach ablenken oder allgemeine Verunsicherung stiften. Damit hier gar keiner mehr herkommt, weil man sich seines Lebens nicht sicher sein kann.»

In diesem Moment klingelt Haueisens Telefon. «Ruhe, das ist die KTU!» Er hebt den Hörer ab und drückt die Lautsprechertaste. «Ja, Kröver?»

«Wir haben jetzt die Ergebnisse», antwortet der Chef der Kriminaltechniker gut gelaunt. «Die Fingerabdrücke auf dem Becher stimmen mit denen von Tamara Scanhagen überein. So viel dazu.» Kröver macht eine kurze Pause. «In der Rotweinflasche aus der Hütte haben wir tatsächlich dasselbe Gift nachweisen können, durch das auch Johannsen gestorben ist. Zudem war es dieselbe Sorte Wein, aber das wusstet ihr ja schon. Außer den Fingerabdrücken von Holger Hoffmeister haben wir noch andere sichergestellt, die wir bislang aber niemandem zuordnen können. Ich tippe der Größe nach aber auf einen Mann.»

Schnepel reißt die rechte Faust mit erhobenem Daumen hoch. «Thorsten Schneider», flüstert er zufrieden.

Auch heute hat Henner seine Postrunde wieder so gelegt, dass er zur Mittagszeit auf dem Hof seiner Eltern eintrifft. Mit Schwung fährt er die Einfahrt hoch, das weiße Huhn rast mit Tempo ins Blumenbeet, nur Hühni bleibt stehen und reckt den Kopf. Fast so, als wolle es Henner begrüßen. Der stellt sein Rad am Schuppen ab, fischt die Post für seine Eltern aus den gelben Taschen und marschiert aufs Haus zu. Vaddern sitzt in der Sonne auf der Bank, Hofhund Butscher zu seinen Füßen. Alles wie immer. Sogar die noch qualmende Selbstgedrehte in der Blechdose auf dem Boden.

«Moin, Vadder», sagt Henner, drückt ihm den Brief in die Hand und setzt sich neben ihn. «Ist nur die Rechnung vom Schornsteinfeger.»

«Danke, min Jung. Alln's klar?»

«Bei mir schon.»

«Und bei wem nicht?»

«Bei Rosa. Der Greite hat ja ihren Holger totgefahren.»

«Hab schon gehört. Schlimme Sache.»

«Kann man sagen.»

«Greite kann nichts dafür. War ein Unglück.»

«Sacht man so.» Henner streckt die Beine weit von sich.

Beide Männer schweigen einige Minuten vor sich hin. Irgendwann geht das Küchenfenster auf und Muddern steckt den Kopf heraus. «Essen ist fertig. Es gibt Stampt Wuddels. Henner, du isst doch mit?»

Was für eine Frage.

Henner nimmt schon zum zweiten Mal nach und achtet darauf, auch noch ein Stück von der Beinscheibe aus dem Topf zu fischen, nicht nur die gestampften Kartoffeln und Möhren.

«Was sachst du denn nu dazu, Henner?», fragt Muddern.

«Wozu?» Den toten Holger wird sie wohl kaum meinen.

«Dass wir hier ein büschen umkrempeln wollen.»

«Umkrempeln nennt ihr das?» Henner wirft seiner Mutter einen ungläubigen Blick zu. Veränderungen sind auf dem Steffens-Hof nämlich eigentlich nie gern gesehen gewesen.

«Die Kühe werden Vaddern einfach zu viel.»

«So kannst du das aber auch nicht sagen», protestiert der mit vollem Mund. «Noch schaffe ich das.»

«Noch. Aber warum warten, bis es gar nicht mehr geht?»

«Ihr hättet das nicht einfach so über unseren Kopf hinweg entscheiden sollen», sagt Henner. «Ich finde, bei solchen Veränderungen muss der Familienrat tagen.»

«Wir wollen doch nur die leeren Kinderzimmer vermieten. So'n büschen Ferien auf dem Bauernhof anbieten. Das ist ganz groß in Mode. Und bringt auch noch was in unsere Rentenkasse.»

«Ohne Kühe ist das kein Bauernhof mehr.»

«Och Henner. Nu sei nicht so stieselig. Deshalb nehmen wir die Alpakas. Bärbel und ihre Freundin wollen sich um die Tiere kümmern. Und Clara ums Saubermachen und die Wäsche. Haben wir gestern alles schon geklärt. Hoyko entwirft was für die Werbung.»

«Schön, dass ihr mir nun auch Bescheid sagt, wo meine Schwestern anscheinend bestens informiert sind.»

«Henner.» Muddern guckt ihn entschuldigend an. Er guckt an ihr vorbei. Muddern wartet ab, ob noch was kommt, doch als sie merkt, dass das nicht der Fall ist, sieht sie ihm fest in die Augen. «Wir haben gedacht, dass du die Malerarbeiten übernehmen könntest. Die Zimmer sollen ja alle geweißt werden. Und vorher sollen die Böden noch geschliffen werden.»

Henner zieht als Antwort eine Augenbraue hoch. Ach nee. Erst macht man die Pläne ohne ihn, aber dann soll er hier malochen. Dabei ist Malern nicht so seine Sache. Da fehlt es ihm an Feinmotorik. Schon in der Grundschule hat Fräulein Klostermann auf den Bildern, die sie malen sollten, kaum was erkannt. Nicht mal die Kuh Hilde, die er so toll hingekriegt hat. Muddern tut, als bemerke sie seine zurückhaltende Reaktion nicht. «Das wird bestimmt richtig schön. Helle Holzböden, weiße Betten und Schränke, rotkarierte Bettwäsche. Oder welche mit Rosen. Oder beides.» Sie lächelt ihn an. «Und du kannst später dann doch noch hier einziehen und den Hof samt Pension übernehmen. Ohne Kühe gibt es ja keine Allergie. Sieh es einfach positiv.»

Jetzt macht Muddern auf Schmeichlerin. Das hat Henner gerne!

«Die Alpakas wirst du vertragen. Das ist ärztlich bewiesen. Und wenn Vaddern und ich mal nicht mehr sind, oder nicht mehr können, dann übernimmst du hier das Ruder. Das ist doch das, was du eigentlich immer wolltest!»

«Ich wollte Bauer sein. Kein Hotelmensch.»

«Henner. Bitte. Wirst sehen, das wird auch für dich eine ganz tolle Sache.» Muddern sieht ihn strahlend an.

«Feriengäste, pfff. Was soll ich mit den Fremden reden?

Ich bin lieber für mich. In meiner kleinen Wohnung und dem lütten Garten.»

«Aber Henner. Da musst du dir eben eine Frau suchen. Wird sowieso langsam Zeit.»

«Nun lass den Jung in Ruhe», sagt Vaddern forsch. «Du überfällst den ja richtig.»

«Nein, Heinrich, das musste mal sein. Er ist immerhin schon vierundvierzig. Guck dir Rudi an. Der war zumindest verheiratet und hat einen tollen Sohn.» Sie ergreift Henners Hand. «Ich mein das ja nicht böse, min Jung. Aber so langsam musst du wirklich in die Puschen kommen. Sonst hockst du im Alter so alleine da wie Tante Hildegard.»

«Aber die fühlt sich pudelwohl. Und die hat uns. Und ich hab acht Schwestern und jede Menge Nichten und Neffen.»

«Sagst du.»

«Ja, sag ich.»

«Egal, das müssen wir auch nicht weiter erörtern. Du weißt ja jetzt Bescheid. Geschieht alles nur zu deinem Besten. Ein Hofbesitzer mit Pensionszimmern kommt bei den Frauen besser an als ein Postbote mit kleiner Wohnung.»

«Muddern!», rufen Henner und Vaddern empört.

«Und plan Zeit zum Mithelfen ein. Am nächsten Wochenende soll das mit dem Ausräumen nämlich losgehen.»

Nach Krövers Anruf ist klar, was zu tun ist. Sie müssen sofort mit Walter Hoffmeister reden und überprüfen, ob er noch weitere Flaschen dieses Weines hat. Außerdem brauchen sie seine Fingerabdrücke, damit die mit den unbekannten Abdrücken auf der Flasche abgeglichen werden können. Schnell hat Haueisen zum Telefon gegriffen und den Jäger über ihr Kommen informiert.

«Fahr du mit dem Dienstwagen, ich nehme die DKW», sagt Rudi zu Schnepel, als sie das Kommissariat verlassen. «Wir treffen uns in der Polizeistation in Esens und fahren von da aus gemeinsam zu Walter Hoffmeister.»

«Wieso fährst du nicht bei mir mit? Im Auto sind wir doch viel schneller. Außerdem ist es ein Umweg.»

«Nun stell dich mal nicht so an. Du kannst mich nach dem Gespräch mit dem Hoffmeister wieder in der Polizeistation absetzen. Da macht sich die Arbeit ja auch nicht von allein, Bernie jammert mir schon die Ohren voll. Deswegen macht es Sinn, wenn die DKW schon dort steht.» Ohne sich weitere Kommentare von Schnepel anzuhören, stülpt er sich die Halbschale auf den Kopf und düst los. In Esens steigt er zu Schnepel in den Dienstwagen und auf dem Weg zu Walter Hoffmeister halten sie noch kurz bei Rudi zu Hause, um das Toilettenpapier auszuladen. Ihm ist eingefallen, dass er das ja nicht so einfach auf dem Moped befördern kann.

Holgers Vater erwartet sie schon und bittet sie in die Küche. Ziemlich mitgenommen sieht er aus, so unrasiert und mit tiefen Ringen unter den Augen. Eine Welle von Mitgefühl schwappt in Rudi hoch. Nicht auszudenken, Sven würde etwas passieren.

«Tja, Herr Hoffmeister, wie wir es schon ahnten: Das Gift hat sich in der Rotweinflasche befunden», erklärt Schnepel. «Es sieht so aus, als ob es mit Hilfe einer Spritze durch den Korken injiziert wurde. Damit stimmt es mit der Methode überein, wie bei Johannsen das Gift in den Wein verbracht wurde.»

«Aber wie kann das sein?», erwidert Hoffmeister nachdenklich. «Ich hatte doch eine Flasche aus dem Karton zusammen mit einem Freund getrunken. Und uns ist nichts passiert.»

«Mit welchem Freund?», fragt Schnepel.

«Wulff. Wir haben oft gemeinsam gejagt. Er ist zwischenzeitlich allerdings an einem Herzinfarkt gestorben. Aber das erst anderthalb Wochen später. Nein, an dem Wein lag es nicht.»

«Also vermuten Sie, dass das Gift dem Wein erst in der Hütte zugesetzt wurde?», fragt Rudi.

Hoffmeister zuckt mit den Schultern. «Vermutlich. Es sieht zumindest danach aus. Finden Sie nicht?»

«Haben Sie weitere Flaschen von dem Wein? Oder sind die inzwischen alle ausgetrunken?», fragt Schnepel.

«Keine Ahnung. Holger war zuletzt in der Hütte und er hat ja offensichtlich noch eine vorgefunden.»

«Ich meine, es standen zwei Flaschen auf der Anrichte», sagt Rudi. «Kurz hab ich überlegt, die auch mitzunehmen, aber dann gedacht, ich kann das ja nicht so einfach machen.»

«Vollidiot!», schnauzt Schnepel ihn an. «Klar hättest du die mitbringen müssen.» Er wendet sich wieder an Hoffmeister: «Tut mir leid, wenn wir Ihnen Umstände machen, aber wir müssen auch die verbleibenden Flaschen untersuchen.»

«Natürlich.»

«Wer hat denn überhaupt Zugang zur Hütte?»

«Also, ich hab einen Schlüssel und ein weiterer ist am Haus deponiert. Sie können sich den Schlüssel dort nehmen, er liegt über der Eingangstür. Das weiß jeder aus unserer Jagdgruppe. Wer möchte, kann also rein.»

«Aus wie vielen Personen besteht die Gruppe?», fragt Schnepel.

«Das variiert. Im Kern sind wir sieben Leute.»

«Alles Männer?», fragt Rudi.

«Nein. Fünf Männer und zwei Frauen.»

Sofort horcht Schnepel auf. «Und wie lauten die Namen der Damen? Los, Rudi, notier.»

Rudi zückt sein Oktavheft und den Bleistift.

«Marlies Engelbrecht. Sie ist Apothekerin in Esens.»

Ja, die kennt Rudi. Bei der Engel-Apotheke hat er schon öfter Medikamente geholt.

«Und Simone Meierdirks, die Fotografin aus Wittmund.»

Die kennt Rudi nicht.

Schnepel atmet enttäuscht aus. «Keine Tamara Scanhagen?»

«Tamara? Nein, die gehört nicht zur Kerntruppe. Aber sie ist derzeit Jagdschülerin.»

Nach der Schule beschließt Rosa, Walter einen Besuch abzustatten. Gestern ist sie mit schlechtem Gewissen weggefahren, als sie ihn mit seiner Schwester in der Küche hat sitzen lassen. Aber zu dem Zeitpunkt dachte sie ja noch, dass Holger einen Unfall hatte. Nun sieht alles ganz anders aus. Jetzt gilt es, den Mörder zu finden. Rosa hat sich geschworen, dass der nicht ungeschoren davonkommt. Dafür wird sie alles geben.

Walter öffnet erst nach dem dritten Klingeln.

«Schön, dass du kommst», begrüßt er sie und nimmt sie in den Arm. Die Bartstoppeln kratzen an ihrer Wange und das Hemd hat er schon gestern getragen.

«Die Polizei war bis eben da», sagt er. «Die untersuchen noch mal die Hütte, ob sie noch mehr vergifteten Wein finden.» Er stößt einen tiefen Seufzer aus. «Komm rein. Ich bin gerade dabei, in Holgers Wohnung die Papiere zu sortieren.»

«Kann ich dir helfen?»

«Gerne.»

Rosa sieht ihm die Erleichterung an. Klar, es fällt Walter nicht leicht, in den Sachen seines verstorbenen Sohnes zu stöbern. Zusammen gehen sie in Holgers Arbeitszimmer. Auf dem Schreibtisch liegen Berge von Papieren. Ordnung ist offensichtlich nicht Holgers Leidenschaft gewesen.

Walter nimmt sich den Stapel loser Schreiben vor, Rosa blättert in dem Hefter mit den Einträgen zu Holgers Sondelgängen. Am Anfang hat er die Funde noch handschriftlich notiert, seit kurzem hat er eine Datei auf dem Rechner dafür angelegt. Das hat er ihr bei einer ihrer gemeinsamen Schatzsuchen erzählt. Vielleicht sollte sie da mal nachschauen. Könnte ja sein, dass er auf etwas Außergewöhnliches gestoßen ist. Rosa fährt den Rechner hoch. Ein märchenhafter Tannenwald in satten Grüntönen mit einem kapitalen Hirsch erscheint. In der Mitte ein schmales weißes Feld, das zum Login auffordert.

«Kennst du Holgers Passwort?»

Walter schüttelt den Kopf.

Unter der Schreibablage liegt kein Hinweiszettel so wie bei Rosa.

«Versuch es mal mit deinem Namen. Früher hat er immer den seiner aktuellen Freundin genommen.»

Rosa schluckt die Frage hinunter, wie oft er so sein Passwort gewechselt hat, und tippt ihren eigenen Namen ein.

Nichts. Dann nimmt sie nur Kleinbuchstaben. Mit den Großbuchstaben landet sie auch keinen Treffer.

«Nichts. Schade.»

«Versuch mal den Namen seiner letzten Freundin», sagt Walter. «Die hieß Veronika.»

Volltreffer. In ihr zieht sich alles zusammen. Hängt Holger vielleicht immer noch an dieser Veronika, wenn nicht mal das Passwort geändert ist? Aber er war es doch, der sie vor einem Jahr verlassen hat. Sie sei so wahnsinnig eifersüchtig gewesen, das hätte er nicht ausgehalten. Aber ist das die Wahrheit oder hat er Rosa belogen? Kurz überlegt sie, Walter danach zu fragen, wie die Trennung genau gelaufen ist, aber sie lässt es sein. Jetzt, wo Holger tot ist, macht es ja keinen Unterschied mehr, wer Schluss gemacht hat. Ihr Blick fällt auf ein Foto an der Wand. Holger. Mit Jagdgewehr. Daneben die Urkunde seiner Jagdausbildung.

«Wann hat Holger eigentlich die Jagdprüfung gemacht?», fragt sie, um auf andere Gedanken zu kommen.

«Das ist bestimmt zehn Jahre her. Ewald Wulff hat sie ihm damals abgenommen. Mittlerweile leite ich schon lange die Kurse.»

«Ewald Wulff?», wundert Rosa sich. «Mein ehemaliger Rektor?»

«Ja, er war quasi von Anfang an dabei.»

«Kanntest du ihn gut?»

«So gut, wie sich Männer bei der Jagd kennenlernen. Wir haben manches Mal zusammengesessen und uns Jagdgeschichten erzählt. Erst neulich war er hier und wir haben zusammen ein Fläschchen geleert und von alten Zeiten geschwärmt.»

«Wann war das?» In Rosas Kopf blitzt ein Verdacht auf.

Ewald Wulff ist ja auch ganz plötzlich gestorben. Ein weiteres Opfer des Rotweinkillers?

«Das ist jetzt bald drei Wochen her. Hab ich der Polizei vorhin schon gesagt. Wir haben eine Flasche von dem Rotwein getrunken, der als Geschenk vor der Jagdhütte stand. Ist uns im Übrigen bestens bekommen. Ewald hat mich noch am nächsten Tag angerufen und mir von dem guten Tropfen vorgeschwärmt.» Walter hält inne. «Aber wo wir gerade darüber reden, fällt mir ein, dass Ewald so begeistert war, dass ich ihm angeboten habe, er könne sich eine Flasche aus der Jagdhütte nehmen. Ich weiß allerdings nicht, ob er das gemacht hat.»

Vor der Polizeistation in Esens springt Schnepel so schnell aus dem Auto, dass Rudi sich wundert. «Was ist denn los?», ruft er ihm hinterher, aber Schnepel ist schon im Gebäude verschwunden. Ohne Eile geht Rudi ihm nach und sieht, wie sein Kollege die Toilettentür hinter sich schließt. Ach so. Rudi grinst.

«Na, wie ist die Lage?», fragt er Bernie und hebt die Tresenklappe an.

«Geht», sagt Bernie. «War ziemlich ruhig. Ich hab tatsächlich was wegarbeiten können. Willste 'nen Kaffee? Ich hab einen fertig. Marga will gleich noch Franzbrötchen bringen. Die hat sie heute das erste Mal gebacken.»

«Kaffee ist immer gut», sagt Rudi und wirft einen Blick zur Toilettentür. Als Rudi mit dem Becher zurückkehrt, taucht auch Schnepel wieder auf. «Das war aber jetzt höchste Eisenbahn», sagt er erleichtert. «Krieg ich auch 'nen Kaffee?» Rudi nickt. Schnepel grinst zufrieden. «Prima. Ich erstatte derweil dem Chef Bericht.» Auch Schnepel tritt durch die Klappe, setzt sich an Rudis Schreibtisch und greift zum Telefon.

Seine ausschweifenden Erklärungen dauern Haueisen anscheinend zu lange, denn plötzlich antwortet Schnepel nur noch knapp mit «jawoll», «machen wir» und «sofort». Dann legt er den Hörer auf, greift zum Becher, den Rudi ihm reicht, und sagt: «Tja, mein Lieber, das wird dann wohl nix mit dem gemütlichen Rumlümmeln hier. Haueisen hat eine umgehende Lagebesprechung angeordnet. Nachdem wir die restlichen Flaschen Wein aus der Jagdhütte geholt haben.»

«Na, wenn er meint.»

«Und ich sag dir, wir sind dicht dran. Die Scanhagen hängt da bis über beide Ohren drin. Das sagt mir mein Gespür. Die wirkt so aalglatt, an der perlt alles ab. Die ist mit sämtlichen Wassern gewaschen. Ha!» Schnepel haut mit der flachen Hand auf den Schreibtisch. «Da ist die doch tatsächlich Jagdschülerin! Wie dumm muss man sein, zu glauben, man kommt mit so was durch? Wir kriegen alles heraus.»

Diese These vertritt Schnepel auch noch, als sie in Haueisens Büro stehen. Die Karten mit Walter Hoffmeisters Fingerabdrücken haben sie, ebenso wie die beiden Rotweinflaschen aus der Jagdhütte und die Grußkarte, vorher bei der KTU abgegeben.

«Natürlich müssen wir noch einmal mit Frau Scanhagen sprechen. Bislang sind wir ja davon ausgegangen, dass sie keinen Bezug zu Hoffmeister hatte. Das sieht jetzt natürlich anders aus. Aber ich frage mich, warum sie ihn getötet haben soll», sagt Haueisen. «Das macht einfach keinen Sinn. Und eine der Flaschen war ja offenkundig nicht vergiftet.» Nachdenklich blickt der Chef aus dem Fenster. «Vielleicht übersehen wir etwas.» Er dreht sich um. «War der Karton, in dem der Wein vor der Hüttentür gestanden hat, noch da?»

«Nö, den hatte Hoffmeister senior wohl bereits entsorgt», antwortet Rudi. «Die Flaschen standen auf der Anrichte.»

«Schade. Lassen Sie uns gemeinsam überlegen. Wir wissen, dass das Gift in den Flaschen war, die Johannsen und Holger Hoffmeister getrunken haben. Nur: Stammten diese beiden Flaschen aus derselben Kiste?» Haueisen hält inne. «Gehörte Johannsen eigentlich auch zu den Jägern?»

Unbehaglich blicken Rudi und Schnepel sich an. Wenn Schnepel jedoch glaubt, dass Rudi nun antwortet, hat er sich geschnitten. Soll er sehen, wie er sich aus dieser Nummer rauswindet, dieser Besserwisser. Er will ja immer die Befragungen leiten und Rudi darf nur notieren.

Schnepel senkt den Blick und räuspert sich. «Keine Ahnung», sagt er leise. «Das haben wir nicht gefragt.»

«Wie bitte?» Die Ader an Haueisens Hals schwillt an und pulsiert gefährlich. «Sie befragen Hoffmeister senior wegen des vergifteten Weines, von dem sowohl sein Sohn als auch Johannsen getrunken haben, und kommen nicht auf den Gedanken zu fragen, ob Johannsen zu den Jägern gehörte?», brüllt er.

Schnepel schüttelt wortlos den Kopf.

Da kann Rudi nicht länger still sein. «Das stimmt so nicht, Chef», sagt er. «Wir haben natürlich nach der Kerngruppe der Jäger gefragt.»

«Und da ist der Name von Johannsen nicht gefallen?», fragt Haueisen und wirft ihm einen abschätzigen Blick zu.

«Na ja. Hoffmeister sagte, es seien fünf Männer und zwei Frauen. Die Namen der Frauen können wir Ihnen aber sagen.» Rudi will schon sein Oktavheft rausholen, als Schnepel den Kopf hebt. «Lass stecken, Rudi.» Er blickt Haueisen nun direkt ins Gesicht. «Ich gebe zu, ich habe mich vielleicht zu sehr auf Tamara Scanhagen versteift. Und sie gehört ja auch zu den Jagdschülern, wie wir gerade erfahren haben. Es ist mein Fehler, dass ich nicht nach den Männernamen beziehungsweise nach Johannsen gefragt habe.»

«Das kann ich ganz schnell nachholen, Chef», sagt Rudi und greift zu seinem Telefon.

Zurück in ihrer Wohnung schneidet Rosa einen Apfel für ihren Beo klein, da ertönt die Miss-Marple-Melodie ihres Handys.

«Halt die Klappe!», kreischt Pepe.

«Hallo, Adelheid», grüßt Rosa in den Hörer und quetscht das Apfelstück zwischen das Käfiggitter.

«Ich wollte nur mal hören, wie es dir geht.»

«Geht so. Ich war heute wieder in der Schule. Die Arbeit mit den Kindern tut mir gut und bringt mich auf andere Gedanken. Vielleicht hätte ich gestern gar nicht zu Hause bleiben sollen.»

«Manchmal ist es besser, feste Strukturen zu haben. Aber manchmal braucht man auch eine kleine Auszeit.»

Darauf fällt Rosa keine Antwort ein. Stattdessen sagt sie: «Hast du schon gehört?»

«Was denn?»

«Holger ist zwar durch den Unfall gestorben, aber er hatte Gift im Blut.»

Zunächst schweigt Adelheid. Dann sagt sie geplättet: «Ich fass es nicht.»

«Das Gift ist auch im Wein gewesen. Jetzt frage ich mich nur, wie das alles mit Johannsen zusammenhängt.»

«Gisela hat erzählt, dass die Freundin von dem Johannsen ziemlich ausgekocht ist. Die ist zwar schwanger, aber wohl nicht von Johannsen. Hat zumindest dessen Schwester gesagt. Angeblich hat auch Johannsen nicht geglaubt, dass das sein Kind ist. Trotzdem will die Nansen sich die Erbansprüche für ihren Nachwuchs notariell sichern lassen. Weil sie glaubt, das weiß keiner, dass das Kind nicht von Johannsen ist.»

Hm. Bei Karina klang das aber ganz anders. Welche Version stimmt denn nun?

«Weswegen ich aber eigentlich anrufe», sagt Adelheid. «Wir wollen am Freitag einen Miss-Marple-DVD-Abend bei Tante Hildegard machen. Hast du Lust?»

«Mit Margaret Rutherford oder der neuen Schauspielerin?»

«Natürlich mit Margaret. Was denkst du denn!»

«Ach, ihr seid süß! Das macht ihr extra für mich. Stimmt's?»

«Auch für uns. Der Häkelbüdel-Club muss schließlich zusammenhalten. Und ein bisschen Ablenkung ist immer gut.»

«Johannsen gehörte tatsächlich zur Jagdtruppe», sagt Rudi, nachdem er das Telefonat mit Walter Hoffmeister beendet hat.

«Damit haben wir eine weitere Verbindung!» Zufrieden reibt sich Haueisen die Hände. «Johannsen, Hoffmeister und Scanhagen. Möglicherweise hatten Sie doch den richtigen Riecher.»

Er nickt Schnepel zu und greift zum Telefon. «Ich rufe bei der KTU an, vielleicht haben die ja zumindest schon Teilergebnisse für uns.» Er drückt die Durchwahl und die Lautsprechertaste. «Moin. Haueisen hier. Habt ihr die Grußkarte, die Bakker euch reingebracht hat, schon auf Fingerabdrücke überprüft?»

«Haben wir», antwortet Kollege Kröver. «Da sind die von Hoffmeister senior drauf. Sonst keine weiteren. Auf der angebrochenen Flasche sind sowohl die vom Senior als auch die von seinem Sohn. Die vom Junior waren auch auf dem Glas. Ebenso wie einer von Frau Moll. Die Abdrücke von ihr haben wir ja noch hier. So oft, wie die in einen Mordfall verwickelt ist, macht es Sinn, die aufzubewahren.»

Rudi muss grinsen, als er das hört. Das verstößt bestimmt gegen den Datenschutz.

«Was ist mit dem Inhalt der beiden verschlossenen Flaschen?», fragt Haueisen.

«Negativ. Der Wein ist sauber. Kein Gift.»

«Verdammt», murmelt Haueisen.

«Aber auf einer der beiden Flaschen sind noch andere Abdrücke drauf, die wir niemandem zuordnen können. Übrigens der gleiche Abdruck wie auf der Flasche, aus der Holger Hoffmeister getrunken hat.»

«Ach.» Haueisen klingt baff.

«Ist der nicht von Tamara Scanhagen?», fragt Schnepel.

«Nein», antwortet Kröver über den Lautsprecher.

«Das können auch die Abdrücke von einer der Kassiererinnen sein», wendet Rudi ein, «ist doch immer so, dass die an der Kasse eine der Flaschen aus dem Karton heben müssen, um die über den Scanner zu ziehen.»

«Du kaufst Wein kistenweise?», fragt Schnepel überrascht.

«Wenn er im Angebot ist», gibt Rudi gelassen zurück. Eine Kiste Weißwein hat er immer im Keller stehen. Falls Besuch kommt. So wie heute Abend. Bei dem Gedanken an Susanne muss Rudi lächeln. Er darf nicht vergessen, nachher ausreichend Fleisch einzukaufen. Was sie wohl für Vorlieben beim Grillen hat? Er greift gerne zum Nackensteak oder zum Würstchen. Aber Frauen mögen es ja oft nicht so fett. Vielleicht sollte er noch nach was Magerem gucken.

Während er so vor sich hin sinniert, bedankt sich Haueisen bei Kröver und beendet das Telefonat. Ratlos blickt der Chef Rudi und Schnepel an. «Ich verstehe das nicht. Wir wissen, dass sowohl Johannsen als auch Holger Hoffmeister zu der Jagdtruppe gehörten. Diese Gruppe hat einen Karton Rotwein geschenkt bekommen. Zwei Jäger trinken den Wein und sterben, weil der vergiftet ist. Hoffmeister senior trinkt und hat nichts. Nicht mal Kopfschmerzen. Hatte Johannsen nun auch eine Flasche aus dem Karton?»

«Muss nicht sein», sagt Rudi. «Tamara Scanhagen hat ja auch eine Flasche gekauft.»

«Die war aber nicht vergiftet», erwidert Haueisen.

«Vielleicht hatte sie sogar zwei», zischt Schnepel ihn an. «Die Scanhagen ist die Giftmischerin, das geht gar nicht anders. Sie hat Johannsen gezielt die präparierte Flasche gegeben, um seinen Posten zu bekommen. Als Tarnung behält sie eine ungefährliche Flasche. Und warum Hoffmeister sterben musste, werden wir auch noch aus ihr rauskitzeln. Lasst uns endlich die Artikel angucken, die Kollege Schmidt rausgesucht hat.»

«Hab ich bereits getan», sagt Haueisen. «In der Tat sieht es in diesen Artikeln so aus, als habe Frau Scanhagen allein die Ideen zur Ankurbelung des Tourismus in der Region gehabt.

Sie spricht zwar von ‹wir›, doch es kommt so rüber, als würde sie ‹ich› sagen. Der Name Johannsen fällt nie, auch in dem Fernsehinterview nicht. Da heißt es lediglich ‹meine Kollegen und ich›. Überhaupt scheinen sich die Moderatorin und Frau Scanhagen gut zu kennen. Sie duzen sich und wirken sehr vertraut.»

«Die erwähnt den Namen ihres Chefs überhaupt nicht?» Rudi kann es nicht glauben.

«So ist es.»

«Und warum nicht?», überlegt Rudi laut.

«Na, weil es eben stimmt, was die Sekretärin von Johannsen gesagt hat», meint Schnepel. «Diese ...»

«Veronika Talmann», hilft Rudi ihm auf die Sprünge.

«Genau. Talmann. Die Scanhagen wollte Johannsen aus dem Weg haben. Um jeden Preis. Und deswegen hat sie ihn umgebracht. Und mit dem Weinkarton hat sie eine Fährte zu den Jägern gelegt. Um uns zu verwirren. Die ist ganz schön clever. Aber nicht so clever wie wir.»

Schnepel lässt einfach nicht locker, denkt Rudi. Andererseits haben sie im Moment ja auch niemanden sonst, der zu beiden Opfern Kontakt und obendrein zumindest bei Johannsen ein Motiv hatte.

Eine ganze Weile schon sitzt Rosa auf der Bank vorm Haus und denkt nach. Der Himmel ist strahlend blau und die Sonne brennt mit voller Kraft. Immerhin macht der leichte Wind die Nachmittagshitze erträglicher. Nachdem der Name von Holgers Verflossener ihr den Zugang zum PC erlaubte, hat sie seine Mails angesehen. Dabei kam sie sich ein wenig voyeuristisch vor. Holgers Mails gehen sie schließlich nichts an. Zum Glück war keine von Veronika dabei. Und auch sonst nichts, was darauf schließen lässt, dass Holger Ärger mit jemandem hatte. Aber sie kann das natürlich auf die Schnelle nicht beurteilen und hat Walter vorgeschlagen, der Kripo anzubieten, sich den Computer anzusehen.

Sie greift zu ihrem Becher mit Rote-Grütze-Tee. Der ist inzwischen kalt, aber das ist egal. Langsam trinkt sie einen Schluck. Erst jetzt merkt sie, dass sie die ganze Zeit ihre Zähne fest aufeinander gepresst hat. Das Passwort hat sie tiefer getroffen, als sie anfangs dachte. Vielleicht wusste sie doch weniger über Holger, als sie glaubte. Sie wird es nie erfahren. Womöglich hat sie mehr in ihm gesehen, als er bereit war, ihr zu geben. Bei Licht betrachtet war sein Heiratsantrag eher Pflicht als Kür. Und er war froh, einen Rückzieher machen zu können, als er vom Ergebnis des Schwangerschaftstests erfuhr. Das hat sie sehr wohl gemerkt. Sie dreht den Ring seiner Mutter auf dem Finger, schließt die Augen und sieht Holger, wie er mit der Metallsonde am Strand entlanggeht. Dafür hat er echte Leidenschaft entwickelt. Und für die Jagd. Weniger für die Landmaschinen. Eigentlich ist Holger im Inneren ein kleiner Junge geblieben, der am liebsten gespielt hat. Der den Schatz am Strand gesucht hat. Ist er etwa fündig geworden und wurde deshalb vergiftet? Warum sonst hätte ihn jemand umbringen wollen?

Das ist die Frage, mit der Rosa sich beschäftigen muss. Veronika als Passwort hin oder her.

Von welchen Fakten kann sie ausgehen? Holgers Weinflasche stand in der Jagdhütte. Johannsen hat seinen Wein im Strandkorb getrunken.

Wie hängen die beiden Todesfälle miteinander zusammen, wo sind die Verbindungspunkte? Immer wieder kreisen Rosas Gedanken darum, aber sie kommt keinen Schritt weiter.

Vor allem, weil der Wein, den Walter zusammen mit Ewald Wulff getrunken hat, nicht vergiftet gewesen ist, obwohl er aus demselben Karton stammte. Wulff hat sich sogar noch eine Flasche aus der Hütte geholt. Moment mal. Starb Ewald Wulff wirklich durch einen Herzinfarkt? Oder war auch in seiner Flasche Gift? Nachholen können sie eine Obduktion nun auch nicht mehr. Die Asche hat sich längst in der Nordsee verteilt.

Den Gedanken, dass jemand willkürlich Leute umbringt, um den Massentourismus in Ostfriesland zu torpedieren, hält sie für unsinnig. Es rennen ja nicht pausenlos Serienmörder durch Ostfriesland. Außer in Krimis. Da haben Rudi und Henner schon recht.

«Moin, Rosa!» Wie aus dem Nichts steht Henner plötzlich vor ihr. Sie hat nicht mal gehört, wie er das Gartentor geöffnet hat und seine Berta reingeschoben hat, so ist sie in Gedanken gewesen.

Frisch geduscht und mit Jeans und weißem Poloshirt macht sich Rudi an die Vorbereitungen für den Abend. Den Grill hat er vorm Duschen schon an die Hauswand gestellt, wo es windgeschützt ist, und auch die Holzkohle hat er auf die Schale geschüttet. Das Fleisch und die Würstchen sind noch in der Tüte vom Schlachter, die kann er gleich rausnehmen und auf dem Chromtablett drapieren. Er hat ja noch eine halbe Stunde Zeit, bis Susanne kommt. Zum ersten Mal treffen sie sich bei ihm zu Hause. Er ist ziemlich aufgeregt. Steht der Tisch mit der karierten Tischdecke eigentlich zu dicht am Hühnerstall? Andererseits hat man von hier einen guten Blick, was die Hühner so treiben. Das ist für ihn das schönste Abendunterhaltungsprogramm. Besser als jeder Fernsehfilm. Aber ob Susanne das genauso sieht? Er hebt den Tisch an und wuchtet ihn zum Apfelbaum. Da ist es romantischer.

Aus der Küche holt Rudi das gute Geschirr. Während er den Tisch deckt, fällt ihm ein, dass er besser den Grill anschmeißen sollte. Es dauert ja immer, bis die Kohle so weit durchgezogen ist, dass man das Fleisch aufs Rost legen kann. Mit dem dritten Streichholz gelingt es ihm, den mit Wachs getränkten Zündwürfel in Brand zu setzen, entschlossen bugsiert er ihn unter die Holzkohle. Wenige Augenblicke später erlischt die Flamme. Mist. Die hat wohl nicht genug Luft bekommen. Alles noch einmal von vorn. Dieses Mal vorsichtiger. Nun gelingt es endlich. Rudi steht der Schweiß auf der Stirn. Nächstes Jahr kauft er sich einen Grill mit Gasflasche. So wie Gudrun ihn hat. Das geht viel einfacher.

«Hallo, Rudi.»

Sofort dreht Rudi sich um. Susanne Schnepel steht in einem weißen Sommerkleid am Tor, in den Händen eine große Schüssel. Die roten Haare fallen in weichen Locken auf ihre Schultern, um ihren Mund spielt ein Lächeln. Bei ihrem Anblick fängt sein Herz an zu flattern. Wie jedes Mal, wenn er sie sieht. Seit sie sich von Helmut getrennt hat, wird sie immer schöner.

«Hallo, Susanne», sagt Rudi und wischt sich mit dem Geschirrhandtuch verlegen die Schweißperlen von der Stirn. Er geht ihr entgegen und öffnet das Tor. «Komm rein.»

«Kämpfst du mit dem Grill?», fragt sie lachend.

«Nö, so kann man das nicht sagen. Das Anzünden ist eigentlich ein Kinderspiel. Die Vögel haben nur so laut gezwitschert, deshalb habe ich dich nicht kommen hören.» Was für einen Blödsinn redet er denn da?

«Ja, die können einen manchmal ziemlich ablenken», nimmt sie seinen Unfug auf und stellt die Schüssel auf dem Tisch ab. «Hier ist der versprochene Nudelsalat. Mit frischen Tomaten und Rucola.» Sie lächelt ihn an. Soll er ihr jetzt einen Wangenkuss geben oder lieber nur die Hand schütteln?

Während Rudi noch überlegt, sieht Susanne sich im Garten um. «Schön hast du es hier. Richtig idyllisch.» Im Hühnerstall kräht der Hahn. Sie geht dichter an den Zaun. «Wie viele Hühner hast du denn?»

«Im Moment zehn.» Rudi steht jetzt neben ihr, er zeigt auf den Hahn. «Plus Zorro, natürlich.»

«Der Name passt. Schwarze Federn, roter Kamm. Und dazu dieses rote Gehänge unterm Schnabel.» Sie kichert ein wenig.

«Das ist der Kehllappen.»

«Echt?»

Rudi lächelt sie an. «Ja, das ist wie bei Hunden, die hecheln, wenn ihnen zu heiß ist.»

Für einen Moment schweigen beide.

«Deine Haare könnten mal wieder einen neuen Schnitt vertragen.» Susanne deutet auf den Kragen seines Polo-Shirts. «Die stoßen da schon an. Es gibt ganz pfiffige Schnitte mit kurzem Seitenhaar.»

Rudi tritt schnell einen Schritt zur Seite. Er ist heilfroh, dass Susannes letzte modische Kreation an seinem Kopf nicht mehr zu sehen ist. Die gestutzten Seiten und der ausrasierte Scheitel brauchten ordentlich Zeit, um nachzuwachsen. Und das spöttische Gelächter von Sven, Henner und den Kollegen hat er jetzt noch im Ohr. «Och, mir gefällt das so ganz gut», antwortet Rudi ausweichend. Als er ihr enttäuschtes Gesicht sieht, fügt er aber hinzu: «Nur der Nacken, der könnte wirklich mal wieder ausrasiert werden.»

Sofort lächelt Susanne wieder. «Komm nicht mit diesen Ausreden. Ich hab dich schon durchschaut. Nächstes Mal gehe ich den Schnitt nicht ganz so mutig an. Das verspreche ich dir.»

Rudi ist beruhigt. «Was magst du denn trinken? Ich hab einen Weißwein kalt gestellt, aber natürlich auch Bier. Wasser, Ginger Ale und O-Saft hab ich auch da.»

«Wow! Das hört sich toll an. Ich nehme gerne ein Glas Wein.» Sie hängt ihre Handtasche über die Lehne des Gartenstuhls. «Kann ich dir helfen?»

«Du kannst den Tisch zu Ende decken, während ich die Getränke hole», sagt Rudi und fühlt sich schon wieder viel selbstsicherer.

Unentschlossen steht Henner vor der Bank. Wie soll er sich jetzt Rosa gegenüber verhalten? Ach was, am besten, er ist so wie immer.

«Was hältst du von Vanilleeis mit einem lütten Eierlikör von Tante Hildegard?»

Rosa strahlt ihn an. «Henner, du bist ein Schatz! Ich glaub, das ist genau das, was ich jetzt brauche.»

Kurz darauf hat Henner sich in seine Zivilklamotten geschmissen und balanciert das Tablett mit Eis und Eierlikör aus seiner Küche nach draußen auf den Hof.

«Wie lecker», sagt Rosa nach dem ersten Löffel und klingt schon viel munterer als gestern. Henner schiebt sich ebenfalls einen gehäuften Löffel Eis in den Mund, dick mit Eierlikör übergossen. Dabei berührt er kurz Rosas Arm. Ihre Haut ist so weich.

«Es tut so gut, in dieser Situation einen Freund wie dich zu haben.» Rosa lehnt sich an ihn.

Wie elektrisiert zuckt er zusammen und verschluckt sich fast an seinem Eis. «Ist doch selbstverständlich», murmelt er ein bisschen verlegen. «Ich hab übrigens Rudi gerade gesehen. Der ging mit einer prall gefüllten Tasche vom Fleischer nach Hause», sagt er, um das Thema zu wechseln.

«Hast du mit ihm gesprochen?»

«Nee, der hatte es eilig. Wahrscheinlich will er grillen. Bei dem schönen Wetter bietet sich das ja an! Bestimmt bimmelt er gleich durch und lädt uns ein. Sven ist ja nicht da. Und Hoyko ist zum Essen bei meinen Eltern. Um die Einrichtung der Pensionszimmer zu besprechen, hat Muddern mir heute Mittag gesagt. Die haben sie echt nicht mehr alle, meine Eltern. Wollen in ihrem Alter eine Pension aufmachen! Die sollten lieber ihr Altenteil genießen!»

«Wieso Altenteil? Dein Vater bewirtschaftet den Hof doch noch ganz allein.»

«Stell dir vor, meine Mutter hat gesagt, ich könne diesen Pensions-Bauernhof ja später übernehmen. Weil die Alpakas allergiefrei sind. Und sie meint, ich hätte dann mehr Chancen bei den Frauen. Das ist echt die Höhe! Als ob die Persönlichkeit gar nichts zählt!»

«Ach, Henner.» Rosa legt ihm sanft die Hand auf den Arm. «Deine Mutter meint es doch nur gut. Und das weißt du auch. Komm, lass uns einfach einen Spaziergang rüber zu Rudi machen. Ein bisschen Bewegung tut mir gut. Vielleicht haben sie in Wittmund ja etwas Neues herausbekommen. Und ich hätte einiges, was ich Rudi sagen müsste.»

«Ich weiß nicht.» Ein bisschen eingeschnappt ist Henner schon, weil Rudi sich nicht gemeldet hat. Überhaupt ist der irgendwie verändert in letzter Zeit. Eigentlich, seit die Frau von Schnepel ihm die Haare schneidet.

«Ach komm. Lass uns rübergehen. Wenn er Grillfleisch gekauft hat, kriegen wir bestimmt was ab.»

Das ist ein Argument, das Henner gelten lassen kann.

Er bringt die leeren Teller zurück in die Küche und streift sich das karierte Flanellhemd über sein Jägermeister-T-Shirt. Ist zwar noch warm draußen, aber der Wind kann hier an der Küste vor allem zum Abend hin ordentlich auffrischen.

Das scheint Rosa nicht zu bedenken. Die steht mit ihrem dünnen, ärmellosen Kleidchen vorm Haus und hat nichts außer ihrem Handy dabei, das an einer goldenen Kette baumelt. Was Frauen aber auch immer für einen Firlefanz haben, wundert er sich. «Hol dir lieber 'ne Jacke», rät er ihr. «Wird kühl, wenn wir ein büschen länger bei Rudi bleiben.»

Mit ihrer Strickjacke in der Hand hakt sich Rosa hinter dem Gartentor bei ihm ein. Wie Samstag auf dem Weg zur Seebestattung. Könnte man sich glatt dran gewöhnen. Nach wenigen Minuten stehen sie vor Rudis Gartenzaun. Sind eben nur ein paar Schritte über die Straße. Aus dem hinteren Teil des Gartens steigt Qualm. Hat Henner mit seiner Vermutung doch richtiggelegen.

Henner öffnet das Gartentor und geht vor, Rosa folgt. Unter dem Apfelbaum steht ein gedeckter Tisch. Vor der Hauswand qualmt der Grill.

«Rudi, wo steckst du denn?», ruft Rosa. «Du hast Besuch.»

Das Küchenfester geht auf. Rudi schaut mit hochrotem Kopf heraus. «Weiß ich selber.»

«Wer ist es denn?» Neben ihm taucht der leuchtend rote Haarschopf von Susanne Schnepel im Fenster auf.

Ach nee. Wie blöd, dass sie jetzt so unangemeldet hier reinplatzen. «Rosa wollte dir dringend was erzählen», versucht Henner die Situation zu retten. «Aber das hat sicher auch Zeit bis morgen.»

«Nein, es handelt sich um Sachen, die du unbedingt wissen musst», widerspricht Rosa. «Das könnte entscheidend für eure Ermittlungen sein.»

Was sollte Rudi da machen? Er konnte Henner und Rosa schließlich nicht einfach nach Hause schicken, wo sie schon mal da waren.

Die Nackensteaks und Lammkoteletts sind mittlerweile verputzt. Nun sind nur noch Würstchen auf dem Grill. Wie gut, dass Rudi extra mehr eingekauft hat. Die Schüssel mit Nudelsalat ist allerdings leergekratzt. Zum Glück hat Rudi ein Baguette besorgt und Kräuterbutter ist ebenfalls noch da.

«Wer möchte noch 'ne Wurst?», fragt er.

«Ich.» Henner hält Rudi den Teller hin.

«Ich nicht. Bin pappsatt», antwortet Rosa. «Das Lammkotelett und der Salat waren super. Das Rezept musst du mir unbedingt geben, Susanne. Aber eine Weißweinschorle nehme ich gerne noch.»

«Ich auch», sagt Susanne. «Also keine Wurst, sondern ein Glas Wein. Ich kann mich ja eben um die Getränke kümmern.» Schon greift sie zum Weinkühler und gießt Rosa und sich nach. «Rudi, Henner, wollt ihr noch ein Bier?»

«Unbedingt», sagt Henner.

«Hole ich gleich aus der Küche, bleib du mal sitzen.» Rudi reicht Henner den Teller und legt sich selbst auch noch eine Wurst nach. Dann flitzt er ins Haus und kommt mit zwei kühlen Flaschen Bier wieder. Er lässt die Kronkorken springen, gibt Henner eine Flasche und trinkt einen Schluck, bevor er fragt: «Was hast du denn nun so Wichtiges zu berichten, Rosa?»

Wie aufs Stichwort legt sie los. «Also: Amelie Nansen hat für ihr Ungeborenes wohl schon Erbansprüche angemeldet. Und dann habe ich gehört, dass Johannsens Schwester das Erbe für ihre eigenen Kinder beansprucht und Amelie ausbooten will.»

Susanne nickt. «Die Version habe ich im Salon auch gehört. Amelie soll richtig geldgierig sein», sagt sie. «Sie soll dem Johannsen vorgegaukelt haben, dass es sein Kind ist, dabei stimmt das wohl gar nicht.»

«Na ja, das sind alles bloße Vermutungen. Nehmt mir das nicht übel, aber damit kann ich nichts anfangen», sagt Rudi. Er kennt das Getratsche unter den Frauen zur Genüge. An manchen Sachen ist was dran, an anderen nicht. Manchmal ist das gar nicht so einfach, die Spreu vom Weizen zu trennen. Und in diesem Fall ist es noch schwieriger, weil das Kind noch gar nicht geboren ist.

«Vielleicht ist das auch gar nicht so entscheidend. Denn es

gibt etwas viel Wichtigeres.» Rosa hebt die Stimme. «Holgers Vater hat mir heute Nachmittag erzählt, dass Ewald Wulff der Wein des anonymen Spenders so gut geschmeckt hat, dass Walter ihm erlaubt hat, sich eine Flasche aus der Jagdhütte zu holen. Da staunst du, oder?»

Überrascht blickt Rudi Rosa an. «Stimmt. Immerhin waren wir heute auch schon bei Hoffmeister. Und uns hat er nichts davon gesagt.» Rudi nimmt einen Zug aus der Bierflasche. «Aber dann sollten wir unbedingt mit der Witwe sprechen. Wir müssen herausfinden, ob er den Wein getrunken hat oder nicht.» Schnell nimmt er noch einen Schluck Bier.

Rosa fasst sich mit den Händen an die Schultern. Sie fröstelt.

«Hier, zieh deine Strickjacke über», sagt Henner fürsorglich und hält ihr die rote Jacke hin. Rudi staunt. Seit wann macht Henner denn einen auf Kavalier?

«Danke schön.» Sie wendet sich wieder an Rudi. «Ach, und den Laptop von Holger könnt ihr euch auch abholen. Falls ihr den auf irgendwas untersuchen wollt. Walter gibt seine Zustimmung. Ich hab heute schon mal einen Blick in seine Mails geworfen, aber da war nichts, was mir verdächtig vorkam. Das Passwort lautet übrigens Veronika. So hieß seine Ex-Freundin.»

Veronika? Rudi stutzt. «Kennst du auch den Nachnamen?»

«Nein.»

Nanu, wieso reagiert Rosa denn so einsilbig? Egal, Rudi legt das Besteck auf den Teller und lehnt sich zurück. Da hat er dem Chef morgen früh einiges zu berichten.

«Könnt ihr jetzt mal aufhören, über Morde zu reden?», wirft Susanne Schnepel ein. «Das ist ja schlimmer als bei meinem Noch-Ehemann.»

DONNERSTAG

Mit einem fröhlichen Liedchen auf den Lippen braust Rudi auf der DKW nach Wittmund. Die Vöglein zwitschern, die Luft riecht mild, es weht nur ein laues Lüftchen und Rudi könnte die ganze Welt umarmen!

Zum Glück sind Henner und Rosa gestern Abend zeitig gegangen. Rosa wäre zwar gern geblieben, aber Henner scheint gemerkt zu haben, dass Rudi noch ein bisschen mit Susanne allein sein wollte, und hat Rosa nach Hause gelotst.

Als die beiden endlich weg waren, hat Susanne ihm beim Abräumen und Spülen geholfen. Es war so, als würden sie sich schon eine Ewigkeit kennen.

Sie haben anschließend noch bei Kerzenschein und einem Glas Wein für Susanne und einem Bier für ihn unter dem Apfelbaum gesessen und geredet. Nicht über die Mordfälle. Sondern über Orte, die sie gerne einmal sehen würde. Als er sie schließlich zum Gartentor begleitet hat, war es für einen Moment komisch. Eigentlich hätte er sie gerne geküsst, aber ... sie ist ja immer noch Schnepels Ehefrau. Außerdem soll man nichts überstürzen. Darum hat er ihr nur einen Kuss auf die Wange gegeben. Und kam sich dabei vor wie ein Teenager.

Federnden Schrittes läuft Rudi im Kommissariat die Treppe hoch und auf Haueisens Büro zu. Selbst Schnepel ist heute schon da.

«Nanu, so gut gelaunt?», fragt der auch gleich und Rudi verkneift sich ein Grinsen. Wenn Schnepel wüsste.

«Lassen Sie uns kurz den Tag planen», sagt Haueisen. «Ich selbst habe gleich eine Besprechung mit dem Polizeidirektor.»

«Als Erstes fahren wir zu der Scanhagen», prescht Schnepel augenblicklich vor. «Der fühlen wir ordentlich auf den Zahn! Ach, was sage ich, bei der machen wir eine Wurzelbehandlung, so tief dringen wir in sie ein!»

«Ich schlage vor, dass wir zunächst mit der Witwe von Ewald Wulff reden», hält Rudi dagegen. «Die wohnt ja hier in Wittmund.»

«Wieso?», fragt Haueisen. «Der Mann ist bislang nicht in den Ermittlungen vorgekommen.»

«Wulff gehörte zu der Jagdtruppe. Er ist allerdings vor knapp drei Wochen verstorben. An einem Herzinfarkt.»

«Dann kann er ja nichts mit unseren Toten zu tun haben», ranzt Schnepel Rudi an.

«Lass mich doch ausreden. Wulff gehörte zu den Jägern, er hat sich mutmaßlich eine Flasche des Weines aus der Jagdhütte mit nach Hause genommen. Das hat Walter Hoffmeister erzählt.»

Schnepel kneift die Augen zusammen. «Wann soll er das denn erzählt haben? Als wir bei ihm waren, hat er jedenfalls nichts davon gesagt.»

«Nö. Aber als Frau Moll nachmittags bei ihm war. Und die hat es mir gestern Abend erzählt. Sie hat auch gesagt, wir können uns den Laptop von Holger Hoffmeister bei seinem Vater rausholen und untersuchen. Interessant an diesem Laptop ist das Passwort. Es lautet Veronika.»

«Veronika, der Lenz ist da?», spöttelt Schnepel.

Haueisen hingegen schaltet sofort. «Sprechen wir etwa von Veronika Talmann?»

«Der Gedanke kam mir auch», sagt Rudi. «Wenn wir nachher bei Frau Scanhagen in der Touristen-Information in Neuharlingersiel sind, könnten wir auch gleich mit Frau Talmann reden, um das abzuklären.»

«Moment, wir haben doch Hoffmeisters Telefonverbindungen.» Der Chef steht auf und geht zum Whiteboard, an dem Fotos und andere Infos zum Fall hängen. Mit dem Zeigefinger der rechten Hand fährt er die Liste entlang. «Bingo. Veronika Talmann. Drei Anrufe in der letzten Woche.»

«Na, da bin ich aber gespannt, was die mit Hoffmeister zu bereden hatte. Waren es längere Gespräche?», fragt Rudi voller Neugierde.

«Das erste war am längsten. Knapp zehn Minuten. Dann fünf und das letzte nur zwei.»

«Hm, da war Frau Talmann auf dem absteigenden Ast», sagt Rudi. «Interessant. Was die wohl von ihm gewollt hat? Ob das alles rein dienstlich war?»

«Das werden wir rausfinden», sagt Schnepel. «Komm schon, lass uns loslegen.» Er dreht sich um, stoppt aber und fragt: «Oder ist sonst noch was, Chef?»

«Nein, nein. Lassen Sie sich nicht aufhalten. Viel Erfolg.»

«Werden wir haben!» Selbstsicher eilt Schnepel aus dem Raum.

Heute hat Rosa erst zur dritten Stunde Unterricht, weil die 1B mit Karina zur Seehundaufzuchtstation nach Norddeich gefahren ist. Sie steht im Bademantel in der Küche, hat den Apfel für Pepe schon vorbereitet und schält nun eine große

Orange für ihren Smoothie. Seit sie diesen Frühstücksersatz für sich entdeckt hat, startet sie mit viel mehr Energie in den Tag. Also, normalerweise. Und im Moment kann es nicht schaden, wenn sie genügend Vitamine zu sich nimmt. Trauer zehrt schließlich, das weiß jeder. Orange, Ananas und Staudensellerie kommen mit Wasser in den Mixer. Kurz höchste Stufe. Fertig. Mit dem Smoothie setzt sie sich an den Tisch und starrt die Titelseite der Zeitung an. Aber statt wahrzunehmen, was dort steht, wandern ihre Gedanken zum gestrigen Abend.

Es tat ihr gut, ihre Freunde um sich zu haben. Henner ... Er ist wie ein großer gemütlicher Teddy. Und strahlt so viel Ruhe aus. Es traf sich ja prima, dass Rudi mit Susanne grillen wollte. Und dass er genug für vier eingekauft hatte. Ob das was Festeres mit ihm und Susanne wird? Die beiden scheinen ja in letzter Zeit des Öfteren Dinge miteinander zu unternehmen, beim «Schollenessen im Watt» waren sie auch schon zusammen. Ach, das Schollenessen. Da ist sie noch mit Holger gewesen. Sie seufzt. So schnell kann alles vorbei sein.

Frau Wulff ist ziemlich überrascht, als Rudi und Schnepel vor ihr stehen. «Polizei?», fragt sie und tritt automatisch einen Schritt von der Wohnungstür zurück.

«Kripo», korrigiert Schnepel und zeigt seinen Ausweis. «Können wir hereinkommen?»

«Worum geht es denn?» So leicht lässt sich Frau Wulff nicht von einem Ausweis beeindrucken.

«Um Ihren Mann. Und Rotwein, den er vielleicht getrunken hat», beeilt sich Rudi zu erklären.

Frau Wulff runzelt die Stirn. «Mein Mann ist tot. Wir haben seine Asche am letzten Samstag dem Meer übergeben. Da waren Sie doch auch dabei, Herr Bakker.»

«Das stimmt. Aber … könnten wir vielleicht lieber in Ihrer Wohnung miteinander reden als hier auf dem Hausflur, wo die Nachbarn alles mitkriegen können?»

«Natürlich. Kommen Sie herein. Ich war im ersten Moment nur verblüfft und hab Sie nicht gleich erkannt. Außerdem muss man heutzutage vorsichtig sein.» Sie geht voraus ins Wohnzimmer, an das sich ein geräumiger Balkon anschließt, auf dem ein Strandkorb Platz hat. «Setzen Sie sich.» Frau Wulff deutet auf den Esstisch, an dem vier Stühle stehen.

«Ihr Mann hat eine Flasche Rotwein von Herrn Hoffmeister bekommen», startet Schnepel forsch. «Hat er die getrunken, bevor er starb?»

Irritiert blickt Frau Wulff ihn an. «Wie meinen Sie das?»

Ehe Schnepel weiterreden kann, mischt sich Rudi ein. «Mein Kollege meint, ob Ihr Mann kurz vor seinem Tod Rotwein getrunken hat. Und ob der Rotwein eventuell aus Herrn Hoffmeisters Jagdhütte stammen könnte.»

Die Augen der Witwe flitzen von einem Polizisten zum anderen. «Sie wollen mir doch nicht sagen, dass Walter etwas mit dem Tod meines Mannes zu tun hat?» Ihre Stimme nimmt einen schrillen Ton an.

«Nein. Natürlich nicht», versucht Rudi sie zu beruhigen. «Es ist nur so, dass jemand offenbar einen Karton mit vergiftetem Rotwein vor die Jagdhütte von Herrn Hoffmeister gestellt hat. Holger Hoffmeister ist an diesem vergifteten

Wein gestorben. Ulfert Johannsen hat ebenfalls vergifteten Rotwein getrunken und wir vermuten, dass diese Flasche gleichfalls aus jener Kiste stammt. Johannsen gehörte ja auch zu den Jägern. Da stellt sich uns natürlich die Frage, ob es vielleicht in Wirklichkeit gar kein Herzinfarkt war, an dem Ihr Mann gestorben ist.»

Frau Wulff wird bleich. «Aber hätte das der Arzt nicht feststellen müssen?»

«Kommt drauf an.» Rudi zuckt mit den Schultern. «Wie ist er denn gestorben, wenn wir das fragen dürfen?»

Frau Wulff räuspert sich. «Ich war an dem Abend zum Doppelkopfspielen. Als ich nach Hause kam, saß Ewald im Sessel. Erst hab ich gedacht, er ist eingenickt. Das macht er nämlich manchmal. Trinkt sein Gläschen Rotwein und schläft ein. Sagt dann aber immer, er habe nachgedacht, das ginge nur mit geschlossenen Augen. Aber an dem Abend machte er die Augen nicht mehr auf. Ich hab ihn gerüttelt, doch er hat sich nicht gerührt. Da hab ich den Notarzt gerufen. Er hatte ja schon lange Herzprobleme. Deshalb hat er jeden Abend sein Glas Rotwein getrunken. Das sei gut fürs Herz, hat er behauptet. Wenn ich beim Doppelkopf war, hat er bestimmt manchmal mehr als ein Glas getrunken. War ja auch in Ordnung, ich hab es ihm gegönnt.»

«Versuchen Sie sich zu erinnern», sagt Schnepel nun eindringlich. «Die Rotweinflasche. Was für ein Rotwein war es? Es ist wichtig!»

«Meine Güte, ich kenn mich damit doch überhaupt nicht aus. Ich trinke keinen Alkohol. Mochte ich noch nie.»

«Und die Flasche haben Sie sicher nicht mehr?», fragt Rudi ohne große Hoffnung.

«Doch, die müsste noch da sein. Ich hab den Wein weggekippt, aber die Flasche hab ich in die Garage gestellt. Zu unserem Altglas. Das bringe ich höchstens ein Mal pro Monat weg. Wenn überhaupt.»

Henner stellt seine Berta an der Hafenmauer ab und sucht die zu verteilende Post aus seiner Fahrradtasche heraus. Bei Bäcker Hinrichs ist heute ordentlich was los. Die Leute stehen bis auf die Straße hinaus in der Schlange, um sich Eis, Kuchen oder Brot zu kaufen. Mit einem knappen Gruß reicht Henner die neue Fernsehzeitung über den Tresen und geht dann mit einer Postkarte aus der Lüneburger Heide zu Ludwig. Die Haustür ist weit geöffnet, Henner klingelt trotzdem der Form halber.

«Ist offen», ruft Ludwig prompt von oben, also stapft Henner die Treppe hoch. Ludwig liegt heute nicht in seinem curryfarbenen Fernsehsessel, sondern sitzt am Tisch vorm Fenster mit Blick auf den Krabbenkutter von Fischer Jacobs.

«Moin.» Henner tritt an den Tisch. «Du hast Post von deiner Schwester. Die langweilt sich zwischen den ganzen Heidschnucken.»

«Selbst schuld, was muss sie auch unbedingt in der Heide Urlaub machen. Gib mal her.» Ludwig überfliegt die Zeilen. «Musst trotzdem nicht immer meine Post lesen. Gibt so was wie Briefgeheimnis.»

«Gilt nicht für Postkarten.»

«Es geht ums Prinzip.»

«Dann soll sie die Karte in einen Umschlag packen.»

«Stimmt auch wieder. Außerdem ist heutzutage eh alles im

Netz zugänglich.» Ludwig dreht sein Tablet zu Henner. «Ich bin in den Mordermittlungen einen Schritt weitergekommen. Ich habe gestern darüber berichtet, dass in Neuharlingersiel ein Giftmörder rumläuft, der schon zwei Menschenleben auf dem Gewissen hat. Hier: *Heimtückisch wurde Ulfert Johannsen und Holger Hoffmeister Rattengift im Rotwein verabreicht. Geht das wirklich so einfach? Wer hat sachdienliche Hinweise? Gerne auch als PN.*»

«PN?»

«Privatnachricht.»

«Und? Haste welche bekommen?»

Ludwigs kleine Äuglein blitzen. «Etliche.» Er lehnt sich in seinem Stuhl zurück und schaut nach draußen.

«Dann komm mal in die Gänge, sonst bin ich wieder weg», sagt Henner, weil Ludwig immer noch regungslos aufs Hafenbecken guckt. Er muss sich schließlich sputen, um pünktlich zum Mittagessen auf dem Hof seiner Eltern zu sein.

«Rattengift kann eigentlich jeder im Gartenmarkt kaufen, schreibt ein User. Ist überhaupt kein Problem. Muss man auch keine Adresse angeben oder so. Das erweitert den möglichen Täterkreis natürlich enorm.»

«Wenn du das sagst.»

«Einer hat geschrieben, dass wir im Moment eine regelrechte Rattenplage haben. Und der Mann weiß Bescheid. Jürgen Seibold ist von Beruf Kammerjäger.» Beifallheischend sieht Ludwig Henner an. «Er hat mir geschrieben, dass ich mich bei ihm melden soll, wenn ich noch weitere Fragen habe.»

«Hast du das schon gemacht?»

«Nee.»

«Und warum nicht?»

«Bin ich noch nicht zu gekommen. Aber ich hab ja jetzt seine Telefonnummer.»

Nach Schulschluss steigt Rosa in ihren Fiat und öffnet das Schiebedach. Es ist immer noch herrlichstes Sommerwetter, da könnte sie einen Strandspaziergang machen und ihren Kopf durchlüften. Auch wenn sie gestern beim Grillen ein paar Mal herzlich gelacht hat, überrollt die Trauer um Holger sie doch immer wieder wellenartig. Der Tod ist so endgültig. Zwar ist sie, seit sie in Neuharlingersiel lebt, schon über die eine oder andere Leiche gestolpert, aber diese Menschen standen ihr nie nahe. Der Mord an einem vertrauten Menschen ist etwas ganz anderes. Freilich ist sie von dem Drang, den Mörder zu finden, voll und ganz durchdrungen, aber sie ist nicht wie sonst nur vom Jagdfieber getrieben. Trauer und vor allem Zorn beherrschen sie. Heute noch mehr als gestern.

Längst hat sie Neuharlingersiel erreicht, und ohne lange zu überlegen, fährt sie am Sielwerk vorbei weiter Richtung Carolinensiel. Statt den Strandspaziergang zu machen, verspürt sie den Drang, wieder nach Walter zu sehen. Irgendwie fühlt sie sich ein bisschen für ihn verantwortlich, will ihn trösten und sucht gleichzeitig Trost bei ihm. Das wird ihr klar, als sie die Auffahrt zu seinem Landmaschinenhandel hochfährt.

Wo sonst lebhaftes Treiben herrscht, liegt jetzt alles still und ruhig da. Kein Mechaniker geht über den Hof, aus der Werkstatt ist kein Hämmern zu hören.

Rosa parkt neben dem grünen Traktor, steigt aus und wirft einen Blick durch das Fenster der Werkstatt. Alles leer. An der Eingangstür hängt ein Zettel. «Wegen eines Trauerfalls vorübergehend geschlossen.»

Das Küchenfenster des Wohnhauses wird geöffnet.

«Ich bin hier», ruft Walter.

Wenig später sitzen sie beide in der Küche vor einer Kanne Tee. Walter gießt Sahne in Rosas Tasse. «Holger hat das Aufsteigen vom Wulkje immer geliebt.» Er betrachtet das im braunen Tee verlaufende Weiß. «Als Kind hat er immer ganz lange geguckt, bevor er den ersten Schluck getrunken hat.»

Am Ende des Tisches liegt ein neueres Fotobuch. Walter zieht es zu sich heran.

«Ich habe vorhin darin geblättert, als die Polizei vorbeigekommen ist, um Holgers Laptop abzuholen. Ich kann mir keinen Reim auf das alles machen. Holger war ein so lieber Kerl. Nicht gerade besonders ehrgeizig, aber immer freundlich.» Er schlägt die erste Seite des Albums auf. «Hier, schau nur, wie er lacht, als er seine neue Metallsonde auspackt. Das war letztes Jahr.»

Walter schiebt Rosa das Album hin. Holger lacht sie direkt an. Sofort fühlt sie einen Stich in ihrem Inneren. «Darf ich im Album blättern?»

«Aber natürlich.»

Auf den nächsten Seiten folgen Bilder bei der Jagdhütte. Holger in grünem Loden mit Hut und Gewehr. Auf der Erde liegen jede Menge tote Tiere hintereinander. Wildschweine. Rehe. Und in den Mäulern steckt Grünzeug.

«Warum liegen die denn so aufgereiht und warum stecken Zweige in den Mäulern?», fragt Rosa verunsichert.

«Das nennt man Strecke legen. Eine alte Jagdtradition. Die erlegten Tiere werden in langer Reihe auf die rechte, die gute

Seite, gelegt, damit keine Erddämonen eindringen. Eine weitere Tradition ist es, den erlegten Tieren Zweige, also Bruch von gerechten Holzarten wie Fichte oder Eiche ins Maul zu legen.»

«Ach, deshalb heißt es, man hat jemanden zur Strecke gebracht?»

«Genau.» Walter stößt einen tiefen Seufzer aus. «Was hatten wir für schöne Jagden. In der letzten Zeit war uns die Jagdgöttin Diana aber nicht hold. Erst stirbt Ewald, dann Ulfert und nun auch noch Holger.»

«Fast könnte man glauben, jemand hat es auf Jäger abgesehen.»

Walter stutzt. «So hab ich das noch gar nicht betrachtet. Aber da ist was dran.» Er steht auf und geht zum Küchenschrank. «Ich brauch jetzt was Stärkeres. Du auch?»

Rosa schüttelt den Kopf, Walter gießt sich einen Wacholderschnaps ein.

«Das ist kein guter Start in die Jagdsaison. Und auch die letzte Saison endete unschön.» Er nimmt einen Schluck und zieht die Lippen zusammen.

«Wieso?»

«Ewald hat auf der Treibjagd einen Hund erschossen. Der ist plötzlich im Gelände aufgetaucht und hat laut kläffend das Wild verscheucht. Da ist Ewald ausgerastet. Tage zuvor hatte ein streunender Hund schon ein Reh angegriffen. Das ist elendig verendet. Also hat er ihn erlegt. Wölfe haben wir ja hier oben zum Glück noch nicht, weiter im Süden von Niedersachsen sieht das anders aus. Da gibt es einige Wolfsrisse zu beklagen.»

«Darf man denn einen Hund einfach so erschießen?»

«Ja, nach dem Jagdrecht können streunende Hunde erschossen werden, bevor sie Wild reißen. Ist natürlich immer

Auslegungssache. Und bei einer Treibjagd darf der Wald gar nicht betreten werden. Da ist alles weiträumig abgesperrt. Trotzdem widersetzen sich Pilzsammler und Spaziergänger manchmal. Ist ein Grausen mit der Unvernunft der Menschen.» Er leert den Schnaps mit einem Schluck.

«Und was hat der Hundehalter dazu gesagt?», will Rosa wissen. «Der muss doch ziemlich sauer gewesen sein.»

«Keine Ahnung. Ich konnte mich nicht drum kümmern, weil ich in die Reha musste. Hab im letzten Dezember ein neues Kniegelenk bekommen.»

Kaum ist Henner weg, tippt Ludwig die Nummer von Jürgen Seibold ins Telefon. Der nimmt tatsächlich nach dem dritten Klingeln ab.

«Schädling-Kämpfer, Ihr Kämpfer gegen Schädlinge. Sie sprechen mit Jürgen Seibold.»

«Hallo, mein Name ist Ludwig Twenge. Sie haben auf meinen Artikel über die Rattengiftmorde geantwortet. Ich hätte tatsächlich ein paar Fragen.»

«Ich grüße Sie, Herr Twenge. Was möchten Sie denn wissen?»

«Es geht um das Rattengift. Bekomme ich das wirklich in jedem Gartenmarkt? Einfach so? Ich meine, da könnte ja jeder kommen und Gift kaufen und seine Schwiegermutter um die Ecke bringen.» Diese Frage beschäftigt Ludwig schon die ganze Zeit. Er kann sich nämlich nicht vorstellen, dass das so einfach gehen soll, jemanden zu vergiften.

«Ja, das bekommen Sie dort. Aber Sie müssen wissen, dass

Sie mit den Köderbeuteln aus dem Gartencenter niemanden umbringen können. Die sind mit Bitterstoffen versetzt. Kein Mensch würde ein damit präpariertes Getränk oder Essen zu sich nehmen. Im Unterschied zu den Ratten. Denen macht das nichts aus. Wenn die beiden Männer mit Rattengift ermordet worden sind, wie Sie schreiben, frage ich mich als Experte schon, wie der Mörder es geschafft hat, diesen natürlichen Abwehrmechanismus zu umgehen. Oft erwischt man mit dem Gift nicht mal die Ratten, die sind gegen die meisten Gifte inzwischen immun.»

«Hm. Das ist einerseits beruhigend, aber andererseits stellt sich mir die Frage, wie Sie die Viecher dann bekämpfen können.»

«Nun ja, wir haben Rattengift, das für den Normalverbraucher nicht zu kaufen ist, weil es hochprozentiger ist und eine stärkere Wirkung hat. Das geben wir in Köderfallen und die stellen wir fachgerecht auf dem Grundstück oder im Gebäude auf. Die Aufnahme des Gifts führt bei den Nagern mit Zeitverzögerung zu Blutungen im Magen-Darm-Trakt, der Harnwege, aber auch im Schädel.»

«Ganz schön brutal», sagt Ludwig. «Enthält das auch Bitterstoffe oder würde ein Mensch dieses Gift nicht rausschmecken können?»

«Natürlich ist das Gift mit Bitterstoffen versetzt. Ist alles von der EU geregelt.»

«Und wie wirkt es bei Menschen?»

«Das kann ich Ihnen nicht sagen. Damit habe ich absolut keine Erfahrung.» Seibold lacht kurz auf. «Und selbst wenn, würde ich es Ihnen natürlich nicht verraten.»

«Klar.» Ludwig hat den Blick fest aufs Hafenbecken gerichtet.

«Wo haben Sie in den letzten Wochen Rattengiftfallen aufgestellt? Sie haben geschrieben, es herrsche derzeit eine regelrechte Rattenplage, da müssen Sie doch ordentlich beschäftigt gewesen sein.»

Seibold zögert. «Das möchte ich lieber nicht sagen. Ich glaube kaum, dass meine Kunden namentlich bei Facebook genannt werden möchten. Das müssen Sie verstehen.»

«Aber das interessiert mich doch nur persönlich. Das würde ich nie schreiben.»

«Datenschutz ist Datenschutz. Und heutzutage nehmen es damit alle sehr genau, Herr Twenge. Und nun: Entschuldigen Sie mich bitte, ich habe gleich noch einen Kundentermin. Auf Wiederhören.» Damit beendet er das Telefonat.

Nachdenklich bleibt Ludwig sitzen. Wenn Bitterstoffe im Rattengift sind, warum haben die beiden Opfer das Zeug getrunken? Vielleicht wurden sie dazu gezwungen. Vielleicht mit vorgehaltener Pistole. Sofort schnappt er sich sein Tablet und beginnt zu tippen.

Bevor sie nach Neuharlingersiel gefahren sind, haben Rudi und Schnepel die leere Weinflasche, die Frau Wulff tatsächlich noch in ihrer Altglasbox hatte, bei der KTU abgegeben. Rudi rechnet nicht wirklich damit, dass auch dort Gift nachgewiesen wird. Seiner Ansicht nach müsste ein Arzt einen durch Gift verursachten Herzinfarkt erkennen können. Aber er ist ja kein Fachmann, und besser ist es, wenn auch diese Flasche gründlich untersucht wird. Nicht, dass sie am Ende noch irgendetwas übersehen.

«Falls auch diese Buddel Gift enthalten sollte, weißt du, was das bedeutet?» Schnepel schiebt seine Brille auf dem Nasenrücken hoch. «Dann haben wir es mit einem Serienmörder zu tun – oder einer Serienmörderin.»

«Mal den Teufel nicht an die Wand!» Rudi mag gar nicht daran denken.

Tamara Scanhagen ist nicht begeistert, als Rudi und Schnepel kurz darauf schon wieder in ihrem Büro stehen.

«Sagen Sie, haben Sie nichts anderes zu tun, als rechtschaffene Menschen von der Arbeit abzuhalten? Es herrscht Hochsaison, ein Kollege ist ausgefallen und die ganze Arbeit bleibt an mir hängen. Ich habe keine Zeit für Ihre Spielchen.»

«Ein Kollege ist ausgefallen?» Schnepel legt die Stirn in Falten. «Sommergrippe?»

Tamara Scanhagen verdreht die Augen. «Ich meine Uli. Wen wohl sonst?»

«Aahhh!» Schnepel reckt den Hals. «Ausgefallen nennen Sie das? Ich nenne es: ermordet. Und wenn Sie …» Er deutet mit seinem Zeigefinger auf Tamara, «gleich offen und ehrlich gewesen wären, statt immer nur das zuzugeben, was wir bereits wissen, dann wäre der Fall wahrscheinlich schon längst abgeschlossen.»

«Was soll ich denn jetzt wieder gemacht haben?» Tamara Scanhagen klingt gelangweilt.

«Sie haben uns verschwiegen, dass Sie Jagdschülerin sind und der Truppe von Herrn Hoffmeister angehören.»

«Ja, und? Walter ist mittlerweile mein Jagdausbilder. Bei Ewald Wulff hat es ja nicht geklappt. Aber was hat das mit Ulis Tod zu tun?»

«Hören Sie auf, uns zu verscheißern», braust Schnepel auf.

«Sie kannten beide Männer und haben gedacht, Sie stellen einfach eine Kiste mit vergiftetem Wein vor die Jagdhütte. Der Rest wird sich schon finden.»

«Sagen Sie mal, haben Sie sie noch alle?» Tamara Scanhagen dreht den Kopf zu Rudi. «Der hat sie doch nicht mehr alle!»

«Das ist Beamtenbeleidigung!», brüllt Schnepel. «Geben Sie zu: Um schon im Vorfeld von Ihrem eigentlichen Plan abzulenken, Johannsen aus Konkurrenzneid zu töten, haben Sie billigend den Tod unschuldiger Menschen in Kauf genommen und es so eingerichtet, dass sich der Verdacht auf eine Person aus dem Jagdumfeld richtet!»

«Warum sollte ich so dämlich sein?» Auch Tamara Scanhagen wird lauter.

«Weil Sie seinen Job haben wollen. In der Presse haben Sie alles ja schon so hingedreht, dass Sie als Marketing-Managerin dastehen. Obendrein wollte er Sie wegen sexueller Belästigung anzeigen! Dann wären Sie geliefert gewesen. Aber darüber haben wir ja schon gesprochen. Insgesamt ergibt sich – auch durch die neuesten Infos – eine sehr runde und breit gefächerte Motivlage!»

Tamara Scanhagen lacht kalt. «Man muss als Frau eben sehen, wo man bleibt, vor allem, weil ohnehin viel zu viele Männer an den Schaltstellen sitzen. Da muss man schon selbst dafür sorgen, dass man sich in die richtige Position bringt. Und das, und nur das habe ich in den Interviews getan.» Langsam steht sie auf. «Ich denke, Sie verlassen jetzt auf der Stelle mein Büro», sagt sie scharf. «Derartige Unterstellungen muss ich mir nicht bieten lassen. Falls Sie noch einmal mit mir reden wollen, kündigen Sie das vorher an, ich werde künftig nur noch in Gegenwart eines Anwalts mit Ihnen sprechen.»

In diesem Moment ertönt die Fanfare von Rudis Handy. Prompt läuft er rot an. «'tschuldigung. Ich hab vergessen, es auf lautlos zu stellen.» Schnell nimmt er das Gespräch an und verlässt den Raum. «Mensch, Ludwig, ich bin mitten im Verhör. Wegen des Giftmords an dem Johannsen. Können wir nicht später ...»

«Genau darum geht's doch», fällt Ludwig ihm ins Wort. «Ich habe gerade ein längeres Telefonat mit einem Schädlingsbekämpfer gehabt. Das dürfte dich interessieren.»

Henner steigt vom Rad und sucht die Post für Hoyko heraus.

«Moin, Henner.»

«Moin!» Henner reicht ihm ein Heft über den Zaun. Das Titelblatt zeigt eine Biene auf einer sattgelben Löwenzahnblüte, die Blütennektar saugt. «Hab heute das BienenJournal für dich. Aber, sach mal, wo ich dich grade sehe ... diese verrückte Idee von Muddern und Vaddern, kannst du denen das nicht ausreden?»

«Ausreden?»

«Na, den Quatsch mit dieser Pension. Das macht doch viel zu viel Arbeit. Die beiden sind schließlich nicht mehr die Jüngsten.» Außerdem gefällt ihm die Idee nicht, dass er eine Pension übernehmen soll. Er und eine Pension! Das geht ja gar nicht!

«Das mit der Arbeit kann man so nicht sagen. Sind die Zimmer erst eingerichtet, fällt nur noch das Frühstückmachen für deine Mutter an. Die anderen Arbeiten übernehmen Clara und Bärbel. Und ich.»

«Du?»

«Ich bin für Werbung und Buchhaltung zuständig. Dadurch kann ich den beiden endlich was zurückgeben, wo sie sich all die Jahre um Rudi gekümmert haben, als ich gar nichts von seiner Existenz gewusst habe.»

«Hmm.»

«Und hinten bei euch im Bauerngarten stellen wir Bienenstöcke auf, wenn ich erst richtig fit in dem Thema bin. Du wirst sehen, das wird eine tolle Sache.»

Wieder brummt Henner nur «Hmm» und greift nach seinem Lenker. «Ich muss dann mal.»

«Gehst du heute Abend zum Yoga?», fragt Hoyko.

«Jo. Wie jeden Donnerstag. Die Young Yoga Boys Neuharlingersiel sind gesetzt. Mir tut das sehr gut. Ist auch nicht so anstrengend wie Joggen. Vaddern kommt auch. Rudi sowieso.»

«Ab jetzt bin ich ebenfalls fest dabei.»

Henner will schon anfahren, stoppt jedoch und stützt sich mit dem linken Bein ab. «Fest dabei?»

«Jo. Maya hat mich beim Bienenkurs überzeugt, dass Yoga genau die richtige Sportart für mich ist, um mich geschmeidig zu halten.»

«Na denn», murmelt Henner und tritt in die Pedale.

«Und diese Biene, die ich meine, die heißt Maja», schmettert Hoyko hinten im Garten.

Langsam weiß Henner gar nicht mehr, was er denken soll. Früher, allein mit Rudi, ist alles einfacher gewesen. Vor allem vorhersehbarer.

«'tschuldigung», sagt Rudi zu Schnepel, als der aus dem Büro der Scanhagen kommt. «Das war Ludwig Twenge. Er hat wegen des Rattengifts mit einem Kammerjäger telefoniert.»

«Vergiss das Gift», winkt Schnepel ab. «Lass uns lieber der Talmann auf den Zahn fühlen. Mir scheint, die Frauen um Johannsen sind alle nicht ganz so unschuldig, wie sie vorgeben.»

Damit hat er allerdings recht, findet Rudi, da scheint jede was zu verheimlichen. Trotzdem ruft Rudi schnell bei Jürgen Seibold an und vereinbart mit ihm einen Termin nach der Mittagspause, wo er nun schon seine Telefonnummer hat.

«Moin, wir haben noch ein paar Fragen an Sie», sagt Schnepel zur Begrüßung, als sie an den Schreibtisch von Veronika Talmann treten. «Es geht um Holger Hoffmeister.»

Überrascht blickt sie auf. «Und worum genau?»

Sie steht auf und schließt die Tür. Interessant. Sie will wohl keine Mithörer.

«Warum haben Sie uns Ihre Anrufe bei Herrn Hoffmeister verschwiegen?», eröffnet Schnepel die Befragung.

Einen Moment lang wirkt Veronika Talmann verunsichert. «Ich, ähm ... nee, verschwiegen habe ich nichts. Sie haben einfach nicht danach gefragt.» Schon hat sie sich wieder gefangen, wie Rudi an ihrer aufrechten Sitzhaltung merkt. «Wir kennen ... kannten uns schon lange. Wir haben ab und zu miteinander telefoniert.»

«Abends um halb elf?», fragt Rudi.

Sofort wird sie wachsam. «Ja, auch abends um halb elf.»

«Und am nächsten Tag wieder. Und auch so spät abends.»

Veronika Talmann beißt sich auf die Unterlippe, sagt aber nichts.

«Wussten Sie übrigens, dass Ihr Vorname das Passwort für seinen Laptop ist?»

«Immer noch?»

«Ich denke, es ist an der Zeit, dass Sie uns sagen, in was für einem Verhältnis Sie zu Herrn Hoffmeister standen», sagt Rudi.

«Na ja, wir waren mal zusammen», sagt sie und beißt sich erneut auf die Unterlippe. «Bis vor einem Jahr.»

«Wie lange?», fragt Schnepel.

«Knapp fünf Jahre.»

«Wer hat sich von wem getrennt?»

«Ach, wissen Sie ...»

«Wer hat sich von wem getrennt?» Schnepel schießt die Frage heraus, als hätte er eine Pistole in der Hand.

«Holger hat Schluss gemacht», kommt es leise von Veronika.

«Warum?»

Sie atmet tief ein. «Er hat mir vorgeworfen, ich sei zu besitzergreifend.»

«Und dennoch hatten Sie weiterhin Kontakt zueinander?», will Schnepel wissen.

«Nein. Zunächst nicht. Holger meinte, das sei für mich das Beste, damit ich mich nicht in falschen Hoffnungen wiege und ein neues Leben beginnen kann.»

«Aber Sie haben sich nicht daran gehalten?»

«Doch.»

«Warum dann vor kurzem diese nächtlichen Anrufe?»

«Mir ist eingefallen, dass ich vor anderthalb Jahren bei unserem Trip nach New York Geld für ihn ausgelegt hab. Das wollte ich wiederhaben.»

«Und wie hat er reagiert?», fragt Rudi.

«Er hat gesagt, ich soll ihn in Ruhe lassen.»

«Er wollte nicht zahlen?» Das kann Rudi sich von dem Holger, den er kennt, gar nicht vorstellen.

«Genau.» Veronika Talmann schlägt die Augen nieder.

Als Rosa nach Hause fährt, geht ihr das Gespräch mit Walter immer wieder durch den Kopf. Mit dem toten Hund hörte die letzte Jagdsaison auf, hat er gesagt. Aber das ist ja schon ein paar Monate her und kann nie und nimmer der Dreh- und Angelpunkt für die beiden Morde sein. Wegen eines Hundes bringt man doch keinen Menschen um. Sie selbst hängt ja auch an ihrem Beo, und wenn dem jemand etwas antun würde, das wäre nicht auszudenken. Aber wegen Pepe zu morden? Nie! Das wäre ja geradezu absurd.

Trotzdem lässt der Gedanke Rosa nicht los. Kurzentschlossen ruft sie Rudi an. Besser, sie erzählt ihm davon. Wer weiß, wozu diese Information gut ist. Mörder denken ja nicht in normalen Verhaltensmustern. So viel hat sie durch die letzten Ermittlungen gelernt.

Nach dem fünften Klingeln geht Rudi ran.

«Rudi, ich bin auf eine heiße Sache gestoßen. Johannsen, Holger und sogar Wulff gehörten zu derselben Jagdgemeinschaft.»

«Weiß ich doch.»

«Und weißt du auch, dass Wulff letztes Jahr bei der Treibjagd einen Hund erschossen hat?»

«Na und?»

«Vielleicht ist das ja das Mordmotiv.»

«Das glaubst du doch wohl selbst nicht.»

«Ich bitte dich! Man sollte nie etwas ausschließen. Mörder ticken anders.»

«Du guckst zu viele Krimis.»

«Rudi, du musst herausfinden, wem der Hund gehört hat.»

«Du weißt nicht mal, wer der Besitzer des Hundes gewesen ist?» Empörung schwingt in seiner Stimme mit.

«Walter hat das nicht weiterverfolgt. Er war direkt danach zur Kur. Es muss sich doch feststellen lassen, wessen Hund das war. Vielleicht hat es eine Anzeige gegeben. Also kümmere dich bitte darum.»

«Rosa, lass gut sein. Ich hab jede Menge um die Ohren. Du hast keine Ahnung, was hier los ist. Da hab ich für einen toten Köter keine Zeit. Ich muss mich um das Rattengift kümmern.»

Rudi steckt das Handy ein und wendet sich der Portion Kibbelinge mit Remoulade zu, die er sich gerade am Hafenimbiss gekauft hat. Dazu eine eiskalte Cola, und die späte Mittagspause ist perfekt. Auch Schnepel hat Kibbelinge vor sich stehen, trinkt allerdings eine Fanta dazu.

«Das war Rosa. Sie sagt, Ewald Wulff hat letztes Jahr bei der Jagd einen Hund erschossen. Sie meint, das könnte vielleicht das Motiv für die Morde sein.»

«So ein Unsinn!» Schnepel spießt ein Stück Backfisch auf und steckt es sich in den Mund. «Verflucht, ist das heiß», schimpft er und rollt dabei das Stück Fisch im Mund hin und her. Scheint nicht zu helfen.

Rudi pustet sicherheitshalber auf sein Stück und tunkt es großzügig in die Remoulade, bevor er es isst. «Ja, das denke ich auch. Überhaupt: Warum sollte der Hundehalter einfach so Gift in den Wein geben, ohne zu wissen, wer ihn trinkt. Zumal die Jagdhütte Hoffmeister gehört. Ich bin eher darauf gespannt, was der Kammerjäger uns gleich erzählen wird.»

«Versprich dir nicht zu viel davon», sagt Schnepel mit vollem Mund.

Das Büro des Kammerjägers befindet sich in Wittmund. Gar nicht weit vom Polizeikommissariat entfernt.

Jürgen Seibold führt sie in sein Büro, an dessen Wänden großformatige Fotografien hängen. Zum Glück keine Bilder von Ratten und Flöhen, sondern von blühenden Wiesen und sattgrünen Bäumen.

Schnepel kommt mal wieder sofort zur Sache. «Herrn Twenge haben Sie gesagt, dass Sie Rattengift mit stärkeren Dosierungen nutzen.»

Der Schädlingsbekämpfer nickt. «Das ist korrekt. Obwohl ich natürlich zunächst das leichtere Mittel ausprobiere, das es handelsüblich in kleinen Tütchen gibt und das rosa oder blau gefärbt ist. Leider sind jedoch bereits viele Ratten resistent gegen dieses Gift und so bleibt mir manchmal keine andere Wahl, als ein Mittel zu verwenden, das aus China kommt. Es ist hochdosiert und sehr effektiv.»

«Und mit diesem Gift könnte man auch Menschen töten?», fragt Rudi.

«Das könnten Sie mit dem anderen auch, nur würde das keiner freiwillig trinken. Wegen der Bitterstoffe.» Seibold verschränkt seine Finger ineinander. «Es gibt allerdings in

China auch hochdosiertes Rattengift ohne Bitterstoffe. Da kommt man aber nicht so einfach ran.»

«Aber theoretisch kann man es sich besorgen.» Rudis Herz klopft schneller. Vielleicht kommen sie endlich weiter.

«Nichts ist unmöglich. Vor allem seit es das Internet gibt. Ich habe allerdings noch Restbestände von früher.»

«Interessant. Und wo bewahren Sie das Gift auf?», fragt Schnepel mit lauerndem Unterton in der Stimme.

«Sehr sicher.» Seibold schmunzelt. «In meinem Giftschrank. Da kann keiner ohne Schlüssel ran und der befindet sich an meinem Schlüsselbund. Ich bin schließlich Profi.»

«Nun denn. Mein Kollege hat Sie ja am Telefon bereits gebeten, uns eine Liste der Kunden zu machen, bei denen Sie in der letzten Zeit Rattengift ausgelegt haben. Haben Sie die fertig?»

«Ja.» Seibold greift zu einem Blatt Papier und reicht es Schnepel.

Der wirft einen Blick darauf. «Ach nee», sagt er und klingt zufrieden. «Sie waren auch bei Veronika Talmann?»

«Ja», sagt Seibold gedehnt. «Ihre neuen Nachbarn benutzen keine braune Tonne, sondern haben einen Komposthaufen angelegt. Bloß werfen sie da auch Lebensmittelreste drauf, die Ratten anlocken. Meine Schwester hat sie schon des Öfteren darauf angesprochen, doch sie reagieren nicht. Darum musste ich in ihrem Garten Giftköder auslegen.»

«Veronika Talmann ist Ihre Schwester?», fragt Schnepel verblüfft.

«Meine Halbschwester. Wir haben dieselbe Mutter, aber verschiedene Väter. Und deshalb auch unterschiedliche Namen.»

Ach, was gibt es Schöneres als einen DVD-Abend mit den Mädels? Und es tut Rosa gut, einmal nicht an Holger zu denken. Rosa hat den Film schon mehrmals gesehen, aber sie liebt Margaret Rutherford als Miss Marple und hält wieder einmal den Atem an, als die Hobbydetektivin dem Mörder ihre Falle stellt. Vor allem, weil diese Falle für Miss Marple selbst gefährlich ist. Das ist fast wie bei Rosa im richtigen Leben. Auch sie ist auf der Suche nach dem einen oder anderen Verbrecher schon in Gefahr geraten. Voller Grausen denkt sie daran, wie sie einmal in einer Tiefkühltruhe gefangen und ein anderes Mal gefesselt in einem dunklen Keller gelegen hat. Bei dem Gedanken läuft es ihr kalt den Rücken runter und sie ist froh, auf dem weichen Sofa zu sitzen, neben Gisela und Gudrun. Aber nicht nur die beiden sind da. Der gesamte Häkelbüdel-Club verfolgt gebannt Miss Marples Mörderjagd auf Hildegards neuem Flachbildfernseher. Man muss sich ja auch mal was gönnen, hat sie gesagt, als sie sich das Ungetüm selbst zu Weihnachten geschenkt und Henner es für sie an der Wand angebracht hat.

«Haste Töne», sagt Sigrid, als der Abspann zu *Mörder ahoi!* läuft. «Strychnin im Schnupftabak. Da muss man erst mal draufkommen.» Sigrid greift zum Teller mit Adelheids Krabbendillcreme- und Schnittlauchschnittchen.

«Strychnin wurde früher übrigens auch als Rattengift genutzt», weiß Gudrun zu berichten.

Rosa bemerkt die vorsichtigen Seitenblicke sehr wohl, die die anderen ihr zuwerfen. Auf das Stichwort Rattengift reagieren im Moment alle sehr sensibel. Sie versucht deshalb das Thema sachlich zu betrachten. «Agatha Christie hat meistens mit Gift in ihren Krimis gemordet. Damit kannte sie sich aus.»

«Warum eigentlich?», will Gisela wissen.

«Während des Ersten Weltkrieges hat sie als junge Frau im Feldlazarett und in einer Krankenhausapotheke gearbeitet, hab ich mal gelesen», erklärt Rosa. «Da hat sie sich fein säuberliche Tabellen über die verschiedenen Gifte angelegt.»

«Echt? Was die Leute so für Hobbys haben. Da kann man sich nur wundern.» Tante Hildegard nimmt sich nun auch ein Schnittchen mit Krabbendillcreme und beißt ab. «Schmeckt lecker!»

Für einen Moment ist es still im Raum. Rosas Gedanken wandern zu ihrem Gespräch mit Walter über die tragische Jagdsaison und den toten Hund.

«Was ist denn?», fragt Clara und legt Rosa behutsam ihre Hand auf den Arm. «War wohl doch keine so gute Idee mit diesem Film.»

«Nein, das ist es nicht», wehrt Rosa ab. «Ich hab nur daran gedacht, was Holgers Vater mir heute Nachmittag erzählt hat. Irgendwie lässt mir das keine Ruhe. Aber Rudi meint, es wäre Blödsinn, nach dem Hund und dessen Besitzer zu suchen. Außerdem hätte er auch gar keine Zeit dazu.»

«Um was geht es denn?», will Gudrun wissen und greift sich ein Schnittchen.

«Im letzten Jahr wurde bei der Jagd ein streunender Hund erschossen, hat Walter erzählt.»

«Stimmt», sagt Gudrun mit vollem Mund. «Ich erinnere mich. Unser alter Lehrer kannte echt kein Pardon, wenn Leute gegen das Jagdrecht verstoßen haben. Der Wulff hat sogar schon mal Anzeige erstattet, weil Pilzsucher abseits der Wege gegangen sind.»

«Ja, das war ein echter Pingel», unterstreicht Sigrid. «Andererseits müssen sich bei einer Treibjagd nun mal alle an die

Regeln halten. Da dürfen keine Spaziergänger im Wald rumlaufen, genauso wenig wie Hunde. Ist viel zu gefährlich.»

«Tja, das sind eben die entscheidenden kurzen Momente, die das Schicksal ausmachen. Hätte Ewald Wulff ein wenig gewartet, wäre Hasso noch am Leben», sagt Gisela. «Der war doch schon fast wieder raus aus dem Wald, außerdem rannte der jeden Tag da rum. Ein unglücklicher Zufall, dass Wulff ihn dort gesehen hat. Ich glaub ja, das hat der extra gemacht. Aus Prinzipienreiterei.»

Überrascht sieht Rosa Gisela an. «Du kennst den Hund?»

«Kannte», verbessert Gisela und angelt sich das letzte Schnittchen vom Teller. «War ein ganz lieber.»

«Und wem gehörte er?»

«Der Waltraud vom Bienen-Hof. Mit der bin ich früher zur Schule gegangen.»

«Ach herrje. Die Bienenzüchterin.» Das ist ja ein Zufall, von der hat Rosa in letzter Zeit öfter gehört. Hoyko schwärmt regelrecht vom Bienenkurs. «Wie ist sie denn mit dem Abschuss klargekommen? Manche Leute schaffen sich ja ganz schnell wieder einen Hund an, nachdem ihr alter gestorben ist.»

Gisela zuckt mit den Schultern. «Keine Ahnung. Sie hat so viel mit ihren Bienen zu tun, da wird sie ihn kaum vermissen. Von einem neuen Hund hab ich jedenfalls nichts gehört.»

FREITAG

Pünktlich um acht Uhr stellt Rudi die DKW auf dem Parkplatz in Wittmund ab. Eigentlich müsste er Bernie in der Polizeistation in Esens dringend unterstützen. Aber, was soll man machen, wenn es einen Mordfall zu lösen gilt?

Dynamisch läuft er die Treppen in den ersten Stock hinauf. Haueisens Bürotür steht offen. «Moin», grüßt Rudi zackig.

«Mistwecker», hört er im gleichen Moment Schnepels Stimme hinter sich. «Hat heute Nacht den Geist aufgegeben. Die Batterien sind wohl leer.» Er wischt sich mit der rechten Hand über die Stirn.

Rudi schmunzelt.

«Gut, dann können wir ja beginnen», sagt Haueisen. «Wir haben das Ergebnis der Untersuchung von der Wulff-Flasche. Kröver hat auch da Giftrückstände gefunden.»

«Ach du Scheibenkleister», entfährt es Rudi. «Also drei Morde?»

«Davon müssen wir ausgehen, selbst wenn wir das nicht mehr nachweisen können, weil Herr Wulff eingeäschert wurde. Und deshalb müssen wir jetzt dringend Ermittlungserfolge vorweisen, bevor sich die Presse auf uns einschießt. Also: Was hat das Gespräch mit dem Schädlingsbekämpfer gestern ergeben?»

«Es gibt tatsächlich geschmacksneutrales und hochdosiertes Rattengift», legt Schnepel sofort los. «Man kann das wohl in China bestellen. Ich hege allerdings den Verdacht, dass dessen Beschaffung nicht so ganz legal ist.»

«Er hat nicht davon gesprochen, dass er es sich dort beschafft hat, sondern davon, dass er noch über Restbestände dieses Gifts verfügt. Das wollen wir mal festhalten», sagt Rudi. «Seibold hat uns die Liste der Kunden gegeben, bei denen er in jüngster Zeit Giftköder ausgelegt hat. Interessant ist ...»

«Tatsächlich steht Veronika Talmann auf der Liste. Und nicht nur das ...», unterbricht ihn Schnepel und hebt die Stimme, «Frau Talmann ist Seibolds Schwester!»

«Halbschwester», korrigiert Rudi.

«Ist doch wurscht», entgegnet Schnepel schroff. «Wenn sie die Schwester ist, hat sie sicher Zugang zu seinem Haus. Oder, um es anders zu formulieren: Wenn sie ihn besucht, wird er ihr gegenüber keinen Argwohn hegen. Wenn er dann also mal aufs Klo muss oder in der Küche was macht oder so, kann sie sich seinen Schlüssel schnappen und das Gift aus dem Schrank holen.»

Genau darüber haben Rudi und Schnepel gesprochen, nachdem sie gestern Seibolds Büro verlassen hatten. Also vor allem Schnepel hat gesprochen. Er ist ja der Weltmeister im Aufstellen neuer Theorien.

Haueisen nickt Schnepel und ihm anerkennend zu. «Das ist ja eine spannende Wendung.»

«Die Talmann müsste allerdings schon ziemlich ausgekocht sein, um solch eine Aktion blitzschnell zu erledigen», wendet Rudi ein. «Und ob die wirklich so ausgebufft ist?» Darüber hat er gestern nach dem Yoga nachgedacht, als er mit seinem Schlummertrunk, einem ayurvedischen Glückstee, noch kurz bei den Hühnern war.

«Vielleicht hat sie seine Blumen gegossen, als er im Urlaub war», sagt Haueisen. «Und überhaupt ist ja noch nicht heraus, ob das Gift identisch ist. Ich werde gleich mal Kröver anrufen, damit der samt Team den Giftschrank auf Fingerabdrücke überprüft. Ich gehe davon aus, dass Sie eine Probe mitgebracht haben?» Bei dieser Frage heben sich Haueisens Augenbrauen.

Schiete. Klar, das hätten sie machen müssen. Verschämt senken sowohl Rudi als auch Schnepel den Kopf, aber Rudi kommt der rettende Gedanke: «Ist ja hochdosiertes Gift, Chef. Und dann noch ohne Bitterstoffe. Das wollten wir nicht leichtfertig in unseren Wohnungen lagern. Nicht, dass man uns noch Fahrlässigkeit vorwirft.»

«Okay», sagt Haueisen mit einem schmalen Lächeln, und Rudi sieht ihm an, dass er ihm die Ausrede nicht glaubt. «Bakker, Sie begleiten das Team der KTU und sprechen mit Herrn Seibold über seine Halbschwester.»

«Und ich?», fragt Schnepel empört.

«Sie übernehmen den ganzen Schriftkram. Protokoll und so weiter. Sie wissen schon. Muss ja auch einer erledigen.»

Der Sommer zeigt in diesem Jahr wirklich, was er kann. Auch heute strahlt die Sonne bereits am frühen Morgen vom Himmel. Am liebsten würde Rosa draußen auf der Bank vorm Haus frühstücken, aber dafür reicht die Zeit nicht. Also trinkt sie ihren Smoothie in der Küche und bereitet ihre Schultasche vor. Sie packt den Stapel Hefte hinein, den sie gestern durchgesehen hat.

«Halt die Klappe!», ruft Pepe.

«Selber, du Schlawiner», gibt sie zurück und schneidet ihm eine Spalte Apfel ab. «Na, möchtest du raus?»

«Halt die Klappe!»

Trotzdem öffnet Rosa die Käfigtür. Sofort klettert Pepe heraus und dreht drei Runden im Zimmer. Schließlich landet er auf der Gardinenstange und gibt ein paar kreischende Laute von sich. Irgendwie liebt sie diesen frechen Vogel. Das kann sie nicht anders sagen. Tierliebe. Das ist ja so eine Sache. Aber als Mordmotiv kommt es wohl eher nicht in Frage. Da hat Rudi recht. Trotzdem hätte er sie nicht so am Telefon abwimmeln sollen. Und was für ein Zufall, dass Gisela die Besitzerin des Hundes kennt. Ob sie Rudi das sagen soll? Nein. Eher nicht. Der hat ja gestern schon signalisiert, dass er den toten Hund für Zeitverschwendung hält. Schade eigentlich. Dabei wüsste sie schon gerne mehr über die Ermittlungen. Vor allem, weil die von der Kripo in Wittmund auch mal das eine oder andere übersehen.

Rosa streckt ihrem Beo eine weitere Apfelspalte entgegen. «Hier.»

Prompt landet Pepe auf ihrer Hand und knabbert an dem Apfelstück. Ohne zu murren lässt er sich danach zurück auf die Stange in seinem Käfig bugsieren. Das hat ja heute erstaunlich gut geklappt! Manchmal gelingt es nicht und sie muss zur Schule fahren, obwohl er noch frei durchs Zimmer flattert. Seine Hinterlassenschaften findet sie dann überall verteilt.

Sie schnappt sich die Schultasche und verlässt die Wohnung. Henner scheint bereits unterwegs zu sein, sein Postfahrrad steht nicht an seinem Platz. Sie steigt in ihr Auto und fährt das Faltdach zurück. Über ihr summt es. Eine Biene?

Oder eine Wespe. Auf jeden Fall ist es keine Hummel. Da kommt ihr ein Gedanke.

«Mann, sind die Posttaschen heute schwer», flucht Henner vor sich hin und tritt in die Pedale. Als er in Richtung der Versicherung fährt, steht ihm der Schweiß auf der Stirn. Nicht nur wegen der Hitze. Er muss dringend an seiner Kondition arbeiten. Immerhin, seit er regelmäßig bei den Young Yoga Boys mitmacht, ist er viel beweglicher und fitter geworden. Den Baum kriegt er jetzt schon richtig gut hin. Dabei ist es gar nicht so leicht, auf einem Bein zu stehen, das andere im rechten Winkel an das Standbein zu setzen, gleichzeitig die Arme in die Luft zu strecken und die Hände über dem Kopf wie beim Gebet zusammenzulegen. Und dabei soll man noch die Körperspannung halten und entspannt lächeln. Aber es klappt bei ihm immer besser. Im Unterschied zu Rudis Vater. Der hat gestern Abend bei der Übung vielleicht gewackelt. Henner hat direkt Angst gehabt, dass Hoyko umkippt. Maya wohl auch. Die hat ihn erst ein wenig gestützt und ihm dann gesagt, dass er sich mit der Schulter an die Wand lehnen soll. Ob Hoyko etwa extra so wackelt, damit Maya ihn stützt? Zuzutrauen wäre es ihm.

Henner hat sein Ziel erreicht. Er nimmt den Stapel Post für die Versicherung heraus, öffnet die Tür und geht auf den Rezeptionstresen zu, hinter dem Dörte sitzt. Heute in Blau geringelt mit passendem Tuch um den Hals.

«Moin, Henner!»

«Moin!» Er reicht ihr die Post.

Dörte beugt sich zu ihm vor. «Wir haben gestern einen Filmabend mit dem Häkelbüdel-Club gemacht, um Rosa auf andere Gedanken zu bringen.»

«Das ist ja nett von euch.»

«Hat auch prima geklappt. Als wir nach Hause gegangen sind, war Rosa ganz gut drauf.»

«Echt?»

«Ja, so ein Mädelsabend wirkt manchmal Wunder.» Dörte grinst Henner breit an. «Kannst du mir glauben.»

«Na, denn.» Henner verabschiedet sich und verlässt die Versicherung. Ist ja schön, wenn es Rosa besser geht. Ablenkung tut sowieso immer gut. Deshalb hat er Rosa und Rudi heute Abend zum Essen eingeladen. Am besten, er hält gleich mal bei der Fischereigenossenschaft und guckt, was sie so im Angebot haben.

Jürgen Seibold macht große Augen, als Rudi mit Kröver und den Kollegen der KTU vor der Tür steht. «Tut mir leid, dass wir Sie einfach so überfallen», sagt er, «aber meine Kollegen müssen Ihren Giftschrank auf Fingerabdrücke überprüfen. Außerdem benötigen wir eine Probe der Chemikalie.»

«Warum?»

Kröver schiebt sich vor Rudi. «Weil wir erstens feststellen wollen, ob es sich bei dem Gift in den Weinflaschen um dasselbe handelt, das Sie benutzen, und weil wir zweitens überprüfen müssen, wessen Fingerabdrücke an diesem Schrank sind. Ihre Abdrücke benötigen wir natürlich als Vergleichsabdrücke. Wer hat denn Zugang zum Schrank?»

«Ich», antwortet Seibold einsilbig.

«Nur Sie? Was ist mit Ihrer Frau? Der Putzfrau?»

«Ich bin unverheiratet und ein Ein-Mann-Betrieb, Putzen und Kochen erledige ich selbst. Allerdings kommt meine Schwester häufig vorbei. Wir sind im Moment beide alleinstehend.»

«Also: Dürfen wir?»

«Nur zu. Ich habe nichts zu verbergen.» Seibold tritt beiseite und weist den Kriminaltechnikern den Weg.

«Lassen Sie uns so lange woanders hingehen», meint Rudi, «wir stören dabei nur.»

«Kommen Sie, ich habe Kaffee fertig. Wollte gerade eine Pause machen.»

Rudi folgt Seibold in die Küche. Mit einem Becher Kaffee in der Hand sitzen sie kurz darauf am Tisch. An der Wand hängt ein Holzregal, darauf stehen überwiegend Fotos, die Seibold mit Veronika zeigen. Rudi deutet darauf. «Sie haben ein enges Verhältnis zu Ihrer Schwester?»

«Ja. Unsere Mutter hatte kein Glück bei der Wahl ihrer Männer, beide waren echte Arschlöcher. Mein Vater hat gesoffen und gespielt. Sie hat ihn verlassen, als er wegen mehrfachem Einbruchdiebstahl in den Knast musste. Mit Harald hat sie gedacht, den Richtigen gefunden zu haben, doch Harald war nicht nur notorischer Fremdgänger, sondern auch Alkoholiker. Im Suff hat er meine Mutter geschlagen. Ich hab versucht, sie zu beschützen, aber was kann ein Zwölfjähriger schon gegen einen betrunkenen Erwachsenen ausrichten? Einmal hat er mich so mit Schwung gegen die Kommode im Flur geschleudert, dass ich eine Gehirnerschütterung hatte und ins Krankenhaus musste. Danach hat unsere Mutter sich von Harald getrennt. War nicht einfach für sie, uns zwei allein durchzubringen, aber sie hat es geschafft. Hat immer hart gearbeitet.» Seibold dreht sich um und nimmt ein älteres Foto vom Regal, das die Geschwister mit ihrer Mutter zeigt.

«Ihre Schwester war fünf Jahre mit Holger Hoffmeister zusammen, war er für sie auch der falsche Mann?» Rudi nutzt die Gelegenheit, ein wenig ins Persönliche zu kommen.

«Ich denke schon, sonst hätte er sie ja nicht verlassen. Sie glaubt bis heute, dass er der Richtige war, und hat die Trennung noch immer nicht verwunden.» Seibold fährt sich mit der rechten Hand über die Haare. «Holger hat ihre Fürsorge und Liebe als einengend empfunden. Hat ihr vorgeworfen, sie sei zu eifersüchtig. Dabei kannte er unsere Vorgeschichte, er wusste, dass Harald, also Veros Vater, ständig fremdgegangen ist.» Seibold steht auf. «Noch 'nen Kaffee?»

Rudi schüttelt den Kopf. «Danke, nein.»

«Wir zwei sind sicher nicht ganz einfach zu nehmen.» Seibold gießt sich nach. «Vielleicht kann nur jemand Leute wie Vero und mich verstehen, der ähnliche Erfahrungen gemacht hat wie wir.»

«Wie war denn die Beziehung Ihrer Schwester zu Ulfert Johannsen?», fragt Rudi.

«Gut. Im Prinzip. Zwar hat sie sich manchmal über ihn geärgert, aber das ist schließlich mit Vorgesetzten normal.»

«War sie auf ihn wütend? Uns ist zu Ohren gekommen, dass Herr Johannsen seine Kolleginnen sexuell belästigt haben soll.» Stimmt zwar nicht so ganz, aber ein bisschen übertreiben hat noch nie geschadet. Das zumindest hat ja Tamara Scanhagen behauptet, obwohl Veronika Talmann vom Gegenteil sprach.

«Nein. Wenn, dann war sie höchstens sauer auf Tamara. Die hat das Gerücht von der sexuellen Belästigung erst in die Welt gesetzt. Aus purer Berechnung. Nichts anderes war das. Vero hält Tamara für ein ausgekochtes Luder.»

In diesem Moment steckt Kröver den Kopf in die Tür. «Wir sind so weit fertig.» Er tritt in die Küche und deutet auf Seibold. «Nur schnell noch Ihre Fingerabdrücke zum Abgleich und die Giftprobe, dann sind wir weg.»

Rosa fährt mit offenem Faltdach vom Parkplatz. Der Himmel ist blau, dazu eine leichte Brise, in der sich das reife Getreide sanft hin und her wiegt. Herrlichstes Nordseeküsten-Sommerwetter! Und das Wochenende liegt vor der Tür. Sofort knickt ihre Laune ein. Noch vor einer Woche hätte sie Pläne mit Holger geschmiedet. Vermutlich hätte er ihr Sondeln am Strand vorgeschlagen. Im Gegenzug hätte sie ihm den Besuch des Schlickschlittenrennens in Greetsiel oder das Hafenfest in Carolinensiel schmackhaft gemacht, und zum Schluss hätten sie sicher beides unternommen.

Sie seufzt. Es nützt nichts. Sie darf sich nicht gehen lassen. Sie muss Holgers Mörder finden, erst dann wird sie ihre Ruhe finden. Und deshalb besucht sie nun die Bienenzüchterin, um der Sache mit dem toten Hund nachzugehen. Obwohl da vermutlich eh nichts bei rauskommt. Rudi wird recht haben. Egal. Richtig vorgeschoben ist ihr Besuch jedenfalls nicht. Das Thema Bienen ist derzeit allgegenwärtig und sie freut sich tatsächlich darauf, dieses Thema in ihrer Projektwoche den Schülerinnen und Schülern zu vermitteln. Bestimmt unterstützt Giselas Freundin Waltraud sie dabei. Gisela hat ja gesagt, dass sie unglaublich engagiert ist.

Der Bienen-Hof liegt hinter Esens am Waldrand. Ein mit bunt blühenden Wildblumen gesäumter Weg führt zu einem reetgedeckten Bauernhaus mit weißen Sprossenfenstern. Gemütlich sieht das aus. Davor ein kleiner Bauerngarten mit niedriger Buchsbaumhecke, in dem Lavendel, Salbei, Rosmarin und etliche andere Kräuter um die Wette eifern, deren Namen Rosa nicht kennt. Neben einer kleinen Scheune aus Backstein stehen alte Apfelbäume, unter denen sich grüne Kisten stapeln. Davor schiebt eine Gestalt im weißen Anzug mit beeindruckender Haube einen viereckigen Rahmen in einen Kasten, während Rauch aus einem kannenförmigen Blechgefäß steigt.

«Hallo», ruft Rosa. «Nicht erschrecken.»

Die Gestalt dreht sich zu ihr um und klappt das Schutzgitter aus Stoff vorm Gesicht hoch. «Moin. Womit kann ich helfen?»

«Mein Name ist Rosa Moll. Entschuldigen Sie, dass ich Sie so einfach überfalle. Aber wenn es Ihnen nicht passt, komme ich ein anderes Mal wieder.»

«Nee, alles gut. Passt schon.» Sie zieht ihren rechten Handschuh aus und reicht ihr die Hand. «Waltraud Kämpfer. Worum geht es denn?»

«Ihre Freundin Gisela Frerichs hat mir gestern von Ihrer Leidenschaft für Bienen vorgeschwärmt. Ich bin Lehrerin an der Grundschule in Esens und würde zu gern mit meiner Klasse eine Projektwoche zum Thema Bienen machen. Da wollte ich mich zum einen über das Thema informieren und zum anderen fragen, ob es möglich wäre, mit meinen Schülern hier vorbeizukommen.»

«Das ist eine schöne Idee. Ich wollte sowieso gerade eine Pause machen. Der Smoker ist fast leer.» Sie stellt die Kanne auf einem kleinen Holztisch ab. «Folgen Sie mir, ich kann jetzt einen schönen starken Tee vertragen.»

Während die Imkerin den Tee aufbrüht, sieht sich Rosa in der geräumigen Wohnküche um, die sie ein wenig an die von Mudder Steffens erinnert. Eine gepolsterte Eckbank mit einem großen, blanken Holztisch steht neben einem uralten Küchenschrank mit Schnitzereien. Alles in dunkler Eiche. Auf den breiten Fensterbänken liegen hellgrüne Augustäpfel und Tomaten. Aber nicht das ist es, was Rosa auffällt. Es sind die Bilder an den Wänden. Mal ist der Kopf eines Hundes zu sehen, dann der komplette Hund an der Leine. Oder ohne Leine. Im Wald, auf der Wiese. «Der ist ja süß», sagt Rosa entzückt. «Welche Rasse ist das denn?»

«Deutsch-Drahthaar. Eine wunderbare und charakterstarke Rasse. Hasso war ein lieber Hund.» Ein Lächeln erhellt Waltrauds Gesicht. «Er war viele Jahre mein Begleiter, war wie ein Partner für mich. Obwohl man das natürlich nicht laut sagen sollte. Das verstehen nur Menschen, die selber einen Hund haben.» Waltraud stellt die Teetasse vor ihr ab. «Er hat sogar bei mir im Ehebett geschlafen. Hier ist es sehr einsam und verlassen. Bis zum nächsten Gehöft läuft man eine Weile. Ich hatte allerdings nie Angst. Hasso hätte jeden Einbrecher gestellt. Aber nun ist er nicht mehr.» Waltraud zieht kurz die Nase hoch.

«Wie alt ist er denn geworden?», fragt Rosa betont mitfühlsam. «War er krank?»

«Nein, Hasso ist nicht krank gewesen.» Die Stimme der Imkerin wird hart. «Hasso ist im Januar getötet worden.»

«Getötet? Wie furchtbar! Etwa mit einem dieser gemeinen Giftköder, von denen man immer mal wieder in der Zeitung liest?»

«Nein. Es waren Jäger. Die haben meinen Hasso einfach abgeknallt. Ohne Vorwarnung. Das sind alles Mörder.» Waltraud hat plötzlich Tränen in den Augen. «Sie haben meinen Hasso einfach so erschossen», wiederholt sie. «Und man kann sie dafür nicht einmal gerichtlich belangen. Das ist unfassbar! Die Anwältin hat mir gesagt, ein Hund ist juristisch eine Sache.» Sie schnaubt. «Mein Hasso soll eine Sache gewesen sein? Er war mein Ein und Alles! Nein, diese Jäger haben keine Gefühle. Nicht mal entschuldigt haben die sich. Haben mir sogar noch die Schuld gegeben, weil Hasso ohne Halsband im Wald gelaufen ist. Aber das machte er doch immer. Und nie ist was passiert! Doch diese reichen Machos glauben, dass sie machen können, was sie wollen.» Sie holt die Teekanne von der Anrichte und setzt sich.

Nun ja, als reiche Machos würde Rosa weder Holger noch seinen Vater und auch nicht Ewald Wulff bezeichnen, aber vielleicht hätte sie das Gleiche gedacht, wenn sie nicht inzwischen mehr Einblick in die Jägerei bekommen hätte.

Die Bienenzüchterin scheint sich wieder eingekriegt zu haben. Lächelnd blickt sie Rosa an: «Aber lassen wir das Thema. Wann wollen Sie denn mit Ihrer Klasse kommen?»

Henner ist fast mit seiner Postrunde durch, als er auf dem Boden seiner Fahrradtasche einen Brief findet – zwischen zwei Werbesendungen und der Tüte von der Fischereigenossenschaft. Muss ihm wohl beim Sortieren dazwischen geraten sein. Soll er den am Samstag mit unter die Post mischen? Er schaut auf den Adressaten. Hoyko Manninga. «So ein Schiet!» Und dann kommt der Brief auch noch aus Kanada. Mit Luftpost. Nee, das kann er nicht bringen, den erst morgen einzuwerfen.

Trotz der brütenden Hitze tritt Henner flott in die Pedale. Außer Atem steigt er wenig später vor Hoykos Haus von seinem Rad. Er grinst beim Blick in den Garten. Hoyko steht mitten auf dem Rasen auf einem Bein und macht den Yoga-Baum, fast ohne zu wackeln.

«Hab vorhin einen Brief für dich vergessen. Aus Kanada.»

«Einen Moment, komme gleich.»

Henner staunt nicht schlecht, dass Rudis Vater tatsächlich noch einen Moment in der Stellung des Baums verharrt, bevor er sich entfaltet und den Brief an der Hecke entgegennimmt.

«Danke, dass du extra noch mal gekommen bist.» Er wirft einen Blick auf den Absender. «Oh, der ist von einer guten Freundin.»

«Sieht schon ganz gut aus, dein Baum», sagt Henner anerkennend.

«Danke. Ich hab Maya vorhin angerufen und …»

«Hast du dir den Baum etwa noch mal erklären lassen?»

«Lass mich doch mal ausreden. Wir haben über unseren Praxistag morgen auf dem Bienen-Hof geredet.»

«Maya muss ja viel Zeit haben», rutscht es Henner heraus.

«Sie interessiert sich sehr für Bienen und hat mir angeboten, meine Co-Imkerin zu werden und mich bei der Arbeit am Bienenstock zu unterstützen. Vor allem wird sie mich vertreten, wenn ich zwischendurch nach Kanada zum Hotel muss, um nach dem Rechten zu sehen. Deswegen ist der Praxistag für sie genauso wichtig wie für mich.»

«Und warum macht Rudi das nicht?»

«Der hat nicht viel Interesse an den Bienen gezeigt.» Hoyko hält inne. «Magst du was trinken? Siehst ja ordentlich durchgeschwitzt aus.»

«Nee, lass man. Ich hab Fisch in der Tasche.»

Eine halbe Stunde später verlässt Rosa den Bienen-Hof. Die Imkerin hat ihr den Prospekt vom Imkerverein in die Hand gedrückt. Nächste Woche wollen sie weitere Details besprechen. Auf der Rückfahrt nach Neuharlingersiel denkt sie jedoch nicht an die Projektwoche, sondern an Hasso. Mit welcher Liebe die Frau von ihrem Hund gesprochen hat. Und wie hasserfüllt über die Jäger.

Aber könnte diese lebhafte Imkerin wirklich die Giftmischerin sein, nach der Rudi sucht? Das mag Rosa nicht glauben. Wer Tiere liebt, hat auch Achtung vor Menschen. Ach, ist das alles verwickelt. Auf jeden Fall haben sie später bei Henner jede Menge Gesprächsstoff. Was der wohl kocht? Ordentlich Hunger hat sie. Seit dem Frühstück hat sie noch nichts gegessen. Bis zum Abendessen will sie nicht mehr warten. Spontan hält sie beim Edeka und kauft sich in der Bäckerei ein Schokocroissant. Schokolade ist immer gut für die Seele.

Zufrieden legt Henner den Fisch auf die Tortenplatte, die er zum Einzug von Tante Hildegard geschenkt bekommen, aber noch nie für Torten benutzt hat. Höchstens für Käse und Weintrauben oder auch für Gurken und Aufschnitt, wenn er Besuch zum Frühstück hatte. Das kann man aber an einer Hand abzählen. Er hat sich in der Fischereigenossenschaft für Räucherfisch entschieden, da muss er nicht selbst am Herd stehen. War zwar nicht ganz billig, aber ab und zu muss das sein. Sieht verlockend aus: Stremellachs, geräucherte Forelle, auch eine Schillerlocke, ein Stückchen Heilbutt und natürlich Aal. Dazu gibt es Kartoffelsalat. Er schnippelt gerade mit der Schere Schnittlauch darüber, als Rosa in der Tür steht. Er hat sie gar nicht klopfen gehört.

«Moin, Henner.» Sie wirft einen anerkennenden Blick auf die Platte. «Hm, lecker.» Mit der Zungenspitze fährt sie sich über die Lippen. «Kann ich dir was helfen?»

«Jo. Du kannst das Geschirr schon raustragen. Ich dachte, bei dem schönen Wetter essen wir draußen.»

«Gute Idee.» Schon nimmt sie das Tablett, auf dem auch Schwarzbrot und Butter stehen. Kaum ist sie weg, klappert die Flurtür.

«Moin, Henner.» Auch Rudi ist pünktlich. «Mmmhhh. Räucherfisch. Lecker. Gibt's was zu feiern?»

«Wieso?», fragt Henner.

«Den gibt's doch eigentlich nur zu besonderen Ereignissen.»

«Nee, mir war heute einfach nur danach.»

«Na denn. Soll ich uns schon ein Bier aufmachen?»

«Jo. Den Wein für Rosa kannst du auch mit rausnehmen. Der Kühler steht schon im Flur. Ach, und 'ne Flasche Wasser. Sie trinkt ja gern Schorle.»

«Was du dir alles merkst», sagt Rudi beeindruckt, holt die Getränke aus dem Kühlschrank und trägt alles in den Garten. Henner folgt mit der Fischplatte und der Schüssel Kartoffelsalat. Als alles auf dem Tisch steht, stoßen die drei entspannt an.

«Auf ein schönes Wochenende!», sagt Henner, worauf Rudi entgegnet: «Na ja, schön nenne ich was anderes. Ich muss nämlich arbeiten.» Er gibt sich einen ordentlichen Schlag Kartoffelsalat auf den Teller und schneidet ein Stück Stremellachs ab. «Vielleicht sind wir kurz vorm Durchbruch. Wir haben heute eine Probe von dem Rattengift bei Schädling-Kämpfer abgeholt. Morgen werden wir wissen, ob es dasselbe Gift ist, mit dem die Flaschen versetzt worden sind.» Er schiebt sich eine Gabel Salat in den Mund.

«Kämpfer?», fragt sie nun. «Schädling-Kämpfer?»

«Jo.» Rudi nickt. «Der Slogan lautet: Schädling-Kämpfer – Ihr Kämpfer gegen Schädlinge. Finde ich ganz schön clever.»

«Merkwürdig, die Frau vom Bienen-Hof heißt auch Kämpfer. Waltraud Kämpfer.»

«Klar!», sagt Rudi und schlägt sich mit der Hand vor die Stirn. «Jetzt weiß ich auch, warum mir der Name bekannt vorkam. Mein Vater ist doch völlig begeistert von dieser Frau und redet ständig von der.»

«Von Maya aber auch.»

Rudi wirft Henner einen schrägen Blick zu. «Das kann man nicht vergleichen. Alles, was Waltraud sagt, ist für Hoyko Gesetz.»

«Wird Zufall sein, dass die denselben Namen trägt. Eine Naturschützerin hat garantiert nichts mit so einer Firma zu tun», meint Rosa und nimmt sich nun auch Kartoffelsalat und ein Stück Stremellachs. «Beim Bienen-Hof gibt es jede

Menge Blühpflanzen und die Frau setzt sich rigoros für den Naturschutz ein. Ich werde ihr mit meiner Klasse demnächst einen Besuch abstatten. Waltraud Kämpfer macht einen sehr sympathischen Eindruck. Und wie liebevoll sie von den Bienen redet. Allerdings ist sie auf Jäger nicht gut zu sprechen. Ihr hat übrigens der Hund gehört, den Ewald Wulff auf der Treibjagd erschossen hat.»

«Nachtigall, ick hör dir trapsen», sagt Rudi.

Rosa blickt ihn amüsiert an. «Wie meinst du das?»

«Na, du bist doch garantiert nicht wegen der Bienen da hingefahren. Ich kenn dich doch. Hätte mir klar sein müssen, dass du wegen des toten Hundes nicht lockerlässt.» Rudi greift zur Bierflasche und nimmt einen Schluck.

«Sagen wir mal so: Ich wollte das überprüfen, wo du es schon nicht für wichtig erachtet hast. Und ich sage dir: Die war voller Hass auf die Jäger. Hat sie als Mörder bezeichnet. Für sie war der Hund wie ein Partner. Sie hat ihn über alles geliebt.» Rosa trinkt einen Schluck Weinschorle. «Dass sie so heißt wie dieser Schädlingsbekämpfer, macht mich allerdings stutzig.»

«Der Schädlingsbekämpfer heißt Seibold. Nicht Kämpfer.»

«Ach so. Na, dann ist ja gut.» Doch gleich darauf runzelt sie die Stirn. «Und warum heißt die Firma dann Schädling-Kämpfer? Wie alt ist denn der Seibold?»

«Ich schätze ihn auf Anfang vierzig. Höchstens», sagt Rudi.

«Dann könnte er den Betrieb übernommen haben», meint Rosa. «Waltraud Kämpfer ist so Mitte sechzig.» Sie springt auf. «Wartet, ich hole mal eben mein Tablet. Das googeln wir.»

«Noch 'n Bier?», fragt Henner.

«Unbedingt.» Auch Rudi steht auf. «Ich bring eins mit. Muss sowieso aufs Klo.»

Mit dem Tablet in der Hand kommt Rosa gleich darauf zurück. «Bingo! Den Betrieb gibt es seit zweiundzwanzig Jahren. Er wurde von einem Ernst Kämpfer gegründet.» Sie lässt sich auf ihren Stuhl fallen, gerade als Rudi mit den Bieren zurückkommt.

«Aber Hoykos Waltraud ist nicht verheiratet», sagt Rudi. «Zumindest hat mein Vater keinen Ehemann erwähnt.»

«Und warum sollte die Bienenfrau drei Leute umbringen wollen?», fragt Henner. «Wegen eines Hundes?» Das kann er nicht glauben. Tiere sind schließlich da, um dem Menschen zu helfen. Oder zu nutzen. An Tiere verschenkt man doch nicht sein Herz. Also, eigentlich nicht. Von Hühni abgesehen natürlich. Das schwarze Huhn auf dem Hof seiner Eltern ist aber auch was ganz Besonderes.

«Ich weiß nicht», meint Rosa. «Ich denke, es kann auf keinen Fall schaden, wenn du morgen mit deinem Chef drüber sprichst, Rudi. Denn eigenartig finde ich diesen Namenszusammenhang schon.»

SAMSTAG

Zum Glück hat Haueisen die Dienstbesprechung heute erst für halb zehn angesetzt. Das rechnet Rudi ihm hoch an. Vermutlich gehört der Chef auch nicht zu den begeisterten Frühaufstehern. Die Sonne schiebt sich durch die Schäfchenwolken, als Rudi auf der DKW nach Wittmund gondelt. Heute Abend will er sich mit Susanne treffen. Er hat einen Tisch für zwei im Fährhaus in Neßmersiel reserviert. Ist besser, etwas raus zu fahren, nachdem das zweisam geplante Grillen zu einem Vierer-Abend geworden ist. War ja ganz nett, aber um Susanne näher kennenzulernen, müssen sie sich allein unterhalten. Wo geht das besser als bei einem guten Essen? Mudder Steffens sagt immer: Liebe geht durch den Magen. Und Henners Mutter liegt meistens richtig.

Gut gelaunt winkt Rudi dem Kollegen an der Pforte zu und marschiert hinauf in Haueisens Büro. Schnepel glänzt mal wieder durch Abwesenheit.

«Moin, Chef», grüßt Rudi. «Ich hab Neuigkeiten.»

In diesem Moment stürmt Schnepel herein. «Sorry», ruft er, «aber der Verkehr ...»

Als Schnepel sich aus seinem Blouson schält, steigt Rudi eine Duftwolke in die Nase. Schon wieder hat sein Kollege es mit dem Aftershave zu gut gemeint. Rudi hat ihm erst letzte Woche gesagt, dass er damit wie ein Iltis stinkt.

«Lassen Sie's gut sein und uns endlich beginnen», schneidet ihm der Chef das Wort ab. «Also, was gibt's Neues?»

Schnepel geht zum Whiteboard und zeigt auf die aufgeschriebenen Namen.

Bevor der nun wieder losprescht, legt Rudi los: «Veronika Talmann ist die Schwester von Jürgen Seibold, dem Schädlingsbekämpfer. Sie haben dieselbe Mutter, aber unterschiedliche Väter. Die Geschwister haben ein enges Verhältnis zueinander. Sie hat Mittel und Motiv. Veronika Talmann hat die Trennung von Holger Hoffmeister nicht verkraftet. Außerdem hat sie ein Rattenproblem im Garten und ihr Bruder hat Gift auf ihrem Grundstück ausgelegt und ...»

«Das wissen wir doch schon», fällt Haueisen Rudi ins Wort.

Bevor der aber antworten kann, redet Schnepel weiter: «Schon, aber wir dürfen nicht vergessen: Weil die Talmann oft bei ihrem Bruder gewesen ist, kann sie sich Zugang zum Giftschrank verschafft haben.»

Haueisen kneift die Augenbrauen zusammen. «Hm. Motiv und Mordmittel sprechen für die Talmann als Täterin. Das hatten wir schon. Nur, wie passen Johannsen und Wulff da rein?»

«Keine Ahnung», gibt Schnepel zu, «aber ich habe eine Theorie.»

«Die ziemlich weit hergeholt ist», sagt Rudi schnell. «Du variierst sie ein wenig und dichtest sie dann der nächsten Tatverdächtigen an. Außerdem hat Seibold gesagt, seine Schwester war eher sauer auf Tamara Scanhagen. Und nicht auf Johannsen.»

«Na, der wird kaum vor uns zugeben, dass seine Schwester einen Rochus auf ihren Chef hatte», sagt Schnepel. «Der haut die doch nicht in die Pfanne. Zudem steht ihr Wort gegen das von Tamara Scanhagen. Vielleicht will die Talmann der Scanhagen die Taten unterjubeln. Obwohl die natürlich auch ein starkes Motiv hat. Zumindest bei Johannsen. Und vielleicht hat der Wulff sie als Jagdausbilder zu hart rangenommen. Und sie hat ihn deshalb vergiftet. Immerhin hat sie im Nebensatz fallen gelassen, dass sie die Prüfung mit Ewald Wulff nicht geschafft hat.»

«Sicher wird er sie nicht in die Pfanne hauen», stimmt Haueisen zu, «aber wir haben immer noch keine Verbindung zwischen Tamara Scanhagen und Holger Hoffmeister.»

«Weil es keine gibt», behauptet Schnepel. «Holger Hoffmeister hat den Wein getrunken, der für seinen Vater bestimmt war.»

Einen Moment herrscht Stille. Rudi raucht von all den Namen und Motiven langsam der Kopf.

Haueisen blättert in der Akte, die vor ihm liegt. «An Verdächtigen haben wir: Tamara Scanhagen und Veronika Talmann. Auch den Bruder können wir nicht gänzlich ausschließen.» Er seufzt. «Und sonst?»

«Es war Ewald Wulff, der den Hund erschossen hat.»

«Na und?», sagt Schnepel.

«Der Hund gehörte einer Frau namens Waltraud Kämpfer. Sie ist eine leidenschaftliche Naturschützerin und Imkerin. Ich würde mich gerne mit dem Seibold darüber unterhalten, ob er die Frau kennt, immerhin heißt sein Unternehmen ja Schädling-Kämpfer.»

«Und was soll das bringen?», zischt Schnepel. «Das wird eine zufällige Namensgleichheit sein.»

«Aber ...»

In diesem Moment klingelt Haueisens Diensttelefon. «Ruhe, das ist Kröver!» Er drückt die Lautsprechertaste. «Ja, Kröver? Hast du die Ergebnisse?»

«Logisch. Kennst mich doch, bin flink wie ein Wiesel»,

flachst der Kriminaltechniker. «Es ist dasselbe Gift wie das, mit dem der Wein versetzt wurde, und nein, außer Seibolds Fingerabdrücken sind keine anderen auf dem Giftschrank. Müsst ihr sehen, was ihr damit anfangt, ich für meinen Teil mache jetzt Wochenende. Bis Montag!»

«Tschüs», sagen Haueisen, Rudi und Schnepel fast gleichzeitig, dann ist die Leitung tot.

«Und nun?», fragt Rudi.

«Nun fahren wir gemeinsam zu Seibold.» Schnepels Augen funkeln. «Es liegt doch auf der Hand, dass der in der Sache bis zum Hals mit drinsteckt. Das Gift stimmt überein. Und nur seine Abdrücke sind am Schrank! Wenn der meint, uns für dumm verkaufen zu können, hat er sich geschnitten! Er hat das Gift aus dem Schrank geholt und seiner Schwester gegeben.»

«Das wäre Beihilfe zum Mord», wendet Haueisen ein. «Ob ein Mensch, der beruflich mit Gift zu tun hat, das machen würde?»

«Er hat es ja nicht einfach so getan, sondern für seine Schwester!», trumpft Schnepel auf. «Aber es gibt natürlich auch eine andere vorstellbare Variante. Veronika Talmann hat das Gift aus dem Schrank genommen. Als Seibold dahinterkam, hat er den Schrank gründlich gewienert und dann mehrmals angefasst, damit eben nur seine Abdrücke drauf sind. Er wollte damit seine Schwester schützen.»

«Ach, was für ein Wirrwarr», sagt Haueisen seufzend. «Ist gut, fahren Sie gemeinsam zu Seibold und befragen Sie ihn. Ich will endlich Ergebnisse sehen. Drei Tote. Dreimal Rattengift. Ich kann das langsam nicht mehr vor der Presse runterspielen. Spätestens Montag muss ich eine Pressekonferenz anberaumen. Also, legen Sie los!»

«Was wollen Sie denn schon wieder?», fragt Jürgen Seibold ungehalten, als er Rudi und Schnepel die Tür öffnet.

«Zunächst mal: Ihnen auch einen guten Morgen. So viel Zeit muss sein», sagt Schnepel und drängt sich an Seibold vorbei. «Es war Ihr Gift, das die drei Männer umgebracht hat!»

Seibold schüttelt den Kopf. «Unmöglich.»

«Damit sind Sie höchst verdächtig.»

«Unsinn. Ich habe doch überhaupt kein Motiv!»

«Vielleicht hat Ihre Schwester sich das Gift aus Ihrem Schrank genommen.» Schnepel hebt die Augenbrauen.

Seibold wird bleich. «Das würde sie nie tun.»

«Ja, ja», krächzt Schnepel so, wie Marlon Brando in seiner Paraderolle als der Pate, «man kennt seine Familie oft nicht so gut, wie man glaubt.» Er fixiert Seibold mit seinem Blick.

«Sie … Sie denken sich da was aus», stammelt Seibold. «So war es ganz bestimmt nicht. Meine Schwester ist unschuldig. Und ich bin es auch.»

«Lassen wir das mal so stehen», sagt Rudi, was ihm einen fiesen Blick von Schnepel einbringt. Er probiert einen Schuss ins Blaue. «Kennen Sie Waltraud Kämpfer?»

Augenblicklich entspannt sich Seibold. «Waltraud. Klar kenne ich die. Ihrem Mann Ernst hat der Betrieb vorher gehört. Ich habe ihn übernommen. Es war ja sehr tragisch damals. Ernst ist mit nur siebenundfünfzig Jahren überraschend gestorben. Herzinfarkt. Ein Jammer. Waltraud tat mir so leid. Die stand hilflos vor dem ganzen Schlamassel, sie hatte vom Betrieb überhaupt keine Ahnung.»

«Und dann haben Sie das Geschäft übernommen?», fragt Rudi.

«Genau. Zu der Zeit habe ich bereits sieben Jahre in der Firma gearbeitet und vorher auch die Ausbildung hier absolviert. Waltraud war so verzweifelt, dass ich angeboten hab, ihr den Betrieb abzukaufen. Wir haben uns auf einen Kaufpreis geeinigt, die Bank hat gottlob auch mitgespielt und durch die Lebensversicherung war Waltraud zusätzlich abgesichert.»

«Sie hatte einen Hund, hab ich gehört, und der soll bei einer Jagd versehentlich getötet worden sein», tastet Rudi sich weiter vor.

«Ja, das war ein echter Schlag für Waltraud. Sie kam völlig fertig zu mir, sie hat ja keine Kinder und keine engen Verwandten im Ort. Nicht mal nach dem Tod von Ernst hab ich sie so verzweifelt gesehen. Das war zu viel für sie.»

Mit aller Kraft schrubbt Rosa das Treppenhaus. Die Bewegung tut gut nach dem opulenten Essen gestern Abend. Sie ist noch ganz satt. Vom Räucherfisch und dem Kartoffelsalat. Und vor allem ist sie ganz voll von unterschiedlichsten Gefühlen. Holgers Tod schmerzt. Und gerade jetzt ist sie sehr dankbar darüber, dass sie hier gute Freunde hat, die sich um sie kümmern. Sowohl die Mädels vom Häkelbüdel-Club als auch Henner und Rudi. Rudi. Sofort ist die Erinnerung an das Gespräch gestern Abend da. Ob er schon mit Haueisen über Waltraud Kämpfer geredet hat? Rosa spürt eine wachsende Unruhe in sich. Sie könnte noch mal zum Bienen-Hof fahren. Oder lieber doch nicht? Nachdenklich wringt sie den Feudel aus. Was könnte so ein Gespräch bringen? Rosa ist hin und her gerissen. Es passt einfach nicht zu ihr, nur die Hände in den Schoß zu legen und nichts zu tun. Vor allem am frühen Vormittag. Geht ja schon auf elf Uhr zu.

Elf Uhr? Das passt. Schnell fällt sie eine Entscheidung und öffnet zehn Minuten später frisch gekämmt die Tür von Adelheids Andenkenladen. Die Türglöckchen bimmeln.

«Moin», ruft Rosa und geht direkt nach hinten durch, wo fröhliches Gekicher ertönt. Adelheid, Sigrid und Gisela sitzen in trauter Runde beim Elführtje zusammen.

«Setz dich zu uns!» Adelheid winkt Rosa heran. «Ich schenk dir Tee ein.»

Rosa lässt sich auf den freien Stuhl fallen. «Das war eine tolle Idee mit dem Filmabend. Er hat mir richtig gutgetan.» Rosa gießt einen Schuss Sahne in ihre Tasse und wendet sich an Gisela. «Sag mal, Rudi hat gestern mit jemandem von der Firma Schädling-Kämpfer gesprochen. Und deine Freundin Waltraud heißt doch auch Kämpfer. Hängen die irgendwie zusammen?»

«Ja und nein. Die Firma hat ihr Mann vor ewigen Zeiten gegründet. Vor ein paar Jahren ist er plötzlich gestorben. Er hatte schon lange starke Herzprobleme», antwortet Gisela.

«Stimmt», pflichtet Sigrid ihr bei. «Der arme Kerl. Hätte der man nur auf gesunde Ernährung geachtet. Guckt euch Waltraud an: Die hat es ihm vorgemacht. Aber Ernst hat nichts davon wissen wollen. Hat immer gern und zu fett gegessen und auch keinen Schnaps abgelehnt. Ach ...», Sigrid seufzt, «bei uns ist es ja nicht besser. Ich predige Ludwig auch dauernd, dass er sich nicht heimlich Pizzen oder Chips reinstopfen soll. Aber er hört nicht auf mich. Ich erinnere mich an Ludwigs Nachruf auf Ernst Kämpfer. Der hat seinen Betrieb aus dem Nichts aufgebaut und war ein angesehener Unternehmer in dieser Gegend. Viele Leute waren ihm sehr dankbar, dass er sie vom Ungeziefer befreit hat.»

«Na, so viel ist da ja auch nicht aufzubauen. Gift und Köderfallen und vielleicht noch spezielle Schutzanzüge kaufen. Das war's doch schon», wiegelt Gisela ab. «Und ganz im Vertrauen: Der war ein ziemlicher Stinkstiefel. Wie der Waltraud rumkommandiert hat, unmöglich. Dass die das überhaupt mit sich hat machen lassen. Aber das ist Schnee von gestern. Ich finde, sie kann froh sein, dass es so schnell mit ihm zu Ende gegangen ist. Nicht auszudenken, einen solchen Meckerpott als Pflegefall zu Hause zu haben.»

«Pflegefall ist immer ein Problem. Der Mann von meiner Cousine ...»

Rosa hört nicht mehr richtig zu. Waltraud und ihrem Mann hat die Firma gehört. Dort gibt und gab es Rattengift. Rosas Nase beginnt zu kribbeln.

«Entschuldigt mich kurz», sagt sie und steht auf. Vor der Tür des Ladens wählt sie Rudis Nummer. Doch der geht nicht ans Telefon. Mist.

«Siehste», sagt Rudi, als sie Seibolds Haus verlassen, «da hat die Waltraud Kämpfer doch was mit dem Schädling-Kämpfer zu tun. Ich denke, wir sollten den Chef informieren und uns mit Frau Kämpfer unterhalten. Sicherheitshalber.»

«Das bringt doch nichts», widerspricht Schnepel. «Die Scanhagen war's. Oder die Talmann. Und wir werden denen das auch nachweisen. Darauf kannste Gift nehmen.»

«Das von Seibold?»

«Armleuchter.» Schnepel lässt sich auf den Beifahrersitz des Dienstwagens fallen.

«Mir egal, ich ruf den Chef trotzdem an. Wenn wir schon am Samstag arbeiten müssen, will ich es auch vernünftig machen.» Rudi zieht sein Handy aus der Tasche und stellt überrascht fest, dass Rosa versucht hat, ihn zu erreichen. Aber die ist jetzt nicht wichtig. Und er wird sich auch nicht von ihr breitschlagen lassen, seine Abendplanung in irgendeiner Form zu ändern. Den Abend mit Susanne lässt er sich von keinem versauen. Schnell tippt er Haueisens Durchwahl ein.

«Jo», meldet sich der Chef und Rudi erstattet zügig Bericht.

«In Ordnung. Dann reden Sie mit Frau Kämpfer. Jedes Puzzleteil in so einem Fall ist wichtig», stimmt Haueisen zu.

«Alles klar. Bis später!» Rudi steigt zufrieden ins Auto. «Auf geht's.»

Schnepel verdreht die Augen.

Hoyko grinst breit, als Maya ihren alten, bunt bemalten VW-Bus vor dem Bienen-Hof parkt. Sie ist so nett gewesen, ihn mitzunehmen. Waltraud steht neben Reinhard Schmidt, der bereits in seinem weißen Imker-Schutzanzug steckt und eifrig auf Waltraud einredet. Vermutlich schleimt er sich wieder ein, genau wie bei jedem der letzten Kurstreffen.

Waltraud scheint froh zu sein, ihn und Maya zu sehen, sie lässt Reinhard stehen und kommt auf Hoyko zu. «Wie schön, dass ihr da seid. Wir sind vollständig. Die anderen beiden haben abgesagt. Monika ist heute Morgen ganz fies umgeknickt und da ist Olaf mit ihr in die Notaufnahme gefahren. Sie konnte überhaupt nicht mehr auftreten. Hoffen wir, dass nichts gebrochen ist.»

Waltraud lotst die kleine Gruppe zu den grünen Bienenkästen unter dem Apfelbaum.

«Reinhard steckt ja schon in seinem Imkeranzug, das ist sehr gut. Ihr beiden zieht euch bitte auch um und vergesst die Handschuhe nicht. Wir wollen ja heute Honig ernten und verarbeiten. Das ist manchmal nicht ganz ohne.»

«Ich hab keinen Anzug», meldet sich Maya.

«Nimm einen von mir.» Waltraud greift in die Kiste hinter den Bienenstöcken und reicht Maya einen zusammengerollten Schutzanzug. «Ich hoffe, niemand von euch hat sich heute einparfümiert. Auch die friedliebendsten Bienen sind nicht erfreut, wenn man ihnen den Honig klaut. Und fremde Duftstoffe machen sie noch aggressiver.» Sie entzündet den Smoker und drückt ihn Reinhard in die Hand. «Hier. Halt mal, bitte.»

Waltraud öffnet den Bienenstock. Sie nimmt Reinhard den qualmenden Smoker aus der Hand und hält ihn vor das Flugloch. «Der Rauch soll die Bienen beruhigen und verhindern, dass ‹alarmierende› Pheromone verbreitet werden. Duftstoffe also, die das Verhalten beeinflussen. Das trifft übrigens auch bei Menschen zu. Angeblich beeinflussen sie sogar die Partnerwahl.» Waltraud grinst. «Aber zurück zum Thema. Wenn wir die Kästchen herausziehen, sind die Bienen etwas verwirrt, vielleicht auch wütend, weil sie keinen Befehl von der Königin zum Verlassen des Bienenstocks bekommen haben. Es wäre besser gewesen, sich früher am Tag für die Entnahme zu treffen, aber das wollte ich euch nicht zumuten.»

Fasziniert beobachtet Hoyko, wie die Bienen den Stock

durch das Flugloch verlassen. Maya steht ehrfürchtig neben ihm. «Ist das spannend», raunt sie ihm zu. Hoyko nickt.

Waltraud zieht die erste Wabe heraus, betrachtet sie kurz und steckt sie dann wieder zurück. «Die lassen wir noch. Die ist nicht so gut gefüllt und auch nicht komplett verdeckelt.» Vorsichtig zieht sie die nächste heraus und stellt sie in die Transportkiste auf dem Tisch. «Wenn wir genug Waben haben, bringen wir sie nach hinten in die kleine Schleuderkammer.» Sie tritt zur Seite. «Hoyko, ziehst du die nächste Wabe heraus?»

«Gerne.» Wäre doch gelacht, wenn er das nicht hinbekommt. Hoyko geht zu dem Bienenstock und zieht vorsichtig ein Rähmchen heraus.

In diesem Moment hört Hoyko eine fröhliche Männerstimme rufen: «Moin, die Herrschaften!» Er zuckt zusammen. Diese Stimme kennt er mittlerweile gut.

Nach einer halben Stunde erklärt Adelheid das Elführtje für beendet. «Die Büroarbeit will schließlich auch erledigt werden. Ich muss dringend nachbestellen, die Leute kaufen derzeit wie verrückt.» Passend dazu kündigen die Glöckchen an der Ladentür Kundschaft an. Sieben Frauen um die fünfzig stürmen herein. *Kegelverein Wilde 7 aus Herne* prangt in knallroten Buchstaben auf dunkelblauem T-Shirt über jedem Busen. Rosa wäre gerne noch sitzen geblieben, aber auch Gisela hat es plötzlich eilig, nach Hause zu kommen. Also verabschiedet sich Rosa ebenfalls. Allerdings hat sie keine Lust, nach Hause zu gehen. Irgendwie braucht sie Ablenkung.

Planlos schlendert sie einmal um den Hafen, trifft aber niemanden. Nur Fischer Jacobs legt mit seinem Kutter gerade ab. Da drückt sie den Touristen die Daumen, dass sich heute zahlreiche Seehunde auf den Sandbänken tummeln. Das kann man ja nicht vorher planen. Rosa geht zurück zum Sieltor und weiter zum Frisörsalon. Spitzen schneiden am Pony geht immer. Doch schon der Blick durchs Schaufenster zeigt: Heute steppt hier der Bär. Jeder Platz ist besetzt. Zwei Kundinnen warten sogar noch vorne auf den Sesseln neben dem Tresen. Nein, da würde Rosa nur stören. Schade. Und schließlich hat Gudrun bald Feierabend. Es geht schon auf halb eins zu. Langsam spaziert sie nach Hause zurück. Als Rosa auf die Tür zugeht, entscheidet sie sich spontan anders, geht zum Schuppen und holt ihr Fahrrad heraus.

Gelangweilt lehnt sich Helmut Schnepel an den Dienstwagen, während sein Kollege mit großen Schritten auf die Gruppe in Imkeranzügen zuläuft, die im Bauerngarten des Bienen-Hofes steht. Einer von diesen Hanseln zieht gerade einen Rahmen aus den Kunststoffbienenstöcken und verfrachtet ihn in eine Plastikbox. Er selbst hält die Befragung der Imkerin ja für vollkommen überflüssig. Allerdings … er stößt sich vom Auto ab … er sollte besser hinterhergehen. Sonst bekommt er nichts mit und Rudi schmückt das Gespräch Haueisen gegenüber so aus, als hätte er sonst was herausgefunden. Also marschiert er ebenfalls in den Bauerngarten. Zwei aus der Imkergruppe haben sich inzwischen die Transportbox geschnappt und tragen sie zu einer Blockhütte. Rudi läuft neben den Hobbyimkern her. Auf Höhe der großen Kunststoffkisten bleibt Schnepel stehen. Ist ja interessant. Bienen fliegen rein und wieder raus. Das ist ein Kommen und Gehen in diesen Kästen. Was die für eine Energie haben, diese kleinen Dinger. Irre.

Ist kaum noch was drin in seinen Posttaschen. Henner ist zufrieden. Er bringt einen Stapel Post ins BadeWerk, aber an der Kasse ist grad niemand. Das ist Henner ganz recht, denn für ein Pläuschchen ist jetzt keine Zeit. Das Mittagessen bei Muddern ruft. Henner steigt auf sein Postrad und tritt in die Pedale. Er biegt auf die Straße ab. Ist das da vor ihm nicht Rosa? Er tritt noch ein bisschen schneller.

«Moin, Rosa!»

Sie dreht sich um und bremst ab. Fast wäre er ihr hinten drauf gefahren. Im letzten Moment bringt er Berta zum Stehen.

«Wo willst du denn hin?», fragt er.

«Ich dachte, ich könnte ...»

«Ist eine gute Idee, dass du meine Eltern besuchen willst. Muddern fragt schon nach dir.»

«Ja, also ... eigentlich...»

«Komm, lass uns einen Zahn zulegen, das Essen ist gleich fertig.»

«Frau Kämpfer», begrüßt Rudi die Imkerin. «Mein Name ist Bakker, Kommissar Bakker. Ich habe ein paar Fragen an Sie. Können wir uns irgendwo in Ruhe unterhalten?»

«Muss das jetzt sein? Sie sehen doch, ich leite gerade einen Kurs.» Waltraud Kämpfer blickt ihn unfreundlich an und auch Hoykos Blick ist nicht gerade aufmunternd.

«Das muss jetzt sein», gibt er freundlich zurück. «Es geht um die Giftanschläge gegen Ulfert Johannsen und Holger Hoffmeister. Aber wir sind sicher schnell mit den Fragen durch.»

«Wieso das? Mit denen hab ich nichts zu tun. Ich kenn die nicht mal. Was wollen Sie denn von mir?»

«Wir können auch gern hier vor Ihren Imkerschülern reden», sagt Rudi, «mir ist es gleich. Ich dachte nur, für Sie wäre es angenehmer, wenn wir allein sprechen.»

«Na gut. Ich habe zwar nichts zu verbergen, aber lassen Sie uns auf die Terrasse gehen.» Sie wendet sich den angehenden Hobbyimkern zu. «Also, dann zeigt mal, was ihr in der Theorie bei mir gelernt habt. Achtet darauf, dass ihr die Handkurbel nicht zu heftig dreht.» Sie stapft voran, Rudi folgt ihr. Im Unterschied zu Schnepel, der bleibt bei den Kunststoffbienenstöcken stehen und schaut den Bienen bei der Arbeit zu.

«Also», beginnt Rudi, als Frau Kämpfer ihren Imkerhut abgenommen hat, «wir haben gehört, dass Sie sehr wütend auf die Jäger waren, als Ihr Hund getötet wurde, und sie auch als Truppe von Mördern bezeichnet haben.»

Frau Kämpfer blickt ihn unverwandt an. «Das stimmt. Diese Saubande von Jägern hat Hasso einfach so abgeknallt. Ohne Vorwarnung. Nur, weil er kein Halsband trug. Aber das trug er nie, wenn wir zu Hause waren. Nicht mal vernünftig entschuldigt haben die sich. Im Gegenteil. Ich hätte meine

Aufsichtspflicht verletzt, haben die behauptet. Ein freilaufender Hund wie mein Hasso würde Wild anfallen. Aber das hat Hasso nie getan.»

«Und da haben Sie Rachegefühle gehegt», sagt Rudi betont verständnisvoll, um noch mehr aus ihr herauszulocken. Er ist jetzt ganz dicht dran. Das hat er im Gefühl.

«Klar. Wer hätte das nicht.» Waltraud Kämpfer kneift die Augen zusammen. «Ich habe getobt, geweint, getrauert, gewütet.» Sie schweigt einen Augenblick. «Ich habe mit Hoffmeister junior telefoniert. Der Vater war nicht da oder ließ sich verleugnen. Ich wollte von ihm wissen, wer aus seiner Truppe Hasso getötet hat. Das wollte er nicht sagen. Dafür hat am Tag darauf ein anderer Jäger angerufen. Der frech war und gesagt hat, er hätte Hasso zwar erschossen, aber ich sei diejenige, die die Schuld daran trägt.»

«Und da Sie eine Menge Ahnung von Gift haben, dachten Sie, Sie rächen sich.»

«Wie meinen Sie das?» Argwöhnisch guckt Waltraud Kämpfer ihn an.

«Wie ich es sage. Ihr Mann hatte jede Menge Rattengift in seinem Sortiment.»

«Na und? Das muss man als Kammerjäger ja auch.» Frau Kämpfer räuspert sich, doch Rudi lässt nicht locker.

«Sie wussten, welches der Gifte keine Bitterstoffe enthält und um ein Vielfaches stärker ist als das, was man normalerweise im Handel erwerben kann.»

«Nein. Ich habe mich nie mit dem Zeug beschäftigt. Außerdem …» Sie kneift die Augen zusammen. «Hören Sie, ich hab nichts mit den Todesfällen zu tun. Fragen Sie Seibold, auch der wird Ihnen sagen, dass ich ihn nicht nach Gift gefragt habe. Halten Sie sich lieber an Veronika. Die war doch ein paar Jahre mit dem Hoffmeister zusammen, bevor der Schluss mit ihr gemacht hat. Das fand die gar nicht gut. Und ich weiß, dass sie sich letztens über Ratten im Garten beschwert hat.»

«Ach, Frau Kämpfer, so viel zum Thema, dass Sie Hoffmeister nicht kennen. Und halten Sie mich nicht für dumm, was das Gift betrifft. Sie brauchten Herrn Seibold nicht danach zu fragen, weil Sie garantiert selbst noch welches aus den Altbeständen Ihres Mannes haben. Wollen wir mal gemeinsam nachsehen?»

In Waltraud Kämpfers Augen flackert kurz etwas auf, das Rudi nicht recht einordnen kann, sie hat sich jedoch schnell wieder gefangen. «Unnötig. Ich will gar nicht abstreiten, dass ich der Truppe die Pest an den Hals gewünscht habe. Aber letztlich habe ich eingesehen, dass es mein Fehler war. Ich hätte Hasso an dem Tag wirklich nicht frei laufen lassen sollen. Ich wusste ja, dass eine Treibjagd angesetzt war. Hätte ich ihn auf dem Grundstück behalten, würde er jetzt noch leben.» Tränen schießen ihr in die Augen. «Wissen Sie, es ist verdammt schwer, sich einzugestehen, die Schuld am Tod eines geliebten Wesens zu haben. Das ist das Schlimmste.»

Auf dem Steffens-Hof ist alles wie immer. Vaddern sitzt auf der Bank vorm Haus und Hühni springt zur Seite, als sie die Einfahrt hinaufradeln. Noch während sie die Räder abstellen, steckt Mudder Steffens ihren Kopf aus dem Fenster. «Vaddern, Essen ist fertig.»

Was für eine Idylle. Tief in sich verspürt Rosa die Sehnsucht, genau so zu leben. In festen Bahnen. Ohne ständige Überraschungen. Warum geht bei ihr nur immer alles daneben?

«Wen hast du uns denn da mitgebracht, Henner?», ruft Muddern erfreut. «Schön, dass du da bist, Rosa, ich hab viel an dich gedacht, min Deern.» Muddern löst sich vom Fenster. «Nun kommt rin. Es gibt Fliederbeersuppe. Tut gut bei der Hitze.»

Gleich darauf sitzen alle vier in der großen, kühlen Wohnküche am Tisch und löffeln die Kaltschale.

«Die ist aber lecker!», lobt Rosa.

«Ist ein uraltes Rezept. Stammt noch von Heinrichs Mutter. Ich hab gestern ein bisschen in ihrer Rezeptsammlung gestöbert. Vielleicht kann ich dort für unsere Gäste etwas in Vergessenheit Geratenes finden. Urlaubsgäste lieben alte Geschichten, hat Hoyko gesagt.»

«Ich hab schon gehört, ihr habt große Pläne mit dem Haus.» Rosa wischt sich mit einer Papierserviette den roten Rand aus den Mundwinkeln.

«Spricht sich ja schnell rum.» Gerda Steffens lächelt. «Mit Hoyko habe ich gestern schon die Möbel bestellt. Eigentlich wollte ich das heute Nachmittag in aller Ruhe machen. Aber Hoyko hat dieses Wochenende wieder Bienenkurs bei Waltraud.»

Rosa lässt die Serviette sinken. «Heute ist Bienenkurs?»

«Jo, Hoyko ist ganz verrückt nach diesen Bienen. Er will hier im Garten auch einen Bienenstock aufstellen, damit wir den Gästen eigenen Honig servieren können. Und ein kleiner Imkerkurs für Gäste schwebt ihm ebenfalls vor. Damit die das perfekte Andenken mit nach Hause nehmen können: selbst geschleuderten Honig.»

«Übertreibt mal nicht», sagt Henner mit vollem Mund.

«Warum? Das ist doch eine tolle Idee», sagt Rosa, und in ihrem Kopf springen die Gedanken wie Pingpongbälle hin und her.

Verwundert verfolgt Hoyko das Gespräch zwischen seinem Sohn und Waltraud. So kennt er Rudi gar nicht. Richtig forsch ist der. Im Unterschied zu seinem Kollegen. Der steht vor den Bienenstöcken und tut so, als gehe ihn die ganze Sache gar nichts an.

Jetzt geht der immer dichter an die Bienenstöcke heran und macht Fotos mit seinem Handy. Der sollte vorsichtiger sein. Hoyko sieht ja schon von hier, dass die Bienen scharenweise aus dem Flugloch kommen und ihn umkreisen. Nee, nee, nee … Wenn das mal gut geht! «Vorsicht!», ruft er, um ihn zu warnen.

«Ich bin die Vorsicht in Person», erwidert Rudis Kollege und beugt sich noch weiter mit seinem Handy vor.

Na denn. Soll er doch machen, was er will. Hoyko geht zu den anderen in die Schleuderkammer. Im nächsten Moment durchbricht wütendes Schreien das Zwitschern der Vögel. Schnell dreht Hoyko sich um. Schnepel schlägt wild um sich, springt von einem Bein aufs andere und macht unkontrollierte Bewegungen wie beim Veitstanz.

Sofort rennt Hoyko zu Schnepel. Im nächsten Moment kommen auch Waltraud und Rudi, Reinhard und Maya.

«Weg von den Bienenstöcken!», ruft Waltraud, die sich beim Rennen den Imkerhut auf den Kopf gesetzt hat. Sie zerrt Schnepel von den grünen Kisten fort. «Mit den Bienen ist jetzt nicht zu spaßen.»

«Aua, aua», jammert Schnepel und fuchtelt immer noch wie wild mit den Händen herum. Als sie sich weit genug entfernt haben, betrachtet Waltraud eingehend sein Gesicht und seine Hände. «Sie sollten unverzüglich ins Krankenhaus», sagt sie. «Ich zähle auf den ersten Blick mindestens zehn Stiche.»

«Verdammt, tut das weh», kreischt Schnepel hysterisch und beginnt sich zu kratzen.

«Bienenstiche sind nicht ungefährlich. Manche Menschen reagieren darauf mit einem anaphylaktischen Schock. Das kann von Bewusstlosigkeit bis hin zum Tod führen.»

Waltraud dramatisiert nun wirklich ein bisschen, findet Hoyko. Obwohl ... so langsam beginnt das Gesicht des Polizisten anzuschwellen. «Komm, Helmut, ich fahre dich.» Rudi fasst Schnepel am Arm. «Ja, mir wird schon ganz schwindelig. Schalt Sirene und Blaulicht an! Es geht um Leben und Tod», ruft Schnepel aufgeregt und rennt an Hoyko vorbei. Herrschaftszeiten, der hat sich aber mit Rasierwasser eingedieselt. Kein Wunder, dass die Bienen so wild geworden sind.

Kaum sind Rudi und sein Kollege mit Blaulicht und Tatütata verschwunden, gehen Reinhard und Maya in die Schleuderkammer zurück.

Hoyko bleibt neben Waltraud stehen. Sie ist ganz blass um die Nase.

«Ist dir nicht gut?», fragt Hoyko fürsorglich.

«Nein.» Waltraud schüttelt den Kopf.

«War ein büschen heftig, nich?»

«Ja. Ich denke, für heute machen wir Schluss. Ich muss das erst einmal verarbeiten.»

«Aber dich trifft doch keine Schuld», sagt Hoyko. «Lass uns den Honig schleudern. Und grillen wollen wir auch noch. Die Kohle kokelt doch schon vor sich hin.»

«Nicht böse sein, aber daraus wird heute nichts. Tut mir leid. Solche Vorfälle machen mir zu schaffen. Mein verstorbener Mann hatte auch eine Bienenallergie. Und das gerade hat mich sehr an ihn erinnert.»

Waltraud sieht tatsächlich kreidebleich aus. Hoyko würde sie am liebsten in den Arm nehmen, traut sich das dann aber doch nicht. «Ist schon in Ordnung. Ich sag den anderen Bescheid. Soll ich dir noch beim Wegräumen helfen?»

«Nein, danke. Lass man. Die Bienen müssen sich erst einmal beruhigen. Und ich möchte auch gerne alleine sein.»

«Verdammt, fahr schneller, das schwillt immer weiter an!», ruft Schnepel panisch. Wäre er bloß nicht so nah an die Viecher herangegangen. Er wollte doch nur ein tolles Foto schießen, um damit Dörte zu beeindrucken. Vor drei Monaten haben sie über die Datingplattform Krabbenkuss eine zarte Beziehung angefangen. Seit ihrem Urlaub hat er sie noch gar nicht gesehen. Durch diese Mordaufklärung steckt er ja bis zum Hals in Arbeit. Vorsichtig berührt Schnepel seine Wange. Die ganze Seite ist geschwollen. Hoffentlich überlebt er das!

Mit quietschenden Reifen hält Rudi vorm Eingang der

Notaufnahme des Wittmunder Krankenhauses. «Steig aus», sagt Rudi, «ich parke da vorn und komme nach.»

Schwerfällig quält Schnepel sich aus dem Wagen und schlurft ins Krankenhaus. Er hat das Gefühl, wie ein Zombie auszusehen. Mit dem linken Auge kann er kaum noch was sehen, so zugeschwollen ist es. Und sein Mund wird jetzt auch dick.

Die Dame an der Anmeldung erkennt sofort, womit sie es zu tun hat. «Allergischer Schock?», fragt sie.

Schnepel nickt. «Bienenstiche.»

«Gehen Sie durch, ich sage Bescheid. Man wird sich gleich um Sie kümmern.» Schon greift sie zum Hörer. Kaum hat Schnepel im Wartebereich Platz genommen, wird sein Name aufgerufen, obwohl noch sieben andere vor ihm dran sind.

Im Behandlungsraum wartet er dann aber doch eine gefühlte Ewigkeit, bis der Arzt kommt und ihm eine Spritze in den Oberarm haut. «Das ist reines Adrenalin», sagt er. «Es sollte Ihnen damit schnell besser gehen. Sind Sie vorher schon mal gestochen worden?»

«Nein», antwortet Schnepel. «Ich war zu nah an einem Bienenstock. Mistviecher.»

Der Arzt schmunzelt. «Am besten lassen Sie bei der nächsten Begegnung Ihr Aftershave weg. Das macht Bienen aggressiv.»

«Mein Kouros?», fragt Schnepel empört.

«Egal welches», sagt der Mediziner. «Aber bleiben Sie sicherheitshalber noch etwas hier im Haus für den Fall, dass es nicht so zügig abschwillt. Trinken Sie in der Cafeteria einen Kaffee. Und lassen Sie sich unbedingt von Ihrem Hausarzt ein Notfall-Set verschreiben, falls Ihnen so etwas noch einmal passiert. Schönen Tag noch.» Schon ist er verschwunden.

Schnepel krempelt den Ärmel seines Oberhemdes herunter, streift den Blouson über, steht auf und verlässt die Ambulanz. Im Wartebereich sieht er Rudi.

«Schon fertig?»

«Ich war ein Notfall, du Hornochse», zischt Schnepel. «Es ging um Leben und Tod. Da half nur hochdosiertes Adrenalin.» Er tatscht sich mit der Hand an die Wange. «Schwillt es schon ab? Ich glaub, ich kann schon ein bisschen besser gucken.»

«Klar, ist fast nichts mehr zu sehen», sagt Rudi grinsend.

«Du lügst.»

«Nur ein bisschen. Was ist, soll ich dich jetzt nach Hause bringen? Du willst dich von diesem Stress sicher erst mal erholen.»

«Nein, ich soll in der Cafeteria erst noch einen Kaffee trinken. Bis ich sicher bin, dass es wirklich abschwillt. Ich hätte den Arzt bitten sollen, mich krank zu schreiben.»

«Wenn du meinst.» Rudi grinst noch immer. «Soll ich dich stützen?»

«Blödmann. Laufen kann ich noch.» Schnepel fasst in seine Blouson-Tasche und will nach seinem Handy greifen, aber es ist nicht da. Mist. Das verfluchte Telefon hat ein Schweinegeld gekostet. Er wird es doch nicht verloren haben? Nein, Quatsch, er hat es auf dem Bienen-Hof noch in der Hand gehabt. Wollte ein Foto für Dörte machen.

«Wir müssen noch mal zu den Bienen», sagt er. «Ich hab mein Handy bei der Attacke der Viecher verloren.»

Rosa hilft Mudder Steffens noch schnell beim Abwasch, bevor sie sich verabschiedet. «Ich will dann mal los. Danke für das tolle Essen. Das Rezept muss ich mir merken», sagt Rosa.

«Freut mich, dass es dir geschmeckt hat.» Muddern streicht ihr sanft über den Arm. «Tschüs. Und komm gern bald wieder.»

«Danke. Es tut gut, so viele Freunde hier zu haben.»

Vor dem Haus sitzt Henner mit seinem Vater auf der Bank. Der Alte schmökt nach dem Essen gern eine Selbstgedrehte.

«Ich mach mich dann mal auf die Socken. Danke für die Gastfreundschaft», sagt Rosa.

«Ich komme mit.» Henner steht auf und geht zu seiner Berta. «Hab noch einen Rest Post auf dem Rückweg zu verteilen.»

«Ich fahre aber nicht nach Hause.»

«Wohin denn dann?»

«Och. Einfach noch ein bisschen durch die Gegend.»

Henner muss ja nicht alles wissen.

Auf der Zufahrt zum Bienen-Hof springt ein Kaninchen aus dem Blumenbeet vor Rosas Fahrrad. Erschrocken bremst sie, steigt ab und schiebt.

Vor dem alten Bauernhof stellt sie das Rad in den Ständer und klingelt an der großen Tür. Keine Reaktion. Sie geht ums Haus herum. Bei den Bienenstöcken unter dem Apfelbaum ist niemand zu sehen.

Seltsam, wundert sich Rosa. Mudder Steffens hat doch gesagt, heute wäre ein Kurs. «Hallo», ruft sie. «Hallo, ist da wer?»

Keine Antwort. Ein vertrauter Geruch steigt ihr in die Nase. Rosa schnuppert. Riecht, als ob jemand grillt. Aber wo? Sie blickt sich um, kann aber nichts entdecken. Dafür hört sie das Schlagen einer Autotür.

«Rosa!», ruft Rudi überrascht. «Was machst du denn hier?»

Henners Obermieterin steht allein auf weiter Flur im Garten, weder von Waltraud Kämpfer noch von Hoyko oder den anderen beiden Kursteilnehmern ist jemand zu sehen. Sie wirkt ein wenig verloren.

«Ich wollte fragen, ob ich beim Imker-Kurs mitmachen kann, aber es ist keiner hier.»

Schnepel, der mittlerweile auch ausgestiegen ist, geht grußlos an ihr vorbei.

«Um Himmels willen, Herr Schnepel, was haben Sie denn gemacht?»

«Ich? Gar nichts. Die Mistviecher sind wie eine wilde Horde über mich hergefallen. Dabei hab ich mein neues Handy verloren. Und das will ich jetzt suchen.»

«Och, Sie Armer.» Rosas Stimme ist voller Mitgefühl. «Warten Sie, ich helfe Ihnen. Wo haben Sie es denn verloren?»

«Bei den Bienenstöcken.»

Zusammen gehen sie zu den Kästen unter dem Apfelbaum. Da ist im Moment wieder alles wesentlich ruhiger, stellt Rudi erleichtert fest. Schnepel sieht sich suchend um. «Wo kann das Handy bloß sein?»

Rosa umrundet die Bienenstöcke, bückt sich und hebt triumphierend das Smartphone hoch. «Ich hab's!»

«Geben Sie her.» Schnepel streckt die Hand aus.

«Bitte schön, hab ich gern gemacht», sagt Rosa spitz und lässt das Telefon in seine Hand plumpsen.

«Dann können wir ja wieder fahren», sagt Schnepel. «Ich muss aufs Sofa.»

«Gleich», sagt Rudi. «Kannst dich ja schon ins Auto setzen. Ich war noch nicht fertig mit der Kämpfer. Ich hatte die schon fast am Haken, als du dich von den Bienen hast stechen lassen.»

«Armleuchter», faucht Schnepel. «Als ob das Absicht war.»

Rudi reagiert nicht darauf. Die Ruhe, die über dem Bienen-Hof liegt, kommt ihm spanisch vor. «Hoyko hat doch erzählt, dass sie nach dem Honigschleudern grillen wollen», sagt er. «Eigenartig.»

«Riech mal», gibt Rosa zurück, «der Grill ist ganz klar an.»

«Das ist ja noch merkwürdiger. Wo sind die denn?», fragt Rudi, während Schnepel auf seinem Handy den Foto-Ordner öffnet und sich die Bilder ansieht, die er von den Bienen gemacht hat.

Rudi schnuppert. Der Geruch kommt eindeutig aus Richtung der kleinen Blockhütte. Seltsam. Er stiefelt auf die Hütte zu und klopft an. Keine Reaktion. Rudi blickt durch das rautenförmige Fenster der Holztür. Haben die tatsächlich den Grill in der Hütte angezündet. Das darf ja wohl nicht wahr sein! Sind die lebensmüde? Erbost drückt er die Klinke herunter. Die Tür lässt sich nicht öffnen.

Verdammt. Hier stimmt was nicht.

«Hoyko?», ruft er. «Frau Kämpfer? Maya?» Keine Antwort. Wieder rüttelt er an der Klinke. Nichts passiert. «Scheiße, da ist was im Gange!» Hektisch dreht er sich um. Schnepel wirft ihm irritierte Blicke zu.

«Wir müssen die Tür aufbrechen!», brüllt Rudi. «Ich glaube, die Kämpfer ist da drin.» Er rennt zur Terrasse. Dort hat er heute Mittag einen Spaten stehen sehen.

Mit dem Spaten in der Hand läuft er zurück. Mit aller Wucht haut er ihn zwischen Tür und Rahmen. Es knackt. Er drückt die Klinke. Nichts. Wieder hebt er den Spaten. Haut noch einmal gegen die Tür. Vergeblich.

Es nützt nichts. Scherben bringen Glück. Er rammt die Metallschaufel in das Rautenfenster.

Waltraud Kämpfer sitzt in der Ecke der kleinen Schleuderkammer auf dem Boden, den Rücken an die Wand gelehnt. Vor sich den kokelnden Grill. Vor ihren Augen verschwimmt alles. Von ganz weit weg hört sie ein Hämmern. Sie versucht die Augen zu öffnen, doch sie fallen ihr wieder zu. Lass die Tür standhalten, betet sie. Als Kommissar Bakker sie heute auf der Terrasse in die Mangel genommen hat, war ihr klar, dass sie keine Chance hat, davonzukommen. Die Bienenattacke auf seinen Kollegen hat ihr einen kleinen Aufschub gegeben. Bakker hätte sonst alles darangesetzt, das Rattengift zu finden.

Und er hätte es gefunden.

Sie ist zu sorglos gewesen, zu zuversichtlich, dass niemand darauf käme, sie hinter den Giftanschlägen zu vermuten.

Sie hustet. Und wird noch müder. Zum Glück. Die Schleuderkammer ist gut abgedichtet. Der Grill frisst den Sauerstoff. Es kann nicht mehr lange dauern.

Wieder rammt etwas gegen die Tür.

Bitte nicht.

Sie will nicht überleben. Will nicht ins Gefängnis. Sie hat sich doch nur gerächt für das, was andere ihr angetan haben. Erst Ernst. Dann die Jäger.

Ihre Augen fallen zu. Sie lächelt. Bald ist es vorbei. Einer wird sich um die Bienenvölker kümmern. Bestimmt Hoyko. Egal.

Alles wird schwarz um sie. Ruhig. Und friedlich.

Plötzlich ein Klirren. Gleich darauf wird sie geschüttelt.

«Frau Kämpfer?» Jemand schlägt ihr auf die Wange. «Frau Kämpfer?» Ein Schlag auf die andere Wange. «Kommen Sie zurück. Bleiben Sie hier. Öffnen Sie die Augen!»

Nein. Sie will nicht. Und vor allem will sie nicht gehorchen. Nie mehr.

«Frau Kämpfer?» Sie wird an den Schultern gepackt und geschüttelt.

Lass mich in Ruhe, will sie sagen, aber das ist zu anstrengend. In der Ferne hört sie ein Martinshorn. Dann wird wieder alles schwarz. Und friedlich.

SONNTAG

Der gestrige Tag war dann für Rudi gelaufen. Statt den Abend mit Susanne im Restaurant zu verbringen, haben Schnepel und er zunächst eine Stunde in der Notaufnahme verbracht, bis klar war, dass Waltraud Kämpfer durchkommen würde. Anschließend haben sie zusammen mit der KTU das Haus der Imkerin untersucht, nachdem der Staatsanwalt einer Eildurchsuchung zugestimmt hat. Dabei haben sie ihr Tagebuch gefunden, das im Nachttisch lag.

Wohl war Rudi nicht dabei, darin zu blättern, aber immerhin geht es um Mord, und da ist er als Polizist dazu verpflichtet, alles herauszufinden, was zur Lösung des Falles beitragen kann. Beim Lesen der Einträge ist Rudi allerdings ganz anders geworden.

Heute früh war er schon zeitig wach, hat seine Joggingrunde absolviert, sich zwei Brötchen gekauft und kurz überlegt, damit zu Henner zu gehen, es aber doch gelassen. Womöglich wäre er Rosa über den Weg gelaufen und heute ist ihm nicht danach, ihr Rede und Antwort zu stehen.

So sitzt er also bei sich im Garten unter dem Apfelbaum, vor sich ein Brötchen mit Käse und eines mit Salami. Dazu gibt's Kaffee aus dem Thermobecher. Und die BILD-Zeitung, die musste heute einfach mal sein. Während er das Kreuzworträtsel löst, klingelt sein Telefon. Schnepel ist dran.

«Wir können jetzt mit Frau Kämpfer reden. Ich habe gerade mit dem Arzt telefoniert.»

«Prima. Ich esse noch eben mein Brötchen auf, dann komme ich. Treffen wir uns direkt beim Krankenhaus?»

«Ist wohl das Beste. In einer halben Stunde.» Schnepel legt auf.

Das reicht nur für ein Brötchen, denkt Rudi, entscheidet sich für das mit Salami, und trinkt den Kaffee aus. Das andere Brötchen packt er in einer Tupperdose in den Kühlschrank, setzt sich die Halbschale auf und macht sich mit der DKW auf den Weg nach Wittmund.

Schnepel wartet schon vor dem Eingang und spielt mit seinem Handy rum, am Arm baumelt ein Jutebeutel mit der Werbung für einen Supermarkt. Rudi stellt sein Moped ab.

«Na endlich!», sagt Schnepel und steckt das Handy weg. «Dann wollen wir uns die Gute mal vorknöpfen. Für sie kommt jetzt die Stunde der Wahrheit.»

«Nimm sie nicht gleich so hart ran. Sie wäre fast gestorben.»

«Durch ihre eigene Hand! Sie hat gewusst, was sie erwartet! Nee, da kenne ich keine Gnade! Hatte sie vielleicht Mitleid mit ihren Opfern?»

Eine Krankenschwester führt sie zu dem Zimmer am Ende der Station. «Der Arzt erlaubt Ihnen zehn Minuten. Die Patientin ist noch sehr geschwächt», sagt sie und öffnet die Tür. «Frau Kämpfer, die Herren von der Polizei sind jetzt da.»

Waltraud Kämpfer liegt im Bett vorm Fenster. Sie ist blass und hat dunkle Schatten unter den Augen. Neben dem Bett steht ein Infusionsständer, an dem verschiedene Beutel hängen. Ein Schlauch führt von dort in ihre Armbeuge. In der Ecke sitzt ein uniformierter Kollege und hält Wache. Die Kommissare nicken ihm kurz zu.

«Tja, Frau Kämpfer, das hätten Sie wohl nicht gedacht, dass wir uns so schnell wiedersehen», eröffnet Schnepel das Gespräch. Rudi schiebt schnell noch ein «Guten Tag» hinterher, damit die Begrüßung nicht ganz so unfreundlich ausfällt.

Die Frau im Bett zeigt keine Reaktion, sondern starrt aus dem Fenster.

«Sie können sich ja vorstellen, wie es nun weitergeht», sagt Schnepel und zieht ihr Tagebuch aus dem Stoffbeutel. «Wir werden Sie wegen Mordes anklagen. In Ihren Aufzeichnungen haben Sie Ihr hinterhältiges Handeln ja sehr genau festgehalten. Pech für Sie. Und wenn Sie geglaubt haben, dass wir Ihnen den Besitz des Rattengifts nicht nachweisen können, weil sie es im Grill verbrannt haben, muss ich Sie enttäuschen. In der leeren Plastiktüte in der Blockhütte haben unsere Techniker Rückstände sichergestellt, die mit dem Gift identisch sind, das wir bei Johannsen, Hoffmeister und Wulff im Wein nachweisen konnten.»

Ein müder Augenaufschlag ist die Antwort.

«Geben Sie endlich zu, dass Sie die drei heimtückisch ermordet haben. Genau wie Ihren Mann. Das steht alles schwarz auf weiß hier drin.» Schnepel wedelt mit dem Tagebuch vor ihrer Nase herum.

Waltraud Kämpfers Augen flackern unstet. Sie räuspert sich. «Ich habe ... ach was, Sie haben doch keine Ahnung. Männer glauben immer, dass sie im Recht sind. Glauben, bestimmen zu können. Sind gefühlskalt. Allen voran mein Mann. Sonst könnte man doch nicht tagtäglich Tiere töten. Als ich angefangen habe, mich für Bienen zu interessieren, hat er rumgemotzt. Meinen ersten Bienenstock habe ich gegen seinen Willen gekauft. Er wollte ihn aus dem Garten schmeißen, da haben die Bienen ihn gestochen. Daraufhin hat er einen Kanister Benzin genommen, über dem Bienenkasten ausgekippt und angezündet. Bienen muss man ausräuchern, hat er gesagt. Ich war zutiefst entsetzt. Und dann hat Ernst auch noch gedroht, er würde jeden Bienenstock verbrennen, den ich anschleppe. Aber das wissen Sie ja, wenn Sie mein Tagebuch gelesen haben.»

«Ja», sagt Rudi leise. «Und wir haben auch von dem anderen gelesen, das er Ihnen angetan hat.»

Waltraud Kämpfer verzieht ihr Gesicht zu einer unschönen Grimasse. «Die Frau soll dem Mann untertan sein, er soll ihr Herr sein. Den Bibelspruch hat Ernst mir oft genug ins Gesicht geschrien, wenn er über mich hergefallen ist.»

«Warum haben Sie sich nicht von ihm getrennt?», fragt Rudi.

«Das sagt sich so leicht. Ich hatte ja keinen Beruf. Was hätte ich denn tun sollen?»

«Stattdessen haben Sie ihn mit seinen eigenen Waffen geschlagen. Im wahrsten Sinn des Wortes», stellt Schnepel fest.

«Genau. Das Gift aus China schmeckte offenbar wirklich nach nichts. Auch sein Hausarzt, von dem er seit Jahren Blutverdünner und Berge von anderen Tabletten verschrieben bekommen hat, hat nichts gemerkt. Von wegen schwaches Herz. Ernst hatte gar keines. Und deshalb hat er bekommen, was er verdient hat.» Ein schmales Lächeln umspielt ihre Lippen. «Schädlinge muss man bekämpfen, war sein Standardspruch. Und danach habe ich mich gerichtet.»

«Und warum mussten Johannsen, Hoffmeister und Wulff sterben?», will Schnepel wissen. «Die haben Ihnen doch nichts getan.»

Das Lächeln verschwindet und ihre Stimme wird schrill. «Nichts getan? Diese Jäger sind Mörder! Sie haben mir das

Liebste genommen, was ich hatte! Aber die Zeiten, in denen andere mit mir machen, was sie wollen, sind vorbei. Denen musste einfach eine Grenze aufgezeigt werden. Aber ich habe ihnen zumindest eine Chance gelassen und ein Spiel mit ihnen gespielt, das sie hätten gewinnen können.»

«Was denn für ein Spiel?», fragt Rudi.

«Ostfriesisches Roulette. Von den sechs Flaschen waren drei vergiftet und drei nicht. Außerdem hätten die Gierschlunde den Wein überhaupt nicht trinken müssen. Sie wussten ja nicht einmal, von wem er kam! Die sind selbst schuld.»

Ostfriesisches Roulette. Rudi kann immer weniger glauben, dass das die Frau ist, von der sein Vater seit Wochen so schwärmt.

Die Tür des Krankenzimmers öffnet sich. Die Krankenschwester schaut hinein. «Meine Herren, die Zeit ist um.»

EPILOG

Also, ganz ehrlich, ich kann das überhaupt noch nicht fassen. Ich hätte nie gedacht, dass ich mich so in Waltraud getäuscht habe.» Mit Schwung bringt Hoyko die Honigschleuder in Gang und kurbelt gleichmäßig, damit sich das «flüssige Gold», wie die Imker sagen, aus den Waben löst.

Rudi, Maya, Henner und Rosa stehen ebenfalls in der Schleuderhütte und schauen Hoyko zu. Bevor Rudi und Schnepel Waltraud Kämpfer verlassen haben, hatte sie noch darum gebeten, Hoyko die Verantwortung für die Bienen zu übertragen, was dieser gern angenommen hat. «Die Bienen können ja nichts für das, was Waltraud getan hat.»

Nun haben sie sich alle hier versammelt, um zu Ende zu bringen, was gestern unterbrochen wurde, schließlich sind die Rähmchen ja schon aus den Bienenstöcken entnommen.

«Was muss sie nur für ein furchtbares Leben gehabt haben», sagt Maya voller Mitleid.

«Das sicher», stimmt Rosa zu, «aber den eigenen Mann zu vergiften und später auch noch drei andere, aus reiner Willkür ... nee, das geht gar nicht. Die hat nicht einen Moment darüber nachgedacht, was sie anderen damit antut. Mir zum Beispiel.» Sie wischt sich eine Träne aus dem Augenwinkel.

«Nee, das geht gar nicht», wiederholt Henner ihre Worte und drückt ihren Arm.

«Zumindest kommt sie nicht ungeschoren davon», sagt Rudi. «Die wird richtig verknackt. Wenn sie überhaupt je wieder rauskommt und nicht anschließend noch in die Sicherungsverwahrung muss.»

«Das macht Holger und die anderen aber auch nicht wieder lebendig», sagt Rosa leise.

«Und wer weiß», sagt Hoyko, «wenn sie einen cleveren Anwalt hat, biegt der das vielleicht noch auf ein Minimum runter.»

Für einen Moment herrscht Stille.

«Muss sie eigentlich das Geld aus der Lebensversicherung zurückzahlen?», fragt Rosa. «Wo nun feststeht, dass sie ihren Mann getötet hat.»

«Klar», sagt Rudi. «Das auf jeden Fall. Als Mörderin ihres Gatten ist sie erbunwürdig. Da wird ein Gericht entscheiden, ob sie das Geld an die Versicherung oder einen anderen Erben ihres Mannes zurückzahlen muss.»

Hoyko hält kurz im Kurbeln inne. «Maya, ich glaub, so langsam kannst du die Gläser holen.»

«Ich sehe schon Ludwigs Schlagzeile vor mir: *Die schwarze Witwe hat gnadenlos zugeschlagen*», sagt Rosa, reicht Maya die Gläser und schon lässt die den Honig hineinrinnen.

«Guckt mal, wie toll der aussieht», freut sie sich. Stetig fließt der Honig und bald schon muss Maya ein weiteres Glas unter die Öffnung halten.

«Tja. Die schwarze Witwe», sagt Hoyko. «Die bringt ihre Spinnenmänner um. Wobei die Jäger ja nicht mal Waltrauds Männer waren. Aber, um das Thema zu wechseln, ich werde die Bienenstöcke rüber auf den Steffens-Hof bringen. Hab ich mit Gerda schon abgesprochen. Heinrich ist da zwar nicht so für, aber Gerda kann sich ja durchsetzen. Wir werden Imkerkurse für die Gäste anbieten, damit die ihren eigenen Honig mit nach Hause nehmen können. Die Homepage der Pension hab ich auch schon fertig. Und das erste Zimmer ist gebucht. Eine alte Bekannte von mir aus Kanada, im Übrigen eine berühmte Schauspielerin, kommt nächsten Monat.» Er hebt die Schleuder schräg an, damit auch der Rest des Honigs herausrinnen kann. «Ach ja, und nehmt euch nächstes Wochenende nichts vor, wir fangen an die Gästezimmer einzurichten.»

ENDE

DAS STAMMPERSONAL DER SERIE

Unser liebenswertes Trio:

Rudi – ist Dorfpolizist. Und alleinerziehender Vater von Sven. Seine Frau Denise hat vor ein paar Jahren die Biege gemacht.

Henner – der Dorfpostbote ist Single und hatte noch nie eine feste Beziehung, dafür hat er acht Schwestern. Da er gegen Tierhaare allergisch ist, kann er den elterlichen Hof nicht übernehmen.

Rosa – lebt erst seit kurzem in Neuharlingersiel. Sie ist Lehrerin und Krimifan. Versucht sogar, selbst welche zu schreiben.

Die Wittmunder Polizisten:

Kriminalhauptkommissar Siegfried Haueisen – sehnt den Ruhestand herbei. Unrasiert und mit tiefen Ringen unter den Augen wirkt er müde und angeschlagen. Seit 25 Jahren verheiratet.

Kriminaloberkommissar Helmut Schnepel – ein Wichtigtuer, der gern den großen Kommissar herauskehrt und der auf Freiersfüßen wandelt, seit seine Frau Susanne ihn verlassen hat.

Und hier der Rest unseres Stammpersonals:

Dr. Valentin Emterbäumler – Rechtsmediziner, den es aus Bayern an die Nordsee verschlagen hat.

Klaus Kröver – Chef der Spurensicherung. Ein Womanizer.

Bernie Bütefisch – Rudis Kollege in der Polizeistation Esens. Er löst gerne Kreuzworträtsel und liebt Kuchen und belegte Brötchen.

Die Neuharlingersieler:

Sven – Rudis 18-jähriger Sohn.

Hoyko Manninga – Rudis verschollen geglaubter Vater, der nun nach Neuharlingersiel zurückgekehrt ist.

Dörte Jacobs – Henners Jugendfreundin, arbeitet bei der NV-Versicherung. Sie trifft sich seit drei Monaten mit Helmut Schnepel, den sie durch die Datingplattform Krabbenkuss.de kennengelernt hat.

Ludwig Twenge – Frührentner, Mitmachreporter, ist durch sein Gewicht gehbehindert.

Sigrid – Ludwigs Frau, hilft im Andenkenladen von Adelheid aus.

Gisela Frerichs – größte Tratschtante Neuharlingersiels.

Erwin – Giselas Mann.

Susanne Schnepel – Ehefrau von Helmut Schnepel, hat ihren Mann verlassen und arbeitet bei Gudrun im Frisiersalon und trifft sich ab und an mit Rudi.

Maya – betreibt ein Yoga-Studio über dem Frisiersalon.

Henners große Familie:

Seine Eltern:

Gerda und Heinrich Steffens – haben sich inzwischen damit abgefunden, dass Henner den Hof nicht übernehmen kann.

Seine acht Schwestern:

Adelheid – führt den Andenkenladen. Ihre Freundinnen kommen jeden Morgen zum Elführtje.

Bärbel, Clara, Doro, Engeline, Friederike

Gudrun – arbeitet als Frisörin in Anitas Salon. Da ist immer etwas los, und auch ihren Hund Schecki darf Gudrun mit zur Arbeit nehmen.

Ina – die Jüngste des Steffens-Clans.

Tante Hildegard – gehört das Haus, in dem Henner die Erdgeschosswohnung bewohnt. Über ihm wohnt Rosa. Tante Hildegard ist sehr redselig.

Weitere Personen in diesem Fall:

Holger Hoffmeister – Rosas Freund, den sie auf krabbenkuss.de kennengelernt hat.

Walter Hoffmeister – Holgers Vater und Jagdpächter.

Ewald Wulff – ehemaliger Rektor von Rosa.

Ulfert Johannsen – ehemaliger Tourismusmanager der Krummhörn, nun von Neuharlingersiel.

Tamara Scanhagen – Johannsens Assistentin.

Veronika Talmann – Sekretärin von Johannsen.

Amelie Nansen – Freundin von Johannsen.

Jürgen Seibold – Schädlingsbekämpfer.

Thorsten Schneider – Supermarktfilialleiter.

Waltraud Kämpfer – Bienenzüchterin.

UND SO WIRD IM BUCH GEKOCHT UND GEBACKEN:

Rosas «Sonne im Glas»

2 Orangen

1 dicke Scheibe Ananas

1 Römersalatherz

150 ml Wasser

Rosa liebt es, am Morgen einen frischen Smoothie zu trinken. Sie schält die Orangen und die Ananas-Scheibe, schneidet sie in Stücke und gibt sie in den Hochleistungsmixer. Obendrauf kommen der gewaschene Salat und das Wasser. Dann lässt sie alles eine knappe Minute durchmixen.
Da Rosa morgens aber auch gern noch eine Scheibe Brot isst, füllt sie sich den halben Smoothie ab, so hat sie für den nächsten Morgen auch schon einen fertig.

Rosas zweitliebster Smoothie

1 Orange

1/3 Ananas

2 Stangen Staudensellerie mit Grün

150 ml Wasser

1 Prise Kurkuma (denn Kurkuma feuert den Stoffwechsel an)

Zuerst kommen die «schwereren» Zutaten, also Orange und Ananas, in den Mixer, dann der in Stücke geschnittene

Staudensellerie, das Wasser und Kurkuma. Alles wieder eine knappe Minute durchmixen … und fertig.

Nudelsalat mit Pesto, Tomaten und Rucola

500 g Nudeln (Spirelli)
2 Gläser grünes Pesto
Cherrytomaten
Lauchzwiebeln
Rucola

Susanne kocht die Nudeln, lässt sie abkühlen, wäscht Rucola, Tomaten und Lauchzwiebeln und schneidet die gewaschenen frischen Zutaten klein. (Zwiebeln in Ringe, Tomaten in Achtel. Den Rucola halbiert sie oder lässt ihn auch mal ganz, je nachdem, wie sie gerade drauf ist). Dann vermischt sie die beiden Gläser Pesto mit den Nudeln und gibt die frischen Zutaten darunter, bevor sie den Salat serviert. Manchmal, wenn sie eingeladen ist und den Salat mitbringen möchte, bereitet sie alles vor, nimmt die frischen Dinge in einer separaten Schüssel mit und vermischt alles vor Ort. Und ganz ehrlich: Das kommt überall echt prima an.

Hühnerleberpastete

Rosa könnte diese Hähnchenleberpastete fast jeden Tag essen. Sie braucht dafür:

450 g Hähnchenleber
1 kleines Bund frischen Thymian
Salbei
2 Pakete Butter
100 ml Weinbrand
1 Zwiebel

2 Knoblauchzehen
Olivenöl

In einer größeren Pfanne erhitzt Rosa das Olivenöl und dünstet die klein geschnittene Zwiebel und den Knoblauch darin bei mittlerer Hitze. Dann gibt sie Zwiebel und Knobi auf einen Extrateller, wischt die Pfanne mit Küchenpapier aus und gießt einen weiteren Strahl Öl hinein, den sie erhitzt und nun die klein geschnittenen Hähnchenlebern zusammen mit den abgezupften Thymianblättern anbrät, sodass sie leicht gebräunt, aber im Kern noch rosa sind. (Wenn sie sie zu lange brät, werden sie körnig, das ist nicht so schön.) Sobald sie perfekt sind, gießt sie den Weinbrand darüber und lässt es eine Minute köcheln.
Dann nimmt sie die Pfanne vom Herd, gibt die Hähnchenlebern, Zwiebeln und Knobi in ihren Hochleistungsmixer. Als sie noch keinen hatte, hat sie alles in ein hohes Gefäß gegeben und mit dem Zauberstab püriert. Wenn das erledigt ist, kommt ein Päckchen weiche Butter in kleinen Stücken dazu, das wird auch kräftig untergemischt und alles ordentlich mit Salz und Pfeffer abgeschmeckt.
Dann füllt sie die Creme in kleinere Servierschalen, klärt die andere Butter – meistens reichen davon auch 150 Gramm – in einem Topf und brät die Salbeiblätter in Olivenöl knusprig, bevor sie sie auf einem Küchentuch abtropfen lässt und in kleinen Stücken jeweils auf die Schälchen gibt. Die «versiegelt» sie nun mit der geklärten Butter.
Die Schälchen müssen nun ab in den Kühlschrank und dort mindestens eine Stunde ruhen, damit sich die Aromen entfalten. Nach ein paar Tagen ist es erst richtig durchgezogen, aber so lange kann Rosa nicht warten, das erste Töpfchen

macht sie schon am nächsten Tag zum Frühstück auf. Sie bringt Mudder Steffens auch gern zwei, drei Töpfchen, denn die Pastete hält sich im Kühlschrank zwei Wochen, wenn das Buttersiegel alles gut abdichtet.

Kräuterbutter

3 EL Petersilie
1 EL Schnittlauch
1 EL Basilikum
1 TL Liebstöckel
1 TL Oregano
1 TL Thymian
1 EL gehackte Schalotten
2 gehackte Knoblauchzehen
¼ TL weißer Pfeffer
1 TL Salz
250 g weiche Butter
2 TL Limettensaft

Tante Hildegard hat auf ihrer Fensterbank immer Töpfe mit Kräutern stehen: Petersilie, Schnittlauch, Basilikum, Thymian und Rosmarin. Liebstöckel und Oregano holt sie bei Mudder Steffens aus dem Garten. Die Kräuter wäscht sie, zupft sie klein und legt sie dann in ein Geschirrhandtuch. Der Stoff trocknet die Kräuter schon ein wenig ab, eignet sich aber auch zum Trockenschleudern. Sie nimmt die vier Zipfel in eine Hand und schleudert das Handtuchpaket aus dem offenen Fenster, damit ihre eigene Küche nicht nass wird. (Sie achtet aber schon darauf, dass gerade keiner auf dem Fußweg an ihrem Küchenfenster vorbeigeht ☺ Dann zerkleinert sie die Kräuter mit einem Wiegemesser und schneidet die Schalotten und den Knoblauch klein und gibt sie zusammen mit Salz und Pfeffer in die weiche Butter und verrührt alles mit dem Quirl. Dann folgen die Kräuter und der Limettensaft.

Krabbendillcreme

200 g Nordseekrabben
200 g Doppelrahm-Frischkäse
200 g Crème fraîche
etwas Meersalz und Pfeffer
etwas Abrieb von einer unbehandelten Zitrone
1 Bund Dill

Wenn der Häkelbüdel-Club sich trifft, ist dies der ideale Brotaufstrich für die kleinen Häppchen, die alle so gerne mögen. Dazu verrührt Adelheid den Doppelrahm-Frischkäse mit Crème fraîche und würzt die Masse mit Meersalz, frisch gemahlenem schwarzen Pfeffer und abgeriebener Zitronenschale. Die Spitzen vom Dill hackt sie fein und rührt sie mit dem Krabbenfleisch unter. Eine Krabbe kommt zur Deko oben drauf. Das Auge isst schließlich auch mit, meint Adelheid – und die anderen Damen vom Häkelbüdel-Club stimmen ihr zu.

Stampt Wuddels, Mudder Steffens Möhreneintopf

1 kg Möhren
500 g Kartoffeln
1 Beinscheibe vom Rind
1 TL Salz
1 TL frisch gemahlener schwarzer Pfeffer
1 TL Butter

1 Stängel Liebstöckel
2 EL Petersilie

Mudder Steffens legt die gewaschene Beinscheibe in ihren Kochtopf und gibt so viel Wasser dazu, dass das Fleisch bedeckt ist. Dann kocht sie das Fleisch zusammen mit Salz und Liebstöckel etwa eine Stunde. In dieser Zeit schält sie die Kartoffeln und putzt die Möhren, schneidet alles in grobe Stücke und gibt das Gemüse zum Fleisch, gießt noch ein bisschen Wasser nach, damit alles gut bedeckt ist. Nun kocht sie die Masse noch einmal 20 Minuten, dann nimmt sie die Beinscheibe heraus und stampft das Gemüse mit ihrem metallenen Kartoffelstampfer. Mit Butter, Salz und frisch gemahlenem Pfeffer schmeckt sie alles ab, bevor sie die in kleine Stücke geschnittene Beinscheibe unter die Masse rührt. Zum Schluss streut sie noch die kleingehackte Petersilie darüber.

Sanddornmarmelade
1 kg Sanddorn
Ungefähr 500 g Gelierzucker (2:1), entsprechend der Menge vom Beerenmus
100 ml Orangensaft

Rosa liebt Mudder Steffens Sanddornmarmelade, die eine wahre Vitamin-C-Bombe ist. Von August bis Dezember können die orangenen Früchte von den Sträuchern geerntet werden. Mudder Steffens macht das immer im August, weil die Früchte dann den intensivsten Geschmack haben. Rosa hat ihr dieses Jahr beim Pflücken geholfen und schon nach den ersten Beeren verstanden, warum Henners Mutter ihr geraten hat, Handschuhe anzuziehen: Der Sanddorn hat Dornen. Wie der Name schon sagt. Und was für welche! Marmeladekochen fängt immer mit dem Sterilisieren der Gläser und Deckel in kochendem Wasser an. Anschließend werden sie kopfüber auf ein sauberes Küchenhandtuch gestellt. Die geernteten Früchte werden gewaschen und anschließend zum Abtropfen in ein Sieb gegeben. Dann kommen sie zusammen mit dem frisch gepressten Orangensaft (natürlich geht auch fertiger, aber der schmeckt nicht so gut ☺) in den Kochtopf und werden bei geringer Hitze zum Kochen gebracht und köcheln dann für 20 bis 30 Minuten, bis sie weich sind. Nun gibt Mudder Steffens die gekochten Sanddornbeeren in ein feinmaschiges Sieb und drückt sie mit dem Löffel in die darunter stehende Schüssel. Das aufgefangene Beerenmus wiegt sie. Sollten es weniger als 1000 Gramm sein, nimmt sie entsprechend weniger Gelierzucker, bis das Verhältnis 2:1 wieder stimmt. Das mit dem Gelierzucker verrührte Beerenmus lässt sie in dem vorher schon benutzten Topf aufkochen und lässt es unter Rühren erneut fünf Minuten köcheln. Dann nimmt sie einen Teelöffel der Masse aus dem Topf und gibt ihn auf eine Untertasse. Wird die Marmelade fest, dann ist sie fertig, ansonsten muss sie noch einmal ein bis zwei Minuten weiterköcheln. Anschließend nimmt Mudder Steffens ein Glas, setzt einen breiten Trichter darauf und füllt die Marmelade ein. Deckel drauf, fest verschließen und zehn Minuten auf den Kopf stellen. Fertig!

Gefüllte Sanddornkekse (ca. 30 Stück)

300 g Weizenmehl
300 g Mandelmehl
100 g Puderzucker

300 g weiche Butter
1 EL Buttermilch
1 TL Salz
1 TL Zimt
1 TL gemahlene Vanille
150 g Sanddornmarmelade

Gisela gibt die beiden Mehlsorten, Zimt und Salz in ein Sieb und siebt es in die Rührschüssel. Anschließend schlägt sie die Butter in einer zweiten Schüssel schaumig, gibt den Puderzucker dazu und mixt ihn unter. Nun kommen Mehlgemisch, Buttermilch und Vanille in die Fettmasse und Gisela verrührt alles mit dem Mixer zu einem glatten Teig. Ist das geschafft, teilt sie ihn hälftig auf und wickelt beide Portionen in Klarsichtfolie. Nun ab damit in den Kühlschrank. Der Teig braucht 30 Minuten zum Ruhen. In dieser Zeit belegt sie vier Backbleche mit Backpapier und heizt den Backofen auf 180 Grad bei Ober-/Unterhitze vor.
Den «ausgeruhten» Teig rollt sie mit ihrem Teigausroller aus Holz auf etwa 5 Millimeter aus und sticht dann 60 gleich große Kekse mit einem runden, geriffelten Keksausstecher aus. Ihrer hat einen Durchmesser von 60 Millimetern. 30 der Kekse legt sie nun auf die ausgelegten Backbleche. Bei den anderen 30 sticht sie in der Mitte einen kleinen Stern aus (Kreis geht natürlich auch) und legt die ebenfalls auf die Backbleche. Nun werden die Kekse acht Minuten gebacken, bis sie goldbraun sind. Wenn die Kekse ausgekühlt sind, bestreicht Gisela die Hälfte sorgfältig mit Sanddornmarmelade. Anschließend bestäubt sie die anderen Kekse (die mit der ausgestochenen Öffnung) mit Puderzucker und setzt sie auf die mit Marmelade bestrichenen.

Zuckerkuchen

250 ml Milch
500 g Weizenmehl
75 g Zucker
180 g Butter
1 Päckchen Trockenbackhefe
1 Päckchen Vanillezucker
1 TL Salz

Giselas Zuckerkuchenrezept stammt noch von ihrer Großmutter. Zur Vorbereitung erwärmt sie die Milch und zerlässt 50 Gramm Butter darin. Das Mehl siebt sie in eine Rührschüssel und vermischt es sorgfältig mit der Trockenhefe. Dann gibt sie Zucker, Vanillezucker, Salz und die Milch-Fettmischung dazu und verrührt alles mit dem Knethaken ihres elektrischen Mixers kurz auf niedrigster Stufe, dann noch einmal fünf Minuten auf höchster Stufe, bis sie einen glatten Teig bekommt. Dann deckt sie die Schüssel mit einem Handtuch ab und stellt sie an einen warmen Ort. Im Winter vor die Heizung, im Sommer auf die sonnige Fensterbank.
Ist der Teig «aufgegangen», verteilt sie ihn auf dem mit Backpapier ausgelegten Backblech. Klebt der Teig zu sehr, befeuchtet sie ihre Hände mit Wasser, genau wie die Silikonplatte ihres Küchenfreunds (wie sie ihren Backschaber seit dem Hauswirtschaftsunterricht nennt) und kann den Teig so glatt ziehen. Dann lässt sie ihn noch einmal 10 Minuten «gehen». Mit den Fingerspitzen kleine Kuhlen reindrücken und die restliche Butter als Flöckchen darin verteilen und etwas festdrücken. Anschließend kommt das Blech für etwa 20 Minuten in den auf 180 Grad vorgeheizten Backofen (bei Umluft reichen 160 Grad). Anschließend ver-

teilt sie Butterflöckchen auf dem Teig und bestreut ihn mit Zucker.

Rehfilet

Ca. 720 g Rehfilet (4 Stücke von jeweils circa 180 g)
2 EL Rapsöl
4 EL Butter
Ein paar Wacholderbeeren und zwei Lorbeerblätter
(für den, der's mag)
500 g mehlig kochende Kartoffeln
1 TL Salz für das Kochwasser
3 EL feingehackte Kräuter (Petersilie, Pimpernelle,
Schnittlauch, was es so im Garten gibt)
125 ml Milch, ¼ TL geriebene Muskatnuss

Henner wäscht und schält die Kartoffeln und lässt sie (während er die Rehfilets zubereitet) 20 Minuten in Salzwasser kochen.
Er wäscht die Rehfilets, trocknet sie mit Küchenpapier ab, salzt und pfeffert sie. Dann erhitzt er das Rapsöl und 1 EL Butter in der Pfanne, gibt die Wacholderbeeren und die Lorbeerblätter ins heiße Fett. Nun brät er das Fleisch von allen Seiten bei mittlerer Hitze kurz an. Den Backofen heizt er derweil auf 100 Grad vor und legt das Filet in eine ofenfeste Form. Diese packt er für eine halbe Stunde auf die mittlere Schiene, damit es weiter garen kann. Ziel ist ein feiner rosa Farbton in der Mitte des Fleischstücks.
Während das Fleisch im Ofen ist, kümmert Henner sich um die Soße. Er gibt einen Schuss Rotwein, Cognac (oder was so da ist) in den Bratenfond und verrührt das alles mit zwei Esslöffeln Butter. Natürlich hätte er auch noch Wildfond,

Wacholderbeeren und Ähnliches einrühren können, wie das Muddern macht. Aber das ist Henner viel zu umständlich. Er liebt die klare Linie. Und so viel komplizierte Soße muss auch gar nicht sein. Das wird völlig überbewertet und schreckt nur vom Kochen ab, findet er.

Die fertig gekochten Kartoffeln drückt er nun durch eine Kartoffelpresse, vermengt die Masse mit der erhitzten Milch und einem Esslöffel Butter, gibt die gehackten Kräuter dazu und würzt mit Salz und Muskat.

Zum Schluss schneidet er das Rehfilet in vier dicke Scheiben und richtet es mit dem Kartoffelpüree und der Soße an. Vor dem Servieren bestreut er es noch mit frisch gemahlenem Pfeffer.

Ostfriesische Bohntjesopp

Diese Bohntjesopp hat Vadder Steffens acht Mal angesetzt. ☺ Damit wird praktisch jeder neue Erdenbürger in Ostfriesland im Freundeskreis begrüßt. ☺ Achtung: Sie sollte mindestens eine Woche ziehen. Aber auch hier gilt: je länger, je lieber.

Und weil das Rezept so einfach ist, kann Vadder Steffens es sich auch merken.

Zu 1 l Branntwein kommen 250 g Sultaninen (bitte keine Rosinen, sie werden anders getrocknet und sind weniger süß!) und 125 g Kandis.

Die Sultaninen werden gewaschen und mit dem Branntwein in ein Gefäß gegeben. Der Kandis wird in etwas heißem Wasser aufgelöst und hinzugefügt, wenn das Wasser wieder kalt ist.

Nun muss man etwas warten – mindestens 3 Tage –, bis die Sultaninen sich so richtig vollgesogen haben.
Schmeckt übrigens nicht nur pur, sondern auch prima mit Sekt aufgegossen. Und in eine richtige Ostfriesentorte gehört natürlich auch ein wenig Bohntjesopp!
Klassisch wird es in kleinen Tassen OHNE Henkel serviert, man legt einen Löffel zum Naschen der Sultaninen dazu. Es geht aber natürlich auch in anderen Gläsern. Aber nie ohne Löffel! ☺

Fliederbeersuppe

An warmen Tagen essen Vadder und Mudder Steffens liebend gern Fliederbeersuppe, egal, ob kalt oder heiß. Zur Erntezeit friert Muddern immer Beeren ein, damit sie darauf zurückgreifen kann, wenn es keine Fliederbeeren gibt. Wenn auch die aufgebraucht sind, geht auch Holundersaft.

1 kg frische Fliederbeeren (oder gefrorene oder
750 ml Holundersaft)
500 ml Apfelsaft
750 ml Wasser
3 säuerliche Äpfel
geriebene Schale und Saft von ½ Bio-Zitrone
½ Zimtstange
2 Gewürznelken
1 Prise Salz
75 g Zucker
2 EL Speisestärke

Zubereitung mit Beeren:

Die Beeren mithilfe einer Gabel von den Rispen streifen und waschen. Apfelsaft, Wasser, Zitronenschale, Zitronensaft, Zimt, Nelken und Salz in einem Topf aufkochen, derweil die Äpfel schälen, entkernen und klein schneiden. In Achtel reicht. Die Fliederbeeren mit den Äpfeln in die kochende Flüssigkeit geben und circa 25 Minuten bei schwacher Hitze köcheln lassen.

Dann die Beeren-Apfel-Flüssigkeit durch ein feines Sieb geben, dabei gerne die Früchte durchstreichen / passieren. Nun alles mit dem Zucker erneut aufkochen.

OHNE Beeren:

Apfelsaft und Holundersaft mit Zitronenschale, Zitronensaft, Zimt, Nelken und Salz in einem Topf aufkochen, derweil die Äpfel schälen, entkernen und klein schneiden. In Achtel reicht. Die Äpfel mit in die kochende Flüssigkeit geben und circa 25 Minuten bei schwacher Hitze köcheln lassen.

Dann die Holundersaft-Apfel-Flüssigkeit durch ein feines Sieb geben, dabei gerne die Früchte durchstreichen / passieren. Nun alles mit dem Zucker erneut aufkochen.

Zum Andicken in einem zweiten kleineren Behältnis die Speisestärke mit etwas kaltem Wasser glatt rühren und damit die Suppe binden. Mit ein wenig Zitronensaft aus der zweiten Zitronenhälfte abschmecken.

Vaddern liebt als Clou noch kleine Nocken aus Ei-Schnee, dazu schlägt Muddern ein Eiweiß mit etwas Zucker auf und gibt davon kleine «Nocken» auf die Suppe.

DANKSAGUNG

Der achte Fall. Wahnsinn! Wir sind sehr glücklich, dass unser Verlag, Sie und Ihr als Leser*innen und die vielen Buchhändler*innen im Land unser Trio so sehr ins Herz geschlossen haben!

Danke dafür!

Nun krempeln wir die Ärmel hoch und machen uns fröhlich an Fall 9, in dem es wieder turbulent zugehen wird, wie man ja jetzt schon erahnen kann!

Also sagen wir Tschüs und bis bald!

Ihre und Eure
Christiane Franke und Cornelia Kuhnert

Auf Facebook sind wir übrigens nicht nur als Autorinnen, sondern auch mit dem KÜSTENKRIMI Fanclub vertreten. Wir freuen uns stets über neue Mitglieder. Weitere Infos gibt's auf www.kuestenkrimi.de

Im März 2021